HARALD SCHNEIDER

Künstlerpech

THE SHOW MUST GO ON Während sich Palzki im Auftrag seines Vorgesetzten KPD im Frankenthaler Congressforum aufhält, wird ein Attentat auf den bekannten Kurpfälzer Comedian Pako ausgeführt. Doch zufällig wird an seiner statt ein Bühnentechniker tödlich verletzt. Es entwickelt sich eine rasante Mörderjagd durch die Veranstaltungshäuser der Metropolregion Rhein-Neckar-Pfalz. Im Mannheimer Capitol kann Palzki dem Künstler Pako das Leben retten, doch bereits einen Tag später wird der Kommissar im Dachgeschoss über dem Konzertsaal des Ludwigshafener Pfalzbaus Opfer des perfiden Mörders. Schwer verletzt nimmt Palzki die Fährte auf und stellt schließlich den Täter auf seine spezielle Art und Weise …

Harald Schneider, 1962 in Speyer geboren, wohnt in Schifferstadt und arbeitet in einem Medienkonzern als Betriebswirt. Seine Schriftstellerkarriere begann während des Studiums mit Kurzkrimis für die Regenbogenpresse. Der Vater von vier Kindern veröffentlichte mehrere Kinderbuchserien, unter anderem die interaktiven Meisterschnüffler. Seit 2008 hat er in der Metropolregion Rhein-Neckar-Pfalz den skurrilen Kommissar Reiner Palzki etabliert.

Bisherige Veröffentlichungen im Gmeiner-Verlag:
Palzki ermittelt (2012)
Pilgerspuren (2012)
Blutbahn (2012)
Räuberbier (2011)
Wassergeld (2010)
Erfindergeist (2009)
Schwarzkittel (2009)
Ernteopfer (2008)

HARALD SCHNEIDER

Künstlerpech

Palzkis achter Fall

GMEINER *Original*

Personen und Handlung sind frei erfunden.
Ähnlichkeiten mit lebenden oder toten Personen
sind rein zufällig und nicht beabsichtigt.

Besuchen Sie uns im Internet:
www.gmeiner-verlag.de

Im Ehnried 5, 88605 Meßkirch
Telefon 07575/2095-0
info@gmeiner-verlag.de

1. Auflage 2013

Lektorat: Claudia Senghaas, Kirchardt
Herstellung: Julia Franze
Umschlaggestaltung: U.O.R.G. Lutz Eberle, Stuttgart
unter Verwendung eines Fotos von: © ktsdesign – Fotolia.com
Druck: GGP Media GmbH, Pößneck
Printed in Germany
ISBN 978-3-8392-1384-1

Was den Dilettanten vom Künstler trennt?
Daß er sein Werk gelungen nennt,
Dieweil der Künstler betrübt ermißt,
Wie schlecht nun sein Traum verkörpert ist.

Emil Peschkau (Originalschreibweise)

INHALTSVERZEICHNIS

VORWORT

Liebe Leserin, lieber Leser! Ich weiß, Sie werden jetzt gleich schmunzeln oder lachen oder sogar ungläubig den Kopf schütteln. Trotzdem muss ich in aller Deutlichkeit ausführen, dass dieses Buch, das Sie gerade in der Hand halten, ein Roman ist, also eine fiktive Geschichte. Leider hat sich diese Erkenntnis immer noch nicht überall herumgesprochen. Ich will Ihnen dazu ein Beispiel nennen: In der Tageszeitung ›Die RHEINPFALZ‹ veröffentliche ich in Teilauflagen monatlich einen Rätselkrimi mit Kommissar Palzki. Eines Tages flatterte der Redaktion ein bitterböser Brief ins Haus. Den im letzten Fall beschriebenen Diebstahl einer Briefmarkensammlung hätte es kürzlich wirklich gegeben und auch genau in der beschriebenen Straße. Sinngemäß stand da unter anderem zu lesen:

›Da jetzt wohl jeder kriminelle Zeitungsleser sich denken wird, dass die Versicherung den Schaden bezahlt hat und die Sammlung wieder komplett ist (diese Schlussfolgerung verstand ich nicht), verlangen wir, dass Sie sich gefälligst an den Kosten für erhöhte Sicherungsmaßnahmen des Gebäudes (welches überhaupt nicht beschrieben wurde) in der besagten Straße beteiligen.‹

In dem vorliegenden Roman »Künstlerpech« werden Orte beschrieben, die es tatsächlich gibt und die ich hoffentlich sehr authentisch beschrieben habe. Es kommt sogar noch schlimmer: Mehrere mitwirkende Personen gibt es wirklich und sie treten sogar mit ihrem richtigen Namen auf. Selbstverständlich habe ich das Einverständnis dieser Personen vorliegen. Details erfahren Sie am Ende des Buches in der Danksagung.

Auf eine Person, die Sie bestimmt kennen, möchte ich

besonders hinweisen: Es ist der bekannte Kurpfälzer Comedian Christian Chako Habekost. Wenn Sie nicht in dieser Region wohnen, finden Sie Informationen zu dem Künstler unter www.chako.de.

Die erfundene Figur Pako in diesem Buch ist dem Realmensch Chako nur im weitesten Sinne angelehnt. Weder der Charakter noch die Spleens des fiktiven Pakos entsprechen dem Original. Auch die Handlung hat es so oder ähnlich noch nie gegeben. Sie wissen ja: Dieses Buch ist ein Roman.

SZENE 1 EIN HERZ FÜR KINDER

Es hätte so ein schöner Tag werden können.

Zittrig wischte ich mir mit dem Handrücken den Schweiß von der Stirn und blickte auf die Armbanduhr. 20 Minuten, das war ein neuer absoluter Rekord. Meine Frau Stefanie, die soeben neben mir auf dem Beifahrersitz Platz genommen hatte, lächelte. Es war ein eher zurückhaltendes Lächeln.

»Siehst du, es funktioniert«, meinte sie und schnallte sich an.

»Aber nur, weil Melanie und Paul zu Hause bleiben«, konterte ich.

»Die beiden sind alt genug, dass man sie mal für eine Stunde allein lassen kann. Wenn wir sie zum Einkaufen mitnehmen, gibt es ja doch nur wieder Streit.«

Erbost antwortete ich: »Streit gab es bei uns noch nie.«

»Und was ist mit den vielen Familienpizzen und den zehn Kilogramm Pommes, die Paul das letzte Mal in den Einkaufswagen getürmt hat? Komm, fahr endlich los.«

Ich startete den Wagen und zeitgleich begann ein infernalisches Geschrei. Ich stellte den Wagen wieder ab, schaute zuerst flüchtig in Stefanies müdes und gestresstes Gesicht und dann schräg nach hinten zum Urheber des Lärms. Lars strampelte mit seinen Füßen, und seine Augäpfel quollen wegen der kräftigen Schreie fast aus den Höhlen. Mein Sohn. Seit zwei Wochen hatte sich unsere Welt verändert. Stefanie ging wegen der nötigen Rund-um-die-Uhr-Betreuung zurzeit auf dem Zahnfleisch, Paul war von seinem Brüderchen enttäuscht. »Mit dem kann man gar nichts anfangen, der kann nur schreien und in die Windel scheißen.«

Melanie war die Sache einigermaßen egal, dafür freute ich

mich wie ein kleines Kind. Ich, also, wir hatten einen zweiten Jungen. Ein Traum war in Erfüllung gegangen.

Die Erfüllung des Traumes hatten wir uns zwar mit mehr Arbeit erkauft, doch was zählte das schon. Trotz des Stresses schwebten meine Frau und ich auf Wolke Sieben.

Stefanie stieg aus und schnallte Lars aus der Babyschale. Sie rümpfte die Nase.

»Ich glaube, er hat was in der Windel. Du kannst im Wagen sitzen bleiben, während ich ihn schnell wickle.« Sie schnappte sich die Wickeltasche, die bereits im Wagen lag.

Warum sollte mein Sohn sonst geschrien haben, dachte ich mir, während meine Frau ins Haus ging. In einem Jahr oder so wird er bestimmt sauber sein.

Mein Handy klingelte. Seit Stefanies Schwangerschaft hatte ich mir mehr oder weniger angewöhnt, ein aufgeladenes Handy mitzuführen. Bestimmt rief mal wieder meine Schwiegermutter an, um uns fernmündlich wertvolle Erziehungstipps zu geben. Aber es war Jutta, meine Kollegin.

»Hallo, Reiner«, begrüßte sie mich. »Kannst du bitte zu uns kommen? Wir hätten da einen kleinen außerplanmäßigen Einsatz.«

»Es ist Samstag, liebe Jutta. Wir sind gerade beim Einkaufen. Was gibt es denn so Dringendes? Wurde auf KPD ein Attentat verübt?«

Mit KPD meinte ich den Dienststellenleiter der Schifferstadter Kriminalinspektion, der mit korrektem Namen Klaus P. Diefenbach hieß.

Ich hörte am anderen Ende ein verlegenes Hüsteln, bevor sie leise antwortete: »Herr Diefenbach steht direkt neben mir. Wir befinden uns auf der Landstraße in Richtung Dannstadt, etwa 100 Meter vor dem Gräberfeld.«

Oh Schreck, was konnte da nur passiert sein? Auf jeden Fall musste es von höchster Wichtigkeit sein, sonst würde

KPD um diese Jahreszeit sein klimatisiertes Büro niemals verlassen. Mit den rund 30 keltischen Grabhügeln aus der Hallstadtzeit konnte es nichts zu tun haben, die waren immerhin 2.500 Jahre alt. Mir kam ein anderer Gedanke. Hatte man KPD vielleicht in einer verfänglichen Situation angetroffen? Das wäre nicht das erste Mal. Erst an Fasnacht hatte ich per Zufall ein äußerst delikates Geheimnis meines Vorgesetzten gelüftet. Ja, das musste es sein, deshalb auch der Anruf von Jutta. Sie brauchte Verstärkung.

Spontanität war gefordert, ich fuhr los. Stefanie würde ich unterwegs mit dem Handy anrufen und außerdem war es noch früh am Tag. Die Supermärkte würden uns nicht davonlaufen.

Ich fuhr gerade am Schifferstadter Wasserturm vorbei in Richtung Umgehungsstraße, da schreckte ich erneut auf: Meine Trommelfelle drohten zu platzen, ein Höllenlärm durchdrang das Fahrzeuginnere. Mit offenem Mund starrte ich durch den Rückspiegel nach hinten in den Fond. Ich hatte Lisa vergessen, Lars' Zwillingsschwester.

»Ja was hat denn meine Kleine, dududu?«, versuchte ich sie mit zartestmöglicher Vaterstimme zu beruhigen. »Vermisst du deinen Bruder? Keine Angst, der braucht nur eine frische Windel. Nachher kannst du wieder mit ihm um die Wette schreien, dududu.«

Es nützte nichts. Sie schrie weiter, als würde jeden Moment die Welt untergehen. Was sollte ich nur tun? Weiterfahren dürfte wenig Sinn machen. Man würde mich, wenn ich mit einem schreienden Baby auftauchen würde, sofort zur Polizeipuppenbühne versetzen. Zurückfahren zu Stefanie? Das würde nur endlose Diskussionen auslösen. Selbst ist der Mann, dachte ich und bog kurz nach dem Ortsschild links in einen asphaltierten Feldweg ein, der zu einem Unternehmen führte, und hielt an. In dem Moment, in dem ich die

Tür neben Lisas Sitz öffnete, traf mich fast der Schlag. Etwas Breiartiges drückte sich bereits durch den Bund der sommerlich kurzen Hosen auf ihre Beine. Meine Tochter musste die Windel gesprengt haben.

Es half alles nichts. Lisa würde an ihrem Geschrei in kürzester Zeit ersticken. Erste Hilfe war angesagt. Ich schnallte meine Tochter ab und fast erbrach ich, als ich mich dazu über sie beugen musste.

Gut, dass ich unmittelbar nach der Geburt einen neuen Dienstwagen bekommen hatte. In den Minivan passte nicht nur unsere sechsköpfige Großfamilie, und wenn es sein musste, sogar noch die Schwiegermutter, er hatte auch eine ebene Ladefläche in rückenschonender Hüfthöhe. Ich öffnete den Kofferraum und legte Lisa auf die Ladefläche. Die Situation entwickelte sich zu einer der größten Herausforderungen in meinem bisherigen Leben, vom Rosenkohlessen mal abgesehen. Doch auch dieses Problem meisterte ich durch unendlichen Ideenreichtum. Ich öffnete den Erste-Hilfe-Koffer und zog mir die Einmalhandschuhe über.

Die Beschreibung der folgenden Minuten erspare ich Ihnen, liebe Leserin und lieber Leser sowie mir. Nichts soll mich an die bräunsten Minuten meines Lebens erinnern.

Nur soviel: Unter Einsatz fast des kompletten Inhalts des Erste-Hilfe-Koffers gelang es mir, meine Tochter halbwegs zu säubern. Mangels Windel und frischer Kleidung schlug ich den Körper des kleinen Mädchens in zwei Dreieckstücher und den Rest des Verbandmulls ein. Wie ich es auch immer anstellte, das Zeug hielt nicht und verrutschte wieder. Blöd war, dass ich die Rolle mit dem Klebepflaster, die normalerweise in den Kästen lag, vorgestern für die Reparatur des Rasenmähergriffs benutzt hatte. Ich wollte schon aufgeben und einen Notruf absetzen, da hatte ich abermals eine glänzende Idee. Und siehe da, es funktionierte. Zum

Schluss betrachtete ich mein künstlerisches Werk, und sogar Lisa schien wieder zufrieden zu sein.

»Siehst du, mit Papa erlebt man die tollsten Sachen. Wenn du ein bisschen größer bist, gehen wir zusammen eine ordentliche Portion Pommes rot-weiß essen.«

*

Minuten später parkte ich an der von Jutta durchgegebenen Stelle in der Grasnarbe neben der Straße. Ein Spurensicherer sah uns und begann spontan zu lachen. Er kam auf uns zugelaufen und zückte einen Fotoapparat.

»Das ist das Geilste, was ich je gesehen habe«, meinte er und schoss eine großzügige Bilderserie. »Das lade ich nachher gleich in Facebook hoch, Herr Palzki. Ich wusste gar nicht, dass Sie so sportverrückt sind. Sieht man Ihnen überhaupt nicht an.«

Nachdem er unverschämt lang auf meinen kaum sichtbaren Bauchansatz gestarrt hatte, wandte er sich lachend wieder seiner Arbeit zu.

Jutta und KPD hatten mich inzwischen ebenfalls entdeckt. Meine Kollegin plusterte die Backen auf, um nicht laut herauszulachen, Diefenbach wirkte verwirrt. Nicht, dass dies einer Erwähnung wert war, aber dieses Mal vermutete ich den Grund seiner Verwirrung bei mir. Auf einmal schien bei ihm der Groschen gefallen zu sein.

»Hallo, Herr Palzki. Tut mir leid, dass ich Sie auf dem Weg nach Kaiserslautern abfangen ließ. Ich wusste gar nicht, dass Sie sich für Sport interessieren. Aber Sie wissen ja, wie es ist: Als Kriminalbeamter kann man sich seine Arbeitszeit nicht immer selbst aussuchen. Als kleines Trostpflaster für diesen zusätzlichen Wochenenddienst nehme ich Sie demnächst mit zur südwestdeutschen Minigolfmeisterschaft. Da staunen Sie, was? Ich habe auf sämtlichen Vorderpfälzer Bahnen seit Jahren die Platzreife!«

Während mir mein Vorgesetzter diesen Schwachsinn ins Ohr drückte, von dem ich nur die Hälfte verstand, kamen immer mehr Beamte auf uns zu, lachten und fotografierten um die Wette. Der von mir vermutete Tatort lag plötzlich wie ausgestorben, was ja irgendwie passte, falls es überhaupt einen Toten gegeben hatte.

Dies bemerkte auch KPD. Während er mit autoritärer Stimme einschritt und das Personal wieder an die Arbeit jagte, flüsterte mir Jutta zu: »Weiß Stefanie davon? Die wird dich umbringen, mindestens.«

»Was habt ihr denn alle«, regte ich mich auf. »Es war ein Notfall. Lisa hat unterwegs ein kleines Stinkerchen gemacht. Als Vater kann man doch mal das eigene Kind wickeln, oder? Denk ein bisschen emanzipiert, Jutta.«

Meine Kollegin stutzte. »Ich wusste bis eben nicht einmal, dass du dieses Wort kennst, Reiner. Ich finde es ja gut, wenn du Stefanie hilfst. Aber auf diese Art und Weise?«

»Na und? Sonst hätte das nicht gehalten. Ich kann doch nicht mit einem nackten Baby an einem Tatort auftauchen!«

»Du solltest überhaupt nicht mit einem Baby an einem Tatort sein. Und schon gar nicht mit einem Baby, das in Polizeiabsperrband eingewickelt ist.«

Ich schaute zu Lisa, die fröhlich vor sich hingluckste. Das rot-weiße Band, in dem ich sie teilweise eingewickelt hatte um die Dreieckstücher zu fixieren, war zugegebenermaßen optisch etwas gewöhnungsbedürftig. Aber es hielt, und meiner Tochter schien das Knistern der Folie bei jeder Bewegung zu gefallen. Was sollte daran also schlecht sein? Vielleicht hielt die Aufschrift ›Polizeiabsperrung‹ sogar ein weiteres Malheur auf?

»Jutta, was hat KPD vorhin gefaselt, von wegen Kaiserslautern und Minigolf. Muss ich das verstehen?«

Sie schüttelte den Kopf. »Du stehst mal wieder auf dem Schlauch, mein Lieber. Unser Chef dachte, du wärst auf dem Weg zum Betzenberg.«

»Zu einem Fußballspiel? Wie kommt der auf so einen Mist?«

Jutta deutete auf Lisa. »Deine Tochter ist ja schließlich ganz auf 1. FCK gestylt. Mehr rot-weiß geht nicht. Mit Lisa kriegst du bestimmt lebenslang Freikarten.«

Fußball – Kaiserslautern – 1. FCK – rot-weiß – ja, klar. »Da kann ich doch nichts dazu, wenn die die gleichen Farben haben wie unser Absperrband.«

Wir wurden in unserem Dialog unterbrochen. Einer der Spurensicherer rief mir aus ein paar Metern Entfernung zu: »Wie heißt eigentlich Ihre Tochter?«

»Lisa«, antwortete ich stolz. »Warum?«

»Ach, nur so.«

Irgendwie nahmen die Merkwürdigkeiten überhand. Ich beschloss, weitere Kommentare und Fragen über meine Tochter und mich zu ignorieren und den eigentlichen Grund meines Hierseins zu erfragen.

»Hören wir auf mit dem Quatsch, Jutta. Was gibts hier für uns zu tun?«

Sie zeigte in Richtung KPD, der in ein paar Metern Entfernung in der Nähe eines großen Busches mit zwei Untergebenen diskutierte. »Der Hund eines Spaziergängers hat ein paar Skelettteile ausgebuddelt. Es sind eindeutig menschliche Knochen.«

»Wie lang lagen die denn schon dort? Das ist doch normal, dass auf einem Gräberfeld Knochen liegen. Oder haben wir aktuell Langzeitvermisste in unserer Region? Und warum ist KPD hier?«

Jutta zuckte mit den Schultern. »Fragen stellst du. Woher soll ich das wissen?«

Ich seufzte. »Also mal wieder in alten verstaubten Akten wühlen. Das wird KPD wohl kaum selbst machen. Wer hat den überhaupt aus seinem Büro gelockt? Seit der seine Klimaanlage hat, verlässt er sein Büro normalerweise nur, wenn er aufs Klo muss.«

Zusammen mit Jutta gingen wir zu unserem Vorgesetzten. Der Tatort sah wenig spektakulär aus. Ein bisschen aufgewühlter Sandboden und eine Plane, unter der wahrscheinlich die Skelettteile lagen.

»So, jetzt bin ich da, Herr Diefenbach.«

KPD unterbrach seinen Monolog mit den Untergebenen und schaute mich überrascht an. »Ja?«

»Ich wollte nur sagen, dass Frau Wagner und ich jetzt die Ermittlungen übernehmen. Sie können wieder in Ihr wohltemperiertes Büro fahren. Nicht, dass Sie bei diesen Temperaturen einen Sonnenstich bekommen.«

»Von was reden Sie da, Palzki?«, fragte er ungehalten.

Ich kratzte mich am Kopf und überlegte, ob KPD seine Klimaanlage zu niedrig eingestellt hatte und seine Hirnsynapsen dadurch einen Frostschaden erlitten hatten.

»So machen wir es doch immer, Herr Diefenbach. Wir, die Indianer, ermitteln draußen vor Ort, und Sie als Häuptling lösen in Ihrem Büro in aller Ruhe das Verbrechen. Dazu müssen Sie doch nicht selbst an den Tatort kommen. Was da unterwegs alles hätte passieren können bei dem Verkehr heutzutage.«

»Wie kommen Sie darauf, dass Sie den Fall übernehmen sollen, Palzki?«

»Aber – aber, Sie haben mich doch rufen lassen!«

»Ach so«, KPD versuchte zu lachen, was aber ziemlich verächtlich rüberkam. »Jetzt verstehe ich. Da liegt ein Missverständnis vor. Die Ermittlungen in diesem schwierigen Fall führe ich selbstverständlich höchstpersönlich. Hier ist meine Kompetenz vor Ort gefragt.«

Ich brauchte ein paar Sekunden, um meinen Mund wieder schließen zu können.

»Und was soll ich dann hier?«

KPD zog mich am Oberarm aus der Hörweite der anderen.

»Sie müssen für mich nach Frankenthal. Ich kann leider nicht auf zwei Hochzeiten gleichzeitig tanzen.«

»Ich soll für Sie auf eine Hochzeit gehen?«

Das wurde ja immer verrückter.

»Nein, natürlich nicht. Das wäre in den Kreisen, in denen ich verkehre, ja außerordentlich peinlich.«

Ich bemühte mich, die Beleidigung zu überhören.

»Wie Sie den letzten Ausgaben des Polizeikuriers entnehmen konnten, mache ich gerade eine Vortragsreise durch die Kurpfalz. In meinen Vorträgen referiere ich über wichtige und aktuelle Themen zur Polizeiarbeit. Klar, dass da ausschließlich hochrangige Beamte zuhören. Ich kann mit meinen Ideen nicht nur die Polizeiarbeit der Zukunft revolutionieren, sondern auch mein persönliches Netzwerk ausbauen.« Er schaute gen Himmel, als erwarte er, dass ihm eine Krone entgegenfallen würde.

Ich hatte keine Ahnung, was er mit ›Polizeikurier‹ meinte. Vielleicht wusste es Jutta. KPD sprach weiter.

»In der nächsten Woche habe ich einen wichtigen Vortrag im Spiegelsaal des Frankenthaler Congressforums, nähere Informationen hängen am Schwarzen Brett. Kennen Sie das Congressforum?«

Ich nickte, denn erst kürzlich erreichte dort die Ermittlungssache mit dem Speyerer Bistum einen ihrer Höhepunkte.

»Wenn solch hochrangige Beamte zu meinen Vorträgen kommen, selbst der Minister hat zugesagt, müssen natürlich auch die Sicherheitsaspekte vor Ort geklärt werden. Das ist zwar eine heikle Sache, aber ich denke, wenn ich Sie genau instruiere, könnte es klappen.«

»Soll ich die Security in Frankenthal überprüfen?«

»Ach was, ich will Sie ja nicht überfordern. Ihre Aufgabe besprechen wir nachher. Fahren Sie jetzt zuerst mal mit Ihrer Kollegin Wagner auf die Dienststelle. Ich komme bald nach, dann werde ich Ihnen alles erklären.«

KPD wandte sich wieder seinem Tatort zu, die Sache war für ihn zunächst erledigt. Unverhofft kam er aber noch mal zurück und schaute mit verklärtem Blick auf Lisa.

»Meine Frau und ich wollten ja auch mal Kinder haben. Evolutionstechnisch gesehen wäre das für die Menschheit ein großer Segen. Aber Sie wissen ja, wenn man mal Vorgesetzter ist, bleibt für das Privatleben nur sehr wenig Zeit.« Er machte eine kleine Pause. »Kann man die kleinen Dinger eigentlich irgendwo tageweise mieten?«

»Ich kann Ihnen gern mal für einen Tag den Paul vorbeibringen, Herr Diefenbach.« Ich versuchte, mein boshaftes Grinsen so weit wie möglich zu unterdrücken. Doch mein Vorgesetzter hatte sich bereits abgewandt.

»Um mir das zu sagen, habe ich hierher fahren müssen, Jutta?«

Meiner Kollegin war die Sache offensichtlich peinlich. »Das wusste ich doch auch nicht, Reiner. Ich war gerade fünf Minuten am Tatort, da kam KPD angefahren und verlangte sofort, dass ich dich anrufe. Die ganze Sache lief mehr als konfus.«

»Das ist normal, wenn unser Chef anwesend ist«, konterte ich. »Wenigstens scheint kein ernsthaftes Verbrechen vorzuliegen.«

»Woher willst du das wissen?«

Ich schaute Jutta fest in die Augen. »Siehst du irgendwo den Studenten Dietmar Becker? Solang der nicht auftaucht, ist nichts passiert.«

Seit Jahren wurden wir bei jeder größeren Ermittlungssache von diesem Archäologiestudenten gestört. Zu Beginn galt er selbst eine Zeit lang als Verdächtiger, bis wir herausbekamen, dass er nebenbei als Journalist für eine Tageszeitung schrieb, und es sein größter Traum war, einen dieser seltsamen Regionalkrimis zu schreiben, die in den letzten Jahren wie Pilze aus dem Boden schossen und meist die Polizeiarbeit alles andere als realistisch beschrieben. Mehrere dieser Krimis hatte er bereits veröffentlicht. Was an und für sich nicht so schlimm gewesen wäre, wenn diese sogenannten Fälle nicht ausnahmslos tatsächliche Verbrechen beschreiben hätten, die in der Kurpfalz für mächtig viel Furore sorgten. Davon abgesehen beschrieb er den ermittelnden Hauptkommissar stets als verrückten Trottel, der ohne seine Kollegen und seinen Chef absolut hilflos war. Ich konnte mir nicht vorstellen, dass er mehr als eine Handvoll regelmäßiger Leser hatte. Zudem behauptete er in dreister Weise, dass ein Beamter der hiesigen Kriminalinspektion seine Ergüsse auch noch aus ›fachlicher Sicht‹ gegenlas.

Becker roch die Verbrechen geradezu, mehr als einmal recherchierte er längst bereits vor Ort, wenn wir Beamten von der Tat erfuhren. Inzwischen galt Becker bei uns als wichtiger Indikator für Kapitalverbrechen, und das geflügelte Wort ›kein Becker, keine Toten‹ hatte sich bei uns in der Dienststelle längst durchgesetzt und wird wohl bald Einzug in die internationale Literatur und kriminalistische Standardwerke finden.

»Was machen wir jetzt?«, fragte ich Jutta.

»Das, was KPD gesagt hat. Wir fahren ins Büro. Und du am besten vorher daheim vorbei.«

Ich blickte zu Lisa, die noch immer fröhlich vor sich hinbrabbelte. »Ne, lass mal, ich nehme sie mit, dann muss sich KPD mit seinen Erläuterungen kurz halten.«

»Das kannst du nicht machen, Reiner. Hast du Angst vor Stefanie?«

Als ich aufbrausend reagierte und sie dies als Zustimmung deutete, ergänzte sie: »Dann fahr ich bei Stefanie vorbei und hole Lisa was zum Anziehen.«

Ich bedankte mich, schließlich würde Jutta mit ihrer Tat vermutlich mein Leben retten. Gemeinsam gingen wir zu unseren Autos. Eine Verabschiedung von unserem allseits beliebten Vorgesetzten hielten wir für überflüssig.

Da ich wegen Juttas Umweg zu meiner Frau ein bisschen Zeit hatte und mein Magen knurrte, empfand ich es als gute Idee, einen kurzen Zwischenstopp einzuplanen.

Meine Tochter schien hochintelligent zu sein. Während ich die Cheeseburger verputzte, nutzte Lisa einen Moment meiner Unachtsamkeit und lutschte am Ketchup der Pommes. Kurz darauf fragte mich der Besitzer meines Schifferstadter Lieblingsimbisses Caravella, ob ich zusammen mit meiner Tochter Interesse an einem Werbevertrag hätte. Nur ein paar Fotos, und das Video, das er ins Internet setzen wollte, könnte er sofort drehen, wenn ich einverstanden wäre.

SZENE 2 KPDS AUFTRAG

Überrascht stellte ich fest, dass samstags im Waldspitzweg einiges los war. Zum ersten Mal, seit ich in dieser Dienststelle arbeitete, schaute ich mir die vielen Zettel an, die am Schwarzen Brett hingen. Ohne vorher einen Umweg über mein Büro zu machen, ging ich schnurstracks zu Jutta. Deren Räumlichkeit hatte sich seit geraumer Zeit als idealer Treffpunkt für kleinere Teamsitzungen erwiesen. Sie waren bereits alle da: Jutta, mein Lieblingskollege Gerhard, der trotz zurückweichenden Haarkranzes ständig neue Bekanntschaften machte und sein Leben genoss, sowie Jungkollege Jürgen. Jürgen und Gerhard begannen sofort zu lachen. »Das ist ja noch bizarrer als im Internet.«

»Sind wir nun alle da, meine Herren?«, begrüßte mich Jutta und überreichte mir eine gefüllte Stofftasche.

»Könnte sein«, antwortete ich. »Warum hat KPD diesen Motorradclub eingeladen? Da hängt so ein komischer Aushang am Schwarzen Brett.«

Gerhard schaute mich überrascht an. »Seit wann liest du die Aushänge am Schwarzen Brett? Ich wusste gar nicht, dass du überhaupt weißt, wo sich das Brett befindet.«

Jutta wirkte noch eine Spur überraschter. »Was meinst du mit Motorradclub?«

»Liest du keine Schwarzen Bretter? Unser Chef will da irgendein Seminar oder so ähnlich veranstalten. Und dazu hat er diesen Club eingeladen. MC Stirnhör, glaub ich. Ein seltsamer Name.«

Jutta prustete laut heraus. »Das meinst du jetzt nicht im Ernst, Reiner, oder?«

Nachdem sie meine fragende Mimik richtig gedeutet hatte, klärte sie mich auf. »McStirnhör ist eine der weltweit größten Unternehmensberatungen. Die haben garantiert nichts mit einem Motorradclub am Hut.«

Ich hakte unbeirrt nach. »Dann ist es mal wieder eine der bedepperten Ideen unseres lieben Vorgesetzten?«

»Wie man's nimmt«, antwortete Jutta. »KPD hat große Pläne. Er will die komplette Inspektion umstrukturieren. Es soll ein Modellversuch in Schifferstadt entstehen, als Vorbild für alle anderen Polizeidienststellen in Deutschland und wahrscheinlich der ganzen Welt. KPD sieht sich schon in der Weltgeschichte herumreisen und Referate über sein Projekt halten.«

Lisa klatschte mir ihr kleines Händchen an die Wange und brachte sich damit wieder in Erinnerung. »Ich hab's ja verstanden, Kleine. Die liebe Tante Jutta hat dir frische Kleider mitgebracht. Dann werden wir dich mal umziehen.«

Während ich meine Tochter auf den Besprechungstisch legte, ereiferte sich Jutta.

»Hör bloß auf mit dem Tanten- und Onkelgedöns, das ist absolut nicht mehr zeitgemäß. Außerdem –«, sie erschrak und zeigte auf Lisa, »sie blutet am Mund. Da muss was passiert sein.«

Ich schnappte mir eine der Servietten, die immer griffbereit neben der Kaffeekanne lagen, und säuberte Lisas Mund. »Und schon ist sie wieder sauber.«

Meine Kollegin schaute mich empört an. »Das kannst du nicht machen, vielleicht hat sie sich im Mund verletzt.«

Um zu verhindern, dass Jutta das Jugendamt anrief, beichtete ich kleinlaut die Wahrheit: »Das war nur Ketchup.«

»Sag bloß, du hast deine Tochter mit Pommes gefüttert? Hast du deshalb fast eine Stunde gebraucht?«

»Pommes kann sie doch noch gar nicht kauen«, stellte ich klar. »Lisa hat sich nur ein paar Geschmacksanregungen am Ketchup geholt. So kann sich ihr Körper langsam an die schmackhaften Sachen gewöhnen. Außerdem habe ich das nicht mit Absicht gemacht. Ich war einen Moment abgelenkt.«

»Wenn das Stefanie gehört hätte«, meinte Jutta und seufzte.

»Außerdem hat der Imbissbesitzer ein Werbevideo von Lisa und mir gedreht. Das hat auch ein paar Minuten gedauert. Meine Tochter wird eine Berühmtheit werden.«

Gerhard hatte sich an seinem Kaffee verschluckt. Nachdem er wieder geordnet atmen und sprechen konnte, zeigte er auf Juttas Bildschirm: »Jürgen, würdest du bitte mal den Monitor umdrehen? Ich denke, dass der Server wieder online ist.«

Alle außer mir grinsten. Selbst Lisa jauchzte. »Was für ein Server?«, fragte ich.

»Vor etwa einer Viertelstunde ist der Hauptcomputer des Polizeipräsidiums abgestürzt. Zu viele gleichzeitige Zugriffe auf dieselbe Seite.«

Ich war ratlos. »Muss ich das verstehen? Samstags ist doch sowieso fast niemand hier.«

Jürgen schaltete per Tastendruck auf die Internet-Einstiegsseite des Polizeipräsidiums. Dann klickte er auf ›Aktuelles‹. Ein beinahe bildschirmfüllendes Foto von meiner Tochter und mir erschien. Darunter hatte ein Witzbold neben Lisas und meinem Namen ›Der jüngste Fan des 1. FC Kaiserslautern, ganz in rot-weiß‹ geschrieben.

Ich wollte gerade erzürnt reagieren, als wir ein asthmatisches Hüsteln aus Richtung Tür vernahmen. KPD trat ein und blickte automatisch direkt auf den Monitor.

»Ach, ist der Server endlich wieder online? Ein Kollege aus Ludwigshafen hat mich gerade angerufen. Er hat für diese sehr gelungene Sportfotoserie eine eigene Facebook-Seite ins Internet gestellt. Nach wenigen Minuten hatte sie bereits 84 Fans. Vielleicht kann man das mit meiner Minigolfseite verlinken.«

Ich begann, Lisa auszuwickeln. Meine Kollegin half mir vorsichtig mit einer Schere. Als dies vollendet war, spürte ich die Blicke meiner Kollegen und auch meines Vorgesetzten wie Nadelstiche in meinem Rücken. Ich gab mir keine Blöße. Im Nu hatte ich meine Tochter fachgerecht und einwandfrei gewickelt. Während ich sie anzog, meinte KPD: »Das geht ja einfacher, als ich dachte. Wenn das sogar Sie hinkriegen.«

Gerhard schaute provozierend auf seine Uhr. »Nehmen Sie doch bitte Platz, Herr Diefenbach. Warum haben Sie uns alle zusammen ins Büro bestellt?«

KPD setzte sich und wischte die Reste des Absperrbandes, die vor ihm lagen, vom Tisch. Die Kaffeekanne mit dem für Normalsterbliche tödlich starken Kaffee beachtete er nicht. Er hatte bereits seine negativen Erfahrungen damit gemacht.

»Also, wo fange ich da am besten an.« Unser Chef musste seine Gedanken ordnen. »Durch das Kapitalverbrechen bin ich zeitlich etwas eingespannt, daher müssen wir umdisponieren.«

»Dann entlasten wir Sie am besten und übernehmen die Ermittlungen«, empfahl ich. »Was ist überhaupt passiert?«

»Nein, das geht auf keinen Fall. Die Ermittlungen leite ich. Das muss dieses Mal effizient und schnell geschehen. Ich vermute, dass uns die Knochenfunde zu einer großen Sache führen. Das kann Auswirkungen bis in die höchsten Ebenen der Politik haben. Der oder die Täter müssen in kürzester Zeit gefasst werden. Da können wir keine Zeit vertrödeln mit banalen Nebenkriegsschauplätzen.« Er fixierte mich. »Wenn Sie ermitteln, Herr Palzki, das muss einfach mal gesagt werden, dann arbeiten Sie alles andere als zielgerichtet. Sie machen sich da jedes Mal viel zu viel Arbeit. Unnötige Arbeit, wohlbemerkt. Ich habe Ihre letzten Fälle mal grob in Gedanken analysiert. Rund 90 Prozent Ihrer Arbeit war für die Katz!«

Wut stieg in mir auf. »Herr KP -äh Herr Diefenbach. Am Ende, wenn der Täter überführt ist, ist man immer schlauer. Am Anfang weiß man noch nichts, da muss man in alle Richtungen ermitteln, auch auf die Gefahr hin, dass falsche Spuren dabei sind.«

»Genau«, fiel er mir ins Wort. »Und diese falschen Spuren gilt es zu minimieren. Ich möchte sogar behaupten, man kann sie ausschließen. Und deshalb werde ich den Fall höchstpersönlich leiten. Wenn es klappt, wie ich mir denke, und da bin ich mir absolut sicher, werde ich ein Lehrbuch über effiziente Ermittlungsarbeit bei Kapitalverbrechen schreiben. Dann haben Sie endlich mal einen verbindlichen Leitfaden, Palzki. Wie viele Verbrechen haben Sie im letzten Jahr erst mehr als drei Tage nach der Tat aufgeklärt?«

Hilfe suchend schaute ich zu Gerhard und Jutta. Doch meine Kollegen waren genauso sprachlos. Dies war das Ende der Kriminalinspektion Schifferstadt.

»Dann können wir ja wieder heimfahren«, schlussfolgerte Gerhard und stand auf.

»Langsam, Herr Steinbeißer. Setzen Sie sich bitte wieder. Es gibt da ein paar Dinge, die muss ich mit Ihnen besprechen.«

KPD setzte sich in Positur, damit es wichtig aussah. »Ich darf meine Vortragsreihe nicht aus den Augen verlieren. Herrn Palzki habe ich vorhin schon darüber informiert. Er kann es Ihnen nachher erzählen, Herr Steinbeißer. Um 16 Uhr habe ich dummerweise eine wichtige Besprechung im Frankenthaler Congressforum. Die Sache ist eigentlich klar und einfach, sonst könnte ich Herrn Palzki ja nicht hinschicken. Trotzdem ist es notwendig, dass jemand von uns wenigstens pro forma hingeht. Sonst wird mich beim Vortrag niemand ernst nehmen. Und damit es wichtiger wirkt, gehen Sie mit, Herr Steinbeißer. Alles, was Sie tun müssen, ist, darauf zu beharren, dass die strengsten Sicherheitsvorkehrungen getroffen werden, die es dort je gegeben hat. Alle meine Gäste werden hochrangige VIPs sein.« Er sah abwechselnd zu mir und zu Gerhard. »Reicht Ihnen das als Info?«

Stumm nickten wir.

»Dann kann fast nichts mehr schiefgehen. Herr Steinbeißer, bitte passen Sie ein wenig auf Ihren Kollegen auf. Er tritt öfter mal in ein Fettnäpfchen.« Und zu mir sagte er: »Ihre Tochter geben Sie bitte aber vorher daheim ab. Das sieht sonst ziemlich albern aus.«

Jürgen und Jutta saßen die ganze Zeit unbeteiligt mit am Tisch.

»Haben Sie für uns auch eine Spezialaufgabe, Herr Diefenbach?«

Er nickte. »Ich brauche Ihre Unterstützung. Da ich im Moment viel um die Ohren habe, kann ich das Meeting Montagfrüh nicht vorbereiten.«

»Meinen Sie unsere wöchentliche Lagebesprechung?«, fiel ich ihm ins Wort.

Verdattert blickte mich KPD an. »Lesen Sie nicht regelmäßig die Aushänge am Schwarzen Brett? Ab Montag wird unsere Dienststelle so richtig rausgeputzt.«

»Endlich«, sagte ich, und dummerweise war mein Mund wieder schneller als mein Gehirn. »Der Frühjahrsputz ist längst überfällig. Seit Ihre Klimaanlage eingebaut wurde, liegt mein Büro unter einer dicken Staubschicht.«

KPD schaute zu Boden und überlegte. »Ich weiß nicht«, sagte er schließlich, »vielleicht sollte ich Sie eine Weile in den Streifendienst versetzen. Nur solange, bis wir alles geregelt haben. Was macht das für einen Eindruck, wenn Sie unqualifizierte Bemerkungen von sich geben? Die kennen Sie doch überhaupt nicht und nehmen das dann für bare Münze!«

»Wen meinen Sie überhaupt?«

KPD versuchte, mit den Augen zu rollen, was völlig belämmert aussah. »Am Montag fällt die Lagebesprechung aus. Stattdessen kommt eine hochrangige Abordnung der weltweit etablierten Unternehmensberatung McStirnhör zu uns ins Haus.«

»Ach so, die.«

»Sie kennen McStirnhör?«

Ich grinste meinen Chef an. »Das hängt doch am Schwarzen Brett. Wollen Sie sich beraten lassen?«

Das wunderte mich, da sich KPD bisher eigentlich stets beratungsresistent gezeigt hatte.

Er druckste herum. »Na ja, es kann schließlich nicht schaden, auch mal eine unabhängige Meinung einzuholen. Dass sich in dieser Dienststelle einiges ändern muss, sieht ein Blinder. Außerdem soll die Beratung ja die Sachbearbeitung auf Vordermann bringen und nicht meine Führungsleistung! So kann es nicht weitergehen.«

»Bekommen wir unseren Fitnessraum?«, platzte Gerhard spontan in die Rede KPDs.

Unser Vorgesetzter ging darauf nicht ein. »Diese altbackenen Strukturen sind sehr hinderlich für mich als Chef. Vieles fließt einfach so an mir vorbei, ohne dass ich es erfahre. Es ist aber nicht nur der Informationsfluss, der einer Anpassung bedarf. Ich denke, bei uns muss ein völlig neuer Workflow etabliert werden.«

Automatisch begann ich mich zu kratzen. »Flöhe an unserer Dienststelle? Wird das eine neue Geheimwaffe?«

Jutta und Gerhard waren nah dran, loszulachen, konnten sich aber gerade noch beherrschen. Jürgen hatte das Wortspiel genau so wenig verstanden wie unser Chef.

KPD atmete zwei- oder dreimal tief durch. »Dieses ganze Hierarchiengedöns muss auf den Prüfstand. Oben muss der Häuptling stehen, also ich, darunter muss es eine breite Basis von dienstbeflissenen Indianern geben, die auf Zuruf arbeiten. Wenn bei mir alle Fäden zusammenlaufen, kann ich viel schneller reagieren und die richtigen Schlüsse ziehen. Sie werden sehen: Unsere Aufklärungsstatistik wird in die Höhe schnellen.«

»Die liegt doch bereits bei über 100 Prozent«, wandte ich ein.

»Das ist nicht genug«, polterte KPD. »Ganz vorn stehen ist immer noch zu weit hinten. Wir werden zu einer deutschlandweiten Musterdienststelle aufsteigen. Ganz Deutschland, was sage ich da, ganz Europa wird ehrfurchtsvoll zu uns hochblicken. Ich habe übrigens schon ziemlich detaillierte Vorstellungen, wie wir das schaffen. Die Manager von McStirnhör werden mich bestimmt in allen Punkten bestätigen. Jedenfalls, wenn sie gut sind und ihr Metier verstehen.«

KPD drehte völlig durch. Sein bisheriges Verhalten konnte man noch mit skurril und verrückt beschreiben, aber das, was er nun plante, dafür gab's noch keine geeigneten Adjektive. ›Diefenbachisch‹ würde sich da vielleicht einen Weg in den Duden bahnen. Oder das Krankheitsbild der ›Schizophrenia diefenbachensis‹ in die medizinische Fachliteratur.

Jutta trank bereits die dritte Tasse Kaffee, seit KPD im Raum war. »Und wozu brauchen Sie mich und meinen Kollegen?« Sie zeigte auf Jürgen.

»Frau Wagner, Sie müssen mir den Ballast vom Hals schaffen. Bis zum Meeting am Montag will ich den Ermittlungsfall in der entscheidenden Endphase haben. Ich will den Managern zur Einführung in unsere Gespräche den aktuellen Fall exemplarisch präsentieren. Und da wäre es blöd, wenn noch keine Ergebnisse vorliegen würden. Daher muss ich Sie bitten, das Meeting vorzubereiten. Alles, was so an Wichtigem anliegt: Buffet und Getränke vor allem. Vielleicht können Sie beide auch ein paar Präsentationsplakate entwerfen. In der

Mitte mein Bild und außen herum ein paar Schnappschüsse der letzten gelösten Fälle. Damit die Berater gleich sehen, dass alle Fäden bei mir zusammenlaufen müssen.«

Jutta und Jürgen nickten. KPD strahlte. »Dann wäre alles geklärt. Viel Glück, meine Herren und Frau Wagner. Ich mache mich jetzt auch an die Arbeit.«

Sekunden später war der Spuk vorbei.

SZENE 3 TOD IM CONGRESSFORUM

Recht lang saßen wir gedankenversunken um den Besprechungstisch. Schließlich unterbrach Jutta die Stille. »Dann legen wir mal los, Jungs!«

Wir nickten zustimmend und standen auf. »Kommst du, Gerhard?«

»Willst du jetzt schon fahren? Wir haben bis zum Termin über eine Stunde Zeit. Soviel können wir uns gar nicht verfahren.«

»Ich lade dich auf einen Kaffee bei mir daheim ein.«

»Wieso denn das?«, fragte er verblüfft. »Ich habe hier meinen eigenen.«

Jutta hatte mich durchschaut. »Du traust dich nicht allein heim, stimmt's? Du wirst doch nicht etwa Angst vor Stefanie haben?«

»Ich doch nicht! Lisa gehts gut, es ist nichts passiert. Alles im grünen Bereich.«

»Dann bete mal, dass deine Frau heute nicht ins Internet schaut«, meinte mein Kollege.

*

Trotz Gerhard hatte ich ein ungutes Gefühl, als ich zu Hause die Tür aufschloss.

Meine Frau hatte uns gehört und kam in den Flur. Sie hielt ihren Zeigefinger vor den Mund. »Seid bitte leise, Lars ist gerade eingeschlafen.«

Sie nahm mir die zufrieden lächelnde Lisa ab, begutachtete sie von allen Seiten und begann, mir Vorwürfe zu machen. Lisa begann zu schreien. Stefanie war erschüttert. »Was hast du mit ihr gemacht?«

»Ich? Bei mir hat sie doch gelacht.«

Meine Frau machte die Probe aufs Exempel und gab mir unsere Tochter zurück. Sofort hörten die Schreie auf.

»Wenn ich es aufgrund ihres Alters nicht ausschließen könnte, würde ich sagen, du warst mit Lisa in einem Fast-Food-Tempel.«

Während ich mich energisch zur Wehr setzte, kicherte Gerhard vor sich hin. »Was weiß ich«, antwortete ich scheinheilig. »Vielleicht liegt es an meinem Rasierwasser oder dem Deo.«

Meine Frau gab sich geschlagen. »Jutta hat frische Kleider geholt. Wo hast du die gebrauchten?«

»Die liegen im Auto. Ich weiß aber nicht, ob man die noch retten kann. Lisa hatte Durchfall.«

»Und du hast unsere Tochter allein gewickelt?«

»Sogar zweimal«, sagte ich stolz. Glücklicherweise fragte sie nicht näher nach.

Wir gingen in die Küche, und ich beichtete ihr meinen persönlichen Zeitplan der nächsten Stunden. Meine Frau klang alles andere als begeistert.

»Euer Chef hat einen an der Waffel.«

»Das ist schon länger bekannt«, bestätigte ich ihre Meinung.

»In zwei Stunden sind wir wieder da«, meinte Gerhard. »Ich will heute Abend mit Jasmin ausgehen.«

»Jasmin?«, hakte ich nach. »Ist die neu? Das ist das erste Mal, dass du von ihr erzählst.«

Gerhard grinste. »Na ja, wir kennen uns schon eine Weile. Letzten Mittwoch habe ich sie beim Shoppen kennengelernt.«

Gerhard genoss sein Leben. Seine Bekanntschaften wechselten recht häufig. Spätestens dann, wenn das Thema Kinder diskutiert wurde.

Inzwischen hatte sich Lisa wieder an ihre Mutter gewöhnt. Die beiden zogen sich ins Wohnzimmer zurück.

Melanie kam in die Küche und meinte: »Geil, Papa, ich hab's gerade in Facebook gesehen. Ich bin Fan Nummer 214. Lisa wird noch berühmt.«

Aus dem Wohnzimmer rief Stefanie: »Was hast du gerade gesagt, Melanie? Ich hab's nicht richtig verstanden.«

Mit meinem bösestmöglichen Blick fixierte ich Melanie. Sie war alt genug, um diesen richtig zu interpretieren. Sie drehte sich in Richtung Wohnzimmer und rief: »War nur ein blöder Gag, Mama. Und ich werde nicht mehr ›geil‹ sagen, okay?«

Die Situation war gerettet. Eine Weile später fuhren Gerhard und ich los. Während es sich mein Beifahrer bequem machte, steuerte ich die vierspurige B9 an, die nach Frankenthal führte und durch ihre übertriebene und nicht nachvollziehbare Geschwindigkeitsbegrenzung nervte. Unter der Prämisse ›Es geht ja schließlich um KPD‹ missachteten wir ausnahmsweise diese gesetzgeberische Anordnung. Das Congressforum im Frankenthaler Süden hatte ich bereits öfter besucht. Dienstlich gerade kürzlich, weil ich dort einen mysteriösen Fall im Speyerer Dom aufzuklären hatte, privat bei diversen Veranstaltungen. Auch wenn der Name anderes versprach, hatte das Congressforum weit mehr als Säle für Kongresse und Meetings zu bieten. Der große, atmosphärisch ausdrucksstark gestaltete Saal fasste über 1.000 Besucher und wurde durch eine kleinere Halle ergänzt, die wegen ihrer deckenhohen Spiegel und den Säulenarrangements als Spiegelsaal bezeichnet wurde. Ich vermutete, dass die Ausbaupläne von König Ludwig II. stammten.

Ich parkte auf dem Parkdeck hinter dem Forum. Da die Haupteingänge um diese Zeit vermutlich geschlossen waren, klingelten wir am Verwaltungseingang.

Durch die Sprechanlage fragte man nach unserem Begehr.

Nachdem wir uns als Untertanen von Herrn Diefenbach geoutet hatten, surrte der Türöffner und wir wurden ins Obergeschoss gebeten. Durch das teilverglaste Treppenhaus konnten wir auf das Parkdeck blicken. Erst jetzt fiel uns ein größerer Transporter auf, der rückwärts an der Laderampe angedockt war.

Am Ende des Treppenhauses angekommen, surrte erneut ein Türöffner. Gerhard und ich kamen in einen lang gezogenen Flur, der seiner Länge nach durch eine Theke geteilt wurde. Der Platz vor der Theke zur Wand hin war recht schmal, ein Überholen war an dieser Stelle nur mit Verrenkungen möglich. Ivan Rebroff würde in diesem Flur Probleme bekommen. Auf der einen Seite würden Künstler, die im Congressforum auftraten, bestimmt nicht in den Verwaltungstrakt gehen, auf der anderen Seite lebte Rebroff schließlich nicht mehr. Und für Normalgewichtige war ausreichend Platz.

»Schaffst du das?«, fragte Gerhard von hinten. »Oder soll ich etwas drücken?«

Ich drehte mich um und zeigte ihm den Vogel.

Hinter der Theke stand eine jüngere Frau mit dunklem Pferdeschwanz und grinste schelmisch, da sie Gerhards Unverschämtheit gehört hatte.

»Guten Tag, mein Name ist Daniela Westermann, was kann ich für Sie tun?«

Ich stellte uns vor und wiederholte, warum wir hier waren.

»Einen kleinen Moment bitte, Herr Stefanus wird gleich da sein.«

Der Moment war sehr kurz, denn fast zur Sekunde kam aus einem der Räume, die hinter der Theke in den Flur mündeten, unser Gesprächspartner heraus.

»Guten Tag, meine Herren. Mein Name ist Claudius Stefanus. Ich bin der Leiter des Veranstaltungsmanagements und hatte eigentlich Herrn Diefenbach erwartet.«

Ich drehte mich zu ihm um, was wegen der Enge nur mit ein paar Verrenkungen klappte. Gerhard konnte gerade noch rechtzeitig ein Kugelglas mit Werbebonbons von der Theke retten, sonst wäre es an der Wand zerschellt.

»Herr Diefenbach muss sich um ein paar alte Knochen kümmern«, sagte ich, und es klang sehr abwertend. »Wir sind so etwas wie seine Vertreter. Die schärfsten Sicherheitsvorkehrungen, die Frankenthal je gesehen hat, sollen wir von Ihnen verlangen. Die Zuhörer unseres Chefs sind nämlich alle VIPs.«

Stefanus winkte mit einer großzügigen Geste ab.

»Das wollen sie alle, machen Sie sich da mal keine Sorgen. Viele Menschen reagieren so, sobald sie zwei- oder dreimal in der Zeitung gestanden haben. Gerade Künstler sind da sehr empfindlich. Manche erwarten, dass man einen roten Teppich von ihrem Hotel bis hier zum Saal auslegt. Und dann sind sie tödlich beleidigt, wenn sie durch den Hintereingang rein müssen, weil der Haupteingang tagsüber geschlossen ist.«

Stefanus holte tief Luft und rollte mit den Augen.

»Und wenn dann am Hintereingang der Hausmeister aufmacht und die unheimlich wichtige Person nicht sofort erkennt, oje, ich sags Ihnen: Da ist schon mancher durchgedreht. Zum Glück gibt es auch Künstler, die auf dem Boden geblieben sind. Kommen Sie mit nach unten, dann können Sie gleich einen kennenlernen, während wir das Sicherheitskonzept besprechen.«

Während er vorausging, schweiften meine Gedanken in die nahe Zukunft. Hoffentlich stellte Stefanus uns den avisierten Künstler mit Namen vor und erwartete nicht, dass ich ihn kannte. Mein Promi-Wissen war sehr begrenzt. Roy Black würde ich erkennen, oder lebte der auch nicht mehr?

Gerhard und ich folgten dem Veranstaltungsmanager durch

eine Lagerhalle, die sich meiner Vermutung nach direkt hinter dem Spiegelsaal befand. Eine Tür später standen wir im Foyer, das die beiden Säle und das dazwischenliegende Restaurant Culinarium miteinander verband. Hier waren die meisten Wände verspiegelt, was dem Foyer eine imposante Weiträumigkeit verlieh.

Vor dem Eingang des Spiegelsaals blieb Stefanus stehen. »Sie kennen bestimmt Pako, den Kurpfälzer Comedian?«

Gerhard bekam glänzende Augen. »Klasse, gibt er auch Autogramme?«

»Sie können ihn gleich selbst fragen. Aber ich denke schon, Pako ist sehr locker drauf, dem sind seine Zuhörer wichtig. Nicht wie manche anderen Künstler, die nur zum Selbstzweck auftreten.«

Gerhard rempelte mich an. »Vielleicht können wir ihm ein paar Storys von KPD erzählen. Stell dir mal vor, wenn der ihn in sein Programm einbaut und das dann in der Presse steht.«

»Das wird nichts«, konterte ich. »KPDs Sprüche sind nämlich nie lustig, sondern nur skandalös. Da lacht keine Sau drüber.«

Pako war mir nicht unbekannt. Ich hatte zwar bisher nur ein paarmal seine flotten Sprüche im Radio gehört und sein Bild in der Zeitung gesehen, meine Frau war aber ein ausgesprochener Fan von ihm. Sie amüsierte sich köstlich über seine, wie sie sagte, aus dem Leben gegriffenen Weisheiten und Gags.

Stefanus und Gerhard waren bereits im Saal verschwunden. Ich ließ es gemächlicher angehen und blieb zunächst ein paar Sekunden in der Tür stehen. Dieser Saal hatte eine dermaßen faszinierende Atmosphäre, die mich jedes Mal von Neuem ergriff. KPD würde nach seinem Vortrag bestimmt sein Büro nach einer Vorlage des Spiegelsaals umbauen lassen.

Im Hintergrund sah ich ein zehn Meter breites und halb so

hohes Bühnenbild, das die Kulisse der Pfälzer Haardt nebst einem Weinberg darstellte. Am rechten Rand stand andeutungsweise die Fassade eines alten Fachwerkhauses.

Gerhard und Stefanus unterhielten sich bereits mit dem Künstler. War das wirklich dieser Pako? Ich hatte ihn anders in Erinnerung, aber Bilder in Zeitungen können manchmal ganz schön täuschen. Trotzdem machte es bei mir *Klick*. Irgendwoher kannte ich das Gesicht, und das hatte nichts mit seinem Job zu tun. Doch so sehr ich auch überlegte, ich kam nicht drauf. Ich wusste nur, dass ich keine allzu positiven Erinnerungen damit verknüpfte.

»Da kommt ja auch Herr Palzki«, sagte Claudius Stefanus und zeigte auf mich.

Pako sah mir in die Augen und lächelte. »Angenehm, da fühl ich mich gleich viel sicherer, wenn so viel Polizei im Hause ist.«

Er schüttelte mir die Hand und besah mich in schon fast aufdringlicher Art und Weise. »Kann es sein, dass ich Sie vorhin im Internet in den MRN-News Rhein-Neckar gesehen habe? Mit Ihrer Tochter?« Er nickte anerkennend. »Vielleicht bau ich das in mein Programm ein, wenn ich mal wieder was mit dem FCK mach.«

Während Gerhard mit zusammengekniffenen Lippen feixend zur Seite schaute, antwortete ich: »Sie kommen mir auch bekannt vor, aber ich komme nicht drauf.«

Pakos Miene verfinsterte sich. »Ich kann's mir schon denken, Herr Palzki. Mein Halbbruder, der mir leider teilweise ähnlich sieht, erzählt öfter von Ihnen. Aber Sie können sicher sein, dass ich mich Ihnen gegenüber neutral verhalte. Das, was er erzählt, klingt immer sehr übertrieben und unglaubwürdig. Das wäre der Hammer, wenn es solche Polizeibeamten wirklich geben würde. Aber Matthias beharrt darauf, dass jedes Wort wahr sei.«

Matthias? Dieses Signalwort hatte mir gereicht, um ihn visuell zuzuordnen. Die Ähnlichkeit der Augen- und Nasenpartie war frappierend. Den zuckenden Mundwinkel und die feuerroten Haare hatte er zum Glück nicht geerbt.

»Dr. Metzger ist Ihr Halbbruder? Das gibt's doch gar nicht.«

»Ich werde nur ungern mit ihm in Verbindung gebracht«, erklärte Pako. »Im Vergleich zu ihm habe ich aber was Gescheites gelernt.«

»Na ja, Arzt ist auch nicht so ohne. Obwohl man bei Ihrem Halbbruder nicht unbedingt wertfrei von einem Arzt sprechen darf.«

Pako lachte. Seine Lache war zwar nicht ganz so durchdringend von einer anderen Welt stammend wie die seines Bruders, eine gewisse Ähnlichkeit konnte man aber durchaus heraushören.

»Matthias und Arzt. Da haben Sie recht. Schon bis zum Abitur über den zweiten und dritten Bildungsweg habe ich ihm helfen müssen, sonst hätte das niemals geklappt. Seine Ansichten waren von klein auf immer etwas individuell und passten nicht so recht in die gängigen Lehrpläne. Nach dem Abi hat er studiert. Irgendwo im Ausland, ich weiß gar nicht mehr, wo genau, Uruguay oder so. Dabei spricht er kein Wort Spanisch.«

So langsam wurde mir einiges klar. »Warum ist er wieder zurück nach Deutschland gekommen?« Vielleicht konnte ich ein paar Anhaltspunkte herausfinden, um diesem Not-Notarzt endlich das Handwerk zu legen. Zumal er sich über Polizeibeamte lustig zu machen schien.

»Unsere Schwester munkelte, dass irgendetwas in Südamerika vorgefallen sein muss. Jedenfalls stand er ohne Vorwarnung eines Tages vor ihrer Tür.«

Ich unterbrach ihn. »Ihre Schwester? Ist das die aus Dannstadt mit dem Esoterikversand?«

Pako nickte zustimmend. »Noch so ein heikles Thema in unserem Familienstammbaum. Aber zurück zu Matthias: Kaum war er wieder hier, hatte er auch schon seine Kassenzulassung in der Tasche. Das lief über einen früheren Kumpel, der bei der kassenärztlichen Vereinigung was zu sagen hatte. Nach ein paar Jahren wurde das Matthias aber zu langweilig. Immer nach Schema F, sagte er mal, als wir an Weihnachten oder einem runden Geburtstag zusammensaßen. Matthias wollte in der Medizin neue Pfade betreten und seine Ideen verwirklichen. Irrsinn, sage ich Ihnen, Herr Palzki. Da er sich mit den Kassenleistungen eingeengt vorkam, hat er seine Zulassung zurückgegeben und versucht seitdem, sich als freier medizinischer Berater zu etablieren. Seine Mobilklinik soll brummen, hat er vor ein paar Monaten zu unserer Schwester gesagt.«

Damit hatte er ein weiteres unsägliches Thema angesprochen. Dr. Metzger hatte sich mit einer Mobilklinik, die sich in einem Reisemobil befand, selbstständig gemacht. Gewöhnlich parkte er auf einem Campingplatz zwischen Waldsee und Altrip, doch für seine Kunden, wie er die Patienten nannte, war ihm kein Weg zu weit. Sein Gewerbe tarnte er als ›Gesundheitsberatung und Prophylaxe‹, wobei er nicht davor scheute, Kunden in seinem Reisemobil zu operieren und dies als Prophylaxe gegen den Tod zu begründen.

Ich stellte eine Frage, deren Antwort mich seit einiger Zeit umtrieb. »Ist das legal, was Ihr Bruder da treibt?«

»Halbbruder«, verbesserte er. »Machen Sie es nicht schlimmer, als es ist. Genehmigungen haben Matthias nie interessiert. Wo keine Kläger sind, da gibts auch keine Probleme, pflegt er zu sagen. Einmal hätte es eine Behörde versucht, da hat er der ganzen Abteilung einen Gesundheitscheck geschenkt und nebenbei ein paar Wehwehchen beseitigt. Nachdem er den Abteilungsleiter von seiner Schwerhörigkeit geheilt hatte und der daraufhin die bösen Kommentare seiner Mitarbeiter hinter seinem Rücken verstehen konnte, hatte Matthias bei ihm nicht nur einen Stein im Brett. Seitdem darf er als Notarzt die vorderpfälzer Straßen unsicher machen.«

»Halt, was machen Sie da, Herr Tuflinsky?«

Erstaunt blickten wir zu Stefanus, der mit dem Zwischenruf einen Mann meinte, der mit einem Holzbalken unter dem Arm in Richtung Kulisse ging.

»Ich werde die Rückfront des Fachwerkhauses noch etwas verstärken«, meinte dieser.

»Lassen Sie doch«, rief Stefanus zurück. »Das ist längst alles überprüft und abgenommen.«

Tuflinsky ließ sich nicht beeindrucken. Mitsamt Balken verschwand er hinter der potemkinschen Hausfassade.

Gerhard nahm die Gelegenheit wahr und bat Pako um einen Gefallen. »Ist es unverschämt, Sie um ein Autogramm zu bitten?«

»Ach wo, das mache ich doch gern.« Er zog eine Karte mit seinem Konterfei und einen Schreibstift aus einer Umhängetasche und fragte meinen Kollegen: »Wie heißt denn Ihre Partnerin?«

»Claudia, äh, nein, natürlich Jasmin«, stotterte Gerhard. »Das Autogramm soll aber für mich sein. Es –«

Ein ohrenbetäubendes Knallen und Krachen ließ uns zusammenzucken und in Richtung Bühnenbild starren. Die ersten Fassadenteile lagen bereits auf dem Boden, andere stürzten gerade wie im Dominoeffekt nach. Staubwolken sausten nach oben, kleinere Splitter spritzten durch die Gegend. Im Nu lag auf der Bühne ein Trümmerhaufen. Das Bühnenbild war komplett zusammengesackt, im Hintergrund flimmerte ein von Strahlern angeleuchteter dunkelbrauner Vorhang, der die beklemmende Atmosphäre verstärkte.

Da Gerhard und ich keine Gefahr durch weitere fallende

Teile ausmachen konnten, rannten wir zur ein Meter erhöhten Bühne. Mein Kollege, der Marathonläufer, nahm den Höhenunterschied ohne sichtliche Anstrengung. Bei mir sah die Besteigung etwas unbeholfener aus, doch letztendlich ist der Weg das Ziel, und auf zwei oder zehn Sekunden kam es wohl nicht an.

Gerhard hatte bereits begonnen, die ersten Trümmer auf die Seite zu schieben. Von der Bühnenseite kamen Stefanus und Pako und räumten ebenfalls Holzteile weg. So gelangten wir recht zügig zur Vorderfront des Fachwerkhauses, die nach hinten gestürzt war. Bis auf abgesprungene Kanten lag sie weitgehend intakt vor uns, wirkte aber instabil, da die Wand verzogen und wellenförmig auf weiteren Trümmern lag. Von allen Seiten kamen Helfer angerannt, und gemeinsam gelang es uns, die hölzerne Hausfassade über die Bühnenvorderkante zu ziehen. Mit einem lauten Knall fiel sie auf das Parkett vor der ersten Stuhlreihe.

Während ich höchstens eine Handvoll Sekunden mit Luftnot verschnaufte und den anderen zusah, wie sie die restlichen Teile des Bühnenbildes aus dem Weg räumten, sah ich es aus meinem Blickwinkel als Erster: Unter einer rechteckigen Holzplatte, auf der Weinreben aufgemalt waren, lief Blut heraus. Ich winkte Gerhard herbei und zu zweit zogen wir die Weinrebenplatte auf die Seite. Meine nächsten Albträume waren mir sicher. Um diese Ihnen, liebe Leser und Leserinnen zu ersparen, verzichte ich darauf, den toten Tuflinsky zu beschreiben. Gerhard schaute ein paar Sekunden länger hin und sichtlich angewidert fühlte er sogar den Puls des Toten, was faktisch nur noch an einem Handgelenk halbwegs möglich war. Erfolglos. Stefanus kam hinzu und erbrach sich mitten auf dem Hambacher Schloss, das eben noch Teil des Hintergrundbildes gewesen war.

Trotz des Schocks gelang es Gerhard und mir, die anderen Helfer von der Bühne zu scheuchen. Als Sichtschutz legten wir ein paar Balkenreste vor die Leiche, sodass sie vom Parkett aus nicht direkt einsehbar war. Dabei sah ich eine Sekunde lang etwas im Scheinwerferlicht glänzen. Ein kurzer Blick genügte, und ich wusste Bescheid.

»Hat jemand die Polizei gerufen?«, rief ich in den Saal.

Stefanus antwortete kreidebleich und sichtlich unter Schock stehend: »Sie sind doch die Polizei.«

Dem Argument konnte ich mich nicht verschließen. Ich bat Gerhard, die Frankenthaler Polizei mit seinem Handy anzurufen, da wir Schifferstadter zum einen örtlich gesehen nicht zuständig waren und zum anderen, um uns Mehrarbeit zu ersparen.

Vom Eingang her sah ich Daniela Westermann, die uns vorhin am Verwaltungsempfang begrüßt hatte, auf uns zukommen. Ich winkte sie zu mir.

»Wir haben einen Unglücksfall. Würden Sie bitte die Namen aller anwesenden Personen notieren? Es dürfte sich ausschließlich um Mitarbeiter handeln. Die Liste können Sie nachher der Polizei geben, sobald die da ist.«

»Unfall?«, fragte sie und besah sich den Trümmerberg. »So etwas gab es noch nie bei uns.« Sie schaute mich fragend an. »Sie sind doch von der Polizei, oder?«

»Ja«, bestätigte ich. »Aber für Ihren Unglücksfall zum Glück, äh, leider nicht zuständig.«

»Dann werde ich mir mal was zum Schreiben holen.« Frau Westermann entdeckte ihren Kollegen Stefanus sowie Pako, die sich auf Stühle in der ersten Reihe gesetzt hatten und nach wie vor unter Schock standen.

»Ich habe auch in Schifferstadt Bescheid gegeben, dass es ein bisschen später wird«, sagte Gerhard mit einem nervösen Blick zur Uhr. »Meinst du, wir kriegen das noch hin mit der Sicherheitsbesprechung? Oder sollen wir am Montag noch mal herfahren?«

»Warten wir's ab«, meinte ich. »Vielleicht sind die Frankenthaler ja auf Zack.«

Nicht viel später wuselten im Saal die Kriminalbeamten. Gerhard und ich waren die Ersten, die befragt wurden. Stefanus, der auf dem Nachbarstuhl saß, mischte sich ungefragt ein. »Ein Unfall war's, ein bedauerlicher Unfall. Dabei habe ich die Kulissen vor zwei Stunden selbst abgenommen. Vielleicht hat Tuflinsky irgendein tragendes Teil entfernt. Ich weiß sowieso nicht, was er im Bühnenbild noch zu tun hatte.«

Der Kollege aus Frankenthal, der im Übrigen einen sehr kompetenten Eindruck machte, erwiderte: »Ob Unfall oder nicht, das werden wir bestimmt herausfinden.« Er fixierte Stefanus. »Sie kommen gleich dran. Jetzt will ich zuerst die Versionen von Herrn Palzki und Herrn Steinbeißer hören.«

Wir berichteten, was wir wussten. Um die Sache etwas abzukürzen, und da ich inzwischen der Auffassung war, dass es sich um keinen Unfall handelte, stand ich auf und gab dem Kollegen zu verstehen, mir zu folgen.

Die Leiche lag noch unberührt, ein Arzt war eben erst in den Saal gekommen und wurde gerade instruiert. Ich versuchte, meinen Blick auf Tuflinskys Füße zu fixieren, da diese so ziemlich das Einzige an ihm waren, das unversehrt geblieben war.

Wir mussten uns hinknien, um es deutlicher zu erkennen: Um seine Füße hatte sich ein Stück Draht verheddert. Diesen Draht hatte ich vorhin im Licht der Scheinwerfer bemerkt.

»Sie müssen nur herausfinden, wo der Draht befestigt war, dann wissen Sie, wo sich die tödliche Falle befand.«

Gerhard spekulierte wild drauf los: »Die Falle sollte wohl dem Künstler gelten. Wenn er bei seinem Auftritt bei einer Szene hinter die Hausfassade getreten wäre – nicht auszudenken, was das für eine Panik gegeben hätte.«

»Und mindestens eine künstlerische Leiche«, ergänzte ich.

»Ich befrage Sie später weiter«, meinte der Kollege und klang ernst. »Zuerst müssen wir die Spuren sichern.«

Ich ging zu Pako, der immer noch auf dem gleichen Platz unmittelbar vor der Bühne saß.

»Sie haben unsere Entdeckung mitbekommen?«, fragte ich ihn.

Ein stummes Nicken war seine Antwort. Nach einer längeren Gedankenpause sagte er: »Keine Ahnung, wer mich umbringen will, es kann sich nur um einen Unfall handeln.«

Ja klar, dachte ich. Erst mal gegenüber der Polizei alles abstreiten, das war normales menschliches Verhalten. Und doch hatte jeder Bürger mindestens eine Leiche im Keller. Viele sogar mehrere. Ob dies im Fall des Künstlers für eine tödliche Bedrohung reichte, mussten die Kollegen herausfinden. Ich war froh, nicht in deren Haut zu stecken. Doch mir kam noch ein anderer Gedanke.

Rein aus Interesse fragte ich Pako: »Kannten Sie das Opfer?«

»Nein, nie gesehen. Auch der Name ist mir unbekannt.«

»Viel zu sehen gibt es von ihm nicht mehr. Vielleicht sollten Sie sich zur Sicherheit ein Foto von Tuflinsky anschauen. Eines, das vor seinem Tod entstand, meine ich.«

Ich überlegte. Vielleicht hatte der Bühnenarbeiter die tödliche Falle gerade aufbauen wollen und der Schuss ging nach hinten los? Ich wollte fair sein und meine Kollegen auf diese Idee hinweisen. Doch ich kam nicht mehr dazu. KPD stob zum Saal herein.

»Ja, Palzki, kann man Sie nicht mal eine Stunde allein lassen, ohne dass es gleich Tote gibt?«, schrie er quer durch den Saal und rund ein Dutzend Beamte schauten entgeistert auf.

KPD hielt mit gerötetem Antlitz Kurs auf mich. »Was haben Sie heute wieder angestellt? Sie sollten die Sicherheitsbestimmungen überprüfen und nicht das Gebäude in seine Einzelteile zerlegen.«

Er schaute nervös auf seine Uhr. »Ich stecke doch mitten in meinem Fall, Herr Palzki. Da ist jede Minute kostbar. Und dann muss ich erfahren, dass mein Untergebener in Frankenthal Störfeuer abfackelt. Haben Sie das mit Absicht gemacht? Können Sie nicht wenigstens einmal selbstständig arbeiten, ohne dass etwas passiert?«

Ich war sprachlos. Für diese gemeinen und falschen Anschuldigungen würde er büßen müssen. KPD war für mich definitiv nicht länger tragbar.

»Das war nur ein Unfall«, konterte ich und verschwieg den Mordverdacht, um nicht unnötig seine Aufmerksamkeit auf die Sache zu lenken. Dafür waren schließlich die Frankenthaler Kollegen zuständig. »Herr Steinbeißer und ich waren nur Knallzeugen. Sie können also beruhigt wieder heimfahren und sich um die gefundenen Knochen kümmern.«

KPD ignorierte mich und sprach Gerhard an. »Ist das wahr, was Herr Palzki sagt? Oder hat er mir wieder mal was verschwiegen und nur die halbe Wahrheit erzählt?«

Blöde Situation für Gerhard, doch als loyaler Kollege reagierte er mit einem zaghaften Kopfschütteln, was KPD zufriedenstellte, obwohl seine beiden Fragen zwangsläufig verschiedene Antworten haben mussten.

»Ah, da ist ja der Klaus!«, rief von der Bühne her eine Stimme. KPD drehte sich um und strahlte. »Peter? Du hier? Seit wann arbeitest du in Frankenthal?«

Peter sprang leichtfüßig von der Bühne runter.

»Ich bin erst vor zwei Wochen befördert worden. Wie gehts dir in Schifferstadt? Seit du von Ludwigshafen weg bist, hört man ja die tollsten Sachen aus Schifferstadt. Ist das wirklich so ein Sauhaufen?«

»Viel schlimmer«, antwortete KPD und lachte dabei arrogant. »Es wird noch eine Weile dauern, bis ich den Laden auf Vordermann gebracht habe.«

Jetzt lachte auch Peter, wenn auch nicht arrogant. »Was machst du eigentlich hier? Willst du zu Pako? Die Vorstellung fällt leider aus.«

»Wer ist denn Pako?«, fragte mein Chef. »Ich bin hier, um einen meiner Untergebenen zu seiner eigenen Sicherheit abzuholen. Blöderweise war er anwesend, als der Unfall passierte.«

»Unfall?«, fragte Peter überrascht. »Das sieht eher wie ein erstklassiges Kapitalverbrechen aus. Der Bühnenvorarbeiter wurde eiskalt umgebracht.« Er zeigte auf die Bühne.

Selten sah KPD doofer aus als im Moment. Mit einer Maddin Schneider Maulsperre und blinkenden Amalgamfüllungen in den Backenzähnen starrte er seinen Kumpel an, und aus seinem Kehlkopf drangen menschenähnliche Töne wie ›äh, pff, hm‹.

Ich wusste, was in ihm vorging. Der Tote war für ihn sekundär, ihm ging es ganz allein um das Sicherheitskonzept und seinen Vortrag. Doch KPD wusste sich zu helfen.

»Peter, es gibt noch einen anderen Grund, warum mein Kollege und ich hier sind.«

Er sprach von mir als *Kollege*. Da war höchste Vorsicht angesagt.

»Du hast doch bestimmt im Polizeikurier gelesen, dass ich in ein paar Tagen einen wichtigen Vortrag im Spiegelsaal halte.«

»Ja, das weiß ich, Klaus. Ich kann leider nicht kommen, meine Frau lädt an dem Abend zur Tupperparty ein.«

Für einen Moment entglitten KPD die Gesichtszüge. Die Tupper-Ausrede brachte ihn aber nur kurzfristig aus dem Konzept.

»Dann weißt du auch, dass sogar der Minister kommen

wird und einige Landräte. Aus diesem Grund bin ich mit meinen besten Mitarbeitern hier, um die Sicherheitsaspekte im Congressforum zu klären. Wir sind schon ziemlich weit und stecken tief in der Materie. Gerade Herr Palzki –«, er strahlte wie ein Atomreaktor, als er auf mich zeigte, »übrigens mein fähigster Kollege und zweimal beinahe zum Mitarbeiter des Monats unserer Dienststelle gewählt, hat sich ein exorbitantes Wissen über dieses Haus angeeignet. Es ist natürlich blöd, dass sich dieser Todesfall gerade heute ereignet hat, als Palzki anwesend war.«

Peter schielte zur Decke und dachte wahrscheinlich an eine bessere Welt. »Auf was willst du hinaus, Klaus? Machs kurz, ich habe zu tun. Ich bin nächste Woche in Urlaub. Und einen Tag nach der Tupperparty fliegen wir nach Spanien.«

Diefenbach reagierte sofort auf diese Steilvorlage.

»Das passt doch toll, Peter. Weißt du was: Ihr nehmt den Tatort auf und morgen oder übermorgen übergebt ihr die Akte meinem besten Mitarbeiter Palzki. Dann kannst du beruhigt in Urlaub fahren, während wir die Sache in aller Ruhe, aber natürlich mit höchster Priorität, aufklären. Schließlich kennen wir uns hier am besten aus.«

Peter überlegte. Er schien Gefallen an der Idee zu finden. »Meinst du, das Präsidium lässt sich darauf ein?«

KPD kniff die Augen zu. »Das lass mal mein Problem sein. Erst kürzlich waren wir Musterdienststelle in einer bundesländerübergreifenden Ermittlungssache. Und da das mit dem ausländischen Baden-Württemberg geklappt hat, warum soll es nicht auch mit Frankenthal funktionieren? Oder habt ihr andere Gesetze?«

»Manchmal schon«, stellte Peter fest. »Jedenfalls gibt es bei uns ein paar, die meinen, dass für sie andere Gesetze gelten. Aber das ist ein anderes Thema. Also gut, wenn du die Sache offiziell machst, dann übergeben wir euch den Fall. Deine beiden Kollegen können gern noch ein bisschen bleiben und uns zuschauen. Vielleicht können sie was lernen.«

Gerhard und ich hatten uns die ganze Zeit stumm angeschaut. KPD hatte es wieder geschafft. Er war fein raus und wir mussten die Drecksarbeit machen.

Während Peter sich wieder seiner Arbeit widmete, ermahnte uns KPD mit leiser Stimme: »Sie wissen, was zu tun ist. Klären Sie den Fall auf, am besten in den nächsten zwei oder drei Tagen. Nebenbei kümmern Sie sich bitte um das Sicherheitskonzept. Stellen Sie sich vor, so etwas passiert, während ich meinen Vortrag halte!«

In meinen bösen Gedanken hatte ich sofort die zerstörte Kulisse wieder aufgebaut. Vielleicht könnte man …

SZENE 4 BECKERS AUFTRITT

Mit einem letzten hektischen Blick zur Uhr verschwand KPD.

»Und nun?«, meinte Gerhard. »Als ob wir nicht genügend Arbeit in Schifferstadt hätten, müssen wir uns jetzt auch noch um Frankenthal kümmern. Wenn KPD mit seiner Referatsreise fertig ist, wird er das gesamte Polizeiwesen von Rheinland-Pfalz und Baden-Württemberg zentralisiert haben und alle Fäden laufen in Schifferstadt zusammen. Wir sind dann so etwas wie der Nabel der Welt.«

»Mir fällt da eher ein anderer Körperteil ein, Gerhard. Dein Abendprogramm kannst du vergessen.«

»Warum?«, fragte dieser. »Du hast doch gehört, was die beiden Oberchefs ausgemacht haben. Morgen oder übermorgen bekommen wir die Akte übergeben.«

»Du willst jetzt einfach gehen?«, fragte ich vorwurfsvoll, obwohl ich der Idee nicht abgeneigt war.

»Genau. Wir waren ja erst vor ein paar Wochen hier, daher weiß ich, wie es im Congressforum aussieht.«

Damit hatte mein Kollege recht.

Claudius Stefanus kam. »Frau Westermann hat die Liste mit den Personen fertiggestellt, die heute anwesend waren. Es sind alles Mitarbeiter des Congressforums oder des Culinariums. Nur eine Person konnten wir nicht zuordnen.«

Fast war ich versucht zu sagen, dass dies bestimmt KPD war, doch der war erst viel später gekommen.

»Wie sah der Kerl aus?«

»Welcher Kerl?«, fragte Stefanus. »Es geht um eine Frau. Und zwar eine sehr markante Frau. Während der Aufbauarbeiten wurde sie von so ziemlich jedem gesehen. Da sie sich aber unauffällig verhalten hat, kam niemand auf die Idee, sie zu fragen, was sie hier macht.«

Eine Frau, das ließ mich aufhorchen. Die Todesart sprach eher dagegen. Frauen mordeten im Allgemeinen subtiler, mit langsam wirkendem Gift und solchen Dingen.

»Wenn die Frau von so vielen Personen gesehen wurde, kann man sie bestimmt genau beschreiben, oder?«

Stefanus nickte. »Ich kann mich auch an sie erinnern, da ihr Aussehen extrem auffällig war. Sie hatte taillenlanges, gewelltes feuerrotes Haar und trug dazu einen grasgrünen Blazer und Pumps in der gleichen Farbe.«

Gerhard und ich sahen uns an. Diese Frau war uns ebenfalls aufgefallen. Insbesondere mein Kollege hatte hemmungslos geglotzt, als sie im Foyer mit nach oben gestreckter Nase und sturgeradem Blick an uns vorbeilief. Auch wenn ich ihren Gang etwas schlottrig fand, machte sie auf mich einen arroganten und herrischen Eindruck.

»Wurde das gesamte Personal befragt, ob sie jemand kennt? Auch der Künstler?«

»Herrje!« Stefanus langte sich mit einer ausholenden Geste an den Kopf. »Pako! Den haben wir vergessen. Das hole ich gleich nach.«

Wir fanden ihn in den Aufenthaltsräumen für Künstler, die sich hinter dem Restaurant Culinarium befanden. Er war gerade dabei, seine Sachen zusammenzupacken.

»Herr Stefanus, ich werde jetzt heimfahren. Ich denke nicht, dass man mich heute noch braucht.« Trübsinn lag auf seinem Gesicht.

»Tut mir leid, aber uns blieb nichts anderes übrig, als die Vorstellung abzusagen. Alles andere wäre pietätlos.«

»Das ist doch selbstverständlich. Ich könnte jetzt auch unmöglich Frohsinn verbreiten, nachdem was passiert ist. Ich hoffe, dass Sie die Sache schnell aufklären.« Dabei schaute er Gerhard und mich an.

»Dafür sind wir, beziehungsweise die Kollegen aus Frankenthal da. Bevor Sie gehen, hätte ich aber noch zwei Fragen an Sie.«

Pako zog einen Rucksack auf. »Dann schießen Sie mal los. Falls es eine Ihrer Fragen beantworten sollte: Ich habe mir ein Foto von Herrn Tuflinsky zeigen lassen. Bewusst ist er mir noch nie aufgefallen.«

»Das wäre die dritte Frage gewesen«, sagte ich trocken. »Ist Ihnen heute eine Frau mit feuerroten langen Haaren und grüner Bekleidung aufgefallen?«

»Ich weiß, wen Sie meinen«, antwortete der Comedian. »Die ist mehrere Male ziellos durch den Saal gelaufen.«

»Sie kennen sie also nicht?«

»Die habe ich noch nie vorher gesehen. Ob Sie einen meiner Auftritte besucht hat, kann ich natürlich nicht sagen.«

»Okay, dann hätten wir das geklärt. Wo kann ich Sie erreichen, Pako, äh, Herr, äh?«

Ein kurzes Lächeln streifte seine Lippen. »Pako ist schon okay. Das ist immerhin mein Künstlername.« Er zog sein Portemonnaie aus der Hosentasche, kramte darin herum und gab mir eine Visitenkarte.

»Das sind die Kontaktdaten meiner Managerin. Sie war vorhin hier, aber sie hatte noch einen anderen Termin. Meine Managerin weiß fast immer, wo und wie ich erreichbar bin. Ich habe zwar ein Mobiltelefon, doch das habe ich meistens ausgeschaltet. Wenn ich mich auf einen meiner Auftritte vorbereite, kann ich das Läuten des Telefons nicht ausstehen.«

Ich nahm die Karte und steckte sie ein. »Es kann sein, dass ich mich bereits morgen melden werde. Je nachdem, welche Spuren heute gefunden werden.«

Pako klang verwirrt. »Was hat das mit mir zu tun? Ich

habe das Bühnenbild nicht aufgebaut. Ja, ich habe vor dem Anschlag gar nicht auf der Bühne gestanden.«

»Deshalb sind Sie im Moment auch kein Beschuldigter, sondern nur Zeuge. Außerdem ist nicht auszuschließen, dass das Attentat Ihnen gegolten hat. Passen Sie also ein wenig auf sich auf.«

»Uffbasse, heißt das auf pfälzisch«, konterte der Kurpfälzer Comedian schlagfertig. »Im uffbasse sinn wir Pfälzer Weltmeschter.«

»Und ich bin Weltmeister im Aufklären von besonders teuflischen Kapitalverbrechen«, antwortete ich nicht minder schlagfertig.

Pako mühte sich ein Lächeln ab. »Ich war nur Zeuge.« Er verabschiedete sich und verließ den Aufenthaltsraum.

»Meinst du, dass er es war?«, fragte mich Gerhard. »Irgendwie kommt mir die Sache spanisch vor.«

»Warten wirs ab.« Ich wandte mich an Stefanus. »Haben Sie für uns eine Kopie der Namensliste der anwesenden Personen?«

Gemeinsam mit Gerhard überflog ich die Namensliste. Außer Pako, Claudius Stefanus und Daniela Westermann war uns kein Name geläufig. Wir verabschiedeten uns für heute und teilten mit, dass wir eventuell bereits morgen wiederkommen würden. Es musste schließlich auch das Sicherheitskonzept besprochen werden.

»Kein Problem, Herr Palzki. Es gibt jetzt so viel zu tun, da fällt der Sonntag auf der Couch halt mal aus.« Er rieb mit seiner Hand über seinen leichten Bauchansatz. »Das tut uns beiden bestimmt ganz gut.«

Stefanus ging nach oben in den Verwaltungstrakt, Gerhard und ich in Richtung Foyer.

Dort erwartete uns die nächste Überraschung. Und diese stand symbolisch für viel Arbeit. War ich bis vor ein paar

Sekunden noch optimistisch, die Ermittlungen in kürzester Zeit abschließen zu können, wurde dies durch die Anwesenheit dieser Person zunichtegemacht.

In seiner unschuldigen Art und Weise stand Dietmar Becker vor uns. Der Student der Archäologie verfolgte mich bereits in meinen Träumen. Seit Kurzem hatte er den inoffiziellen Titel eines Polizeireporters inne und wurde von KPD ständig mit neuesten Informationen versorgt. Als Gegenleistung positionierte der Student unseren Dienststellenleiter in der Presse beinahe wie einen Heiligen.

»Sie hier?«, Becker war sichtlich erstaunt.

»Was soll diese unschuldige Frage? Sie tauchen doch ständig in meinem Leben auf. Wahrscheinlich haben Sie an meinem Wagen einen Peilsender angebracht. Beichten Sie es lieber gleich: Hat Ihnen KPD den Tipp gegeben?«

Der Spitzname unseres Vorgesetzten hatte sich inzwischen bis zu dem Studenten herumgesprochen.

Er tat immer noch ahnungslos. »Wieso KPD? Ich denke nicht, dass der den Comedian Pako kennt. Seine Interessen liegen eher im klassischen Sektor. Sind Sie schon einmal mit Ihrem Chef Auto gefahren? Da platzt Ihnen der Kopf, so laut dreht der bei Mozart auf. Da gehen die ganzen Nuancen flöten, aber das merkt er nicht.«

Becker schaute abwechselnd zu mir und zu Gerhard. »Das hätte ich nie vermutet, dass Sie beide gemeinsam zu einem Liveauftritt von Pako gehen.«

Entweder wusste er es noch nicht oder er spielte den Dummen, um mit dieser Tour vertrauliche Details in Erfahrung zu bringen.

»Man muss mit der Zeit gehen«, antwortete ich locker. »Wieso sind Sie so zeitig hier? Der Auftritt beginnt erst in knapp zwei Stunden.«

»Als Journalist ist man nie zu früh, Herr Palzki. Ich dachte, ich könnte den Künstler vorher interviewen, außerdem wollte ich ihm ein Angebot unterbreiten.«

»Wer hat Sie so früh reingelassen? Und um welches Angebot geht es?«

»Aber, aber –«, stotterte Becker. »Sie sind doch auch hier. Mit meinem Presseausweis ist es kein Problem, vor der offiziellen Saalöffnung eingelassen zu werden.«

Als er keine Antwort erhielt, ergänzte er: »Die Sache, die ich mit Pako bereden will, ist vertraulicher Natur. Das geht nicht einmal einen Polizisten etwas an.«

»Sie sind wirklich hier, um über die Veranstaltung für die Zeitung zu schreiben? Hat man Sie einfach so reingelassen?«

Becker war nun komplett verwirrt. »Was reden Sie da die ganze Zeit, Herr Palzki. Ich habe meinen Presseausweis vorgezeigt und durfte rein. So läuft das jedes Mal.«

In dem Moment hatte er es kapiert. »Moment mal, da ist doch irgendetwas faul an der Geschichte. Sehe ich es richtig: Sie sind nicht wegen Pakos Aufführung hier?«

Was blieb mir in dieser Situation übrig, als die Wahrheit zu sagen. Alles andere hätte die Sache nur verzögert, ohne ein anderes Resultat zu erzielen. Einen Versuch wollte ich noch wagen.

»Die Vorstellung fällt aus, Herr Becker. Sie können gleich wieder heimfahren. Herr Steinbeißer und ich sind auch schon dabei, das Congressforum zu verlassen.«

Damit Becker von unserem Gruppenzwang mitgerissen wurde, gingen Gerhard und ich ein paar Schritte Richtung Ausgang. Mit einem »Kommen Sie, Becker« verstärkte ich den psychologischen Druck auf den Studenten, der nach wie vor in Richtung Eingang des Spiegelsaals schaute.

Es nützte nichts. Im gleichen Moment wurde die Saaltür geöffnet und ein Zinksarg herausgetragen.

Becker gaffte mit offenem Mund den Trägern nach. »Pako?«, fragte er uns, nachdem er seine Sprache wiedergewonnen hatte.

Ich schüttelte den Kopf. »Nur ein Unfall, deswegen fällt die Vorstellung aus.«

Klar, Becker lief zielstrebig in den Saal. Mir war das zumindest im Moment völlig egal. Die Tatsache, dass Becker hier war, bedeutete nach dem ungeschriebenen Gesetz der Regelmäßigkeit, dass die Ermittlungen alles andere als einfach werden würden.

Dass uns nicht nur komplizierte, sondern auch richtig gefährliche Ermittlungen bevorstanden, davon ahnte ich zu diesem Zeitpunkt zum Glück noch nichts.

SZENE 5 DER MORGEN DANACH

Ich setzte Gerhard im Waldspitzweg an der Dienststelle ab. Aus Sicherheitsgründen verzichtete ich darauf, auszusteigen und mit reinzugehen. Viel zu groß war die Gefahr, KPD über den Weg zu laufen. Den Restsamstag wollte ich zu Hause mit der Familie genießen.

»Wann sehen wir uns wieder?«, fragte Gerhard zum Abschied, und es klang, als würde er sich nicht sehr darauf freuen.

Ich zog die Schultern hoch. »Keine Ahnung, wie lang die Kollegen aus Frankenthal brauchen, um uns die Akte zu übergeben. Wenn wir uns morgen Nachmittag kurz zusammensetzen, dürfte es früh genug sein. Außerdem ist Jutta im Büro, die nimmt das Zeug für uns bestimmt entgegen. Kann ja nicht so viel sein.«

Ich verabschiedete mich und fuhr mit knurrendem Magen heim. Ohne meiner ewig vor sich hinschnatternden Nachbarin Frau Ackermann über den Weg zu laufen, konnte ich unser Haus betreten.

»Papa«, rief mein Sohn Paul aus dem Wohnzimmer, als er mich im Flur hörte. Wie ein Wirbelwind kam er auf mich zugestürmt und sprang an mir hoch. »Papa, was ist das Gegenteil von Gegenteil?«

Ich setzte ihn seufzend ab und zog meine Schuhe aus. Er ließ mir keine Ruhe. »Was ist die Mehrzahl von Mehrzahl?«

Tief durchatmen war die Devise. Nur so lief ich nicht Gefahr einer Überreaktion. Paul machte im Moment eine etwas schwierige Lebensphase durch. Er stellte den ganzen Tag die unsinnigsten Fragen, die man sich vorstellen konnte. Ich hatte keine Ahnung, ob die ihm selbst einfielen oder wo er sie herhatte. Gestern fragte er mich, warum die Pizzakartons eckig sind und woran das Tote Meer gestorben ist und ob das Verschleppen einer Grippe strafbar ist. Ich vermutete, dass Paul mit seinem Fragezwang die latente Eifersucht auf den neuen Familienzuwachs kompensierte. Bisher konnte er seinen Willen mehr oder weniger, das heißt eigentlich immer, mit seiner Hartnäckigkeit durchsetzen. Jetzt hatte er zwei neue Geschwister und drei Probleme: Das erste war, dass eines von den Zwillingen ein Mädchen war. Und Mädchen waren ausnahmslos alles Zicken, behauptete er regelmäßig, wenn er sich mit seiner größeren Schwester Melanie zoffte. Sein zweites Problem lag darin begründet, dass Lars aufgrund seines Alters zurzeit andere Prioritäten setzte, als mit seinem Bruder Autorennbahn oder Monopoly zu spielen. «Bleibt der so doof?«, hatte er uns bereits am zweiten Tag nach Lars' Geburt gefragt.

Sein drittes Problem war das mächtigste. Es machte ihn rasend, wenn Stefanie oder ich auf jedes kleine Schreien oder auch ein mehr als eine Minute dauerndes Nichtschreien unserer Zwillinge sofort reagierten.

Vorgestern hatte er uns mit wütendem Blick angebrüllt: »Wegen jedem kleinen Pieps rennt ihr immer sofort zu Lars und Lisa. Wenn ich mal was habe, werde ich ignoriert. Und dann werden die beiden sogar gelobt, wenn sie rülpsen, spucken oder die Windel vollkacken. Ich bekomme immer alles, was schön ist, verboten. Bis vor zwei Jahren dachte ich, mein Name wäre ›Lassdas‹!«

Stefanie und mir war das Problem durchaus bewusst. Wir mussten uns mehr um Paul kümmern, keine Frage. Allerdings war das täglich zur Verfügung stehende Zeitbudget mit 24 Stunden mehr als ausgereizt. Wenn zusätzlich die Sache in Frankenthal arbeitsmäßig ausartete, würde der mickrige Schlafanteil am Budget noch weiter sinken und irgendwann gegen

Null gehen. Bereits nach den wenigen Tagen, die die Geburt der Zwillinge zurücklag, bemerkte ich deutlich eine rapide Abnahme meiner Konzentrations- und Denkfähigkeit.

Stefanie rettete mich vor unserem Sohn.

»Lass deinen Vater erst mal reinkommen. Er hat doch bestimmt Hunger.« Fragend oder neugierig, so genau konnte ich ihre Gesichtszüge nicht deuten, schaute sie mich an. Ich wusste genau, wie der Hase lief.

»Meine liebe Frau, selbstverständlich bin ich hungrig. Ich habe seit heute Morgen so gut wie nichts gegessen.« Den kleinen Imbiss-Abstecher mit Lisa behielt ich für mich. »Du tust immer so, als würde ich während meiner Arbeit von einer Imbissbude zur nächsten fahren.«

»Stimmt das etwa nicht?«, fragte sie scheinheilig, und ein Lächeln huschte über ihr Gesicht. »Wir haben bereits gegessen, ich wärm dir deinen Teil auf. Ich hoffe, es macht dir nichts aus.«

»Ach was«, wandte ich ein, »ich merk da sowieso nie einen Unterschied.«

Mist, da war mein Mund mal wieder schneller gewesen. Dafür handelte ich mir einen bösen Blick und ein paar Punkteabzüge in der B-Note ein. Das zweifelsohne gesunde Essen, das ich aufgetischt bekam, zählte nicht zu meinen Lieblingsspeisen, aber das Leben ist nicht immer ein Wunschkonzert.

»Du, Reiner«, meinte Stefanie nach dem Essen, als ich mich auf die Couch gesetzt hatte, »ich glaube, mit Lisa stimmt etwas nicht.«

Ich blickte erschrocken auf. Dieser Satz barg Sprengkraft. Jetzt hieß es, vorsichtig zu agieren.

»Meinst du, wegen ihrem Durchfall? So schlimm war das überhaupt nicht. Das bisschen hatte ich im Nullkommanichts weggewischt, überhaupt kein Problem.«

»Ich meine etwas anderes«, bohrte sie weiter. »Vorhin kam

Melanie ins Wohnzimmer, während ich Lisa stillte. Sie hatte eine rote Plastiktüte dabei und raschelte neben Lisas Ohr. Stell dir mal vor: Lisa hat sofort aufgehört zu trinken und ihre Augen waren von der Tüte nicht mehr wegzubringen. Je mehr Melanie damit geraschelt hat, desto mehr freute sie sich. Das ist doch nicht normal für ein Baby, oder?«

Ich musste dringend mit meiner großen Tochter ein Machtwort reden, vielleicht sogar ein Computerverbot aussprechen. Da gibt es im Internet sowieso viel zu viele Sachen, die Jugendliche in ihrem Alter besser nicht sehen sollten. Taktisch klug fragte ich zurück: »Warum hat Melanie das überhaupt gemacht? Hat sie dazu etwas gesagt?«

Ich hoffte, dass die Antwort nicht der Wahrheit entsprach.

Meine Frau zog die Schultern hoch. »Sie wollte wohl schauen, ob Babys schon auf Geräusche und Farben reagieren. Das ist ja auch in Ordnung. Dass Lisa dafür aber die Brust verschmäht, ist mehr als ungewöhnlich.«

»Vielleicht mag sie keine vegetarisch produzierte Muttermilch?«

Damit wollte ich sie eigentlich etwas aufziehen, doch sie wurde nachdenklich.

»Meinst du?«, fragte sie unsicher.

»Wir können mit ihr ja mal den ultimativen Caravella-Test machen«, schlug ich vor.

»Untersteh dich!«

Der Rest des Samstags verlief in geordneten Bahnen. Den Einkauf hatte Stefanie längst ohne mich erledigt. Nachdem Lars und Lisa knapp zwei Stunden nach Mitternacht endlich friedlich eingeschlafen waren, kehrte die lang ersehnte Ruhe im Haus ein.

*

Das Klingeln des Telefons riss uns aus dem Tiefschlaf. Mein Herz pochte, als wäre es das einzige Organ in meinem Rumpf. Mit nur einer Sekunde Verzögerung schlugen aus dem Kinderzimmer zwei Babys gleichzeitig Alarm. Ich blickte rüber zu Stefanie, die nicht nur wegen ihrer Augenringe scheußlich aussah. Kein Wunder, bei so einer Weckaktion.

Stefanie fand als Erste zurück zur menschlichen Sprache. »Ich geh rüber zu den Kindern, geh du ans Telefon. Du siehst übrigens verboten aus.«

»Danke«, antwortete ich knapp und versuchte, das Telefon zu erreichen, was nach einer kleinen Schwindelattacke klappte.

»Palzki«, meldete ich mich gewohnt knapp.

»Ja wo bleiben Sie denn?«, schrie mich eine Stimme an, sodass ich im Reflex den Hörer eine Lineallänge von meinem Ohr riss.

»Herr KP, – äh, Herr Diefenbach?«

»Hörtest bestanden«, schrie KPD weiter. Warum benutzte mein Chef überhaupt ein Telefon? Genauso gut könnte er aus seinem Bürofenster schreien, das würde das gleiche Resultat bringen.

»Ist was passiert?«, fragte ich naiv, obwohl mir die Antwort klar war.

»*Was passiert*?« KPDs Stimme überschlug sich. »Es gibt einen Toten in Frankenthal, morgen früh kommt McStirnhör zur Bestandsaufnahme, und ich habe ebenfalls einen schwierigen Mordfall an der Backe. Und da fragen Sie, ob was passiert ist?«

Das Display des Telefons zeigte mir, dass es kurz vor 7:30 Uhr war. Und das an einem Sonntag.

»War nicht so gemeint. Ich fahre heute Mittag mit Herrn Steinbeißer nach Frankenthal und kläre, ob die Akte bereits übergeben werden kann.«

»Palzki!« KPDs Stimme klang, als wäre er kurz vor einem cholerischen Kollaps. »Sie können nicht davon ausgehen, dass Ihre Kollegen in anderen Dienststellen bei den Ermittlungen ebenfalls so träge wie Sie sind. Selbstverständlich haben die Frankenthaler bereits gestern Abend ihre Ergebnisse vorbeigebracht. Zum Glück waren Frau Wagner und ich noch im Büro. Nicht auszudenken, wenn niemand mehr da gewesen wäre. Solche Akten kann man ja nicht einfach in den Briefkasten werfen oder unten am Empfang der Schutzpolizei abgeben. Das ist alles viel zu brisant.«

Ich fluchte vor mich hin. Immer diese Aktionen gegen die eigene Selbstbestimmung. Kein Wunder, dass ich Weltmeister im Erfinden von Ausreden war.

»Herr Diefenbach, wir haben uns selbstverständlich etwas dabei gedacht. Wir arbeiten nämlich ressourcenschonend. Nachdem Herr Steinbeißer und ich gestern geklärt hatten, dass Frau Wagner und Sie als guter Chef den ganzen Tag im Büro zu tun haben, haben wir uns bereits über die ersten Ermittlungsansätze Gedanken gemacht. Das ist hilfreicher, als wenn wir zu viert im Waldspitzweg herumgesessen und auf die Akten gewartet hätten.«

Für einen kurzen Moment war es still in der Leitung.

»Und warum sind Sie immer noch zu Hause, Palzki?«

»Wir sind bereits auf dem Sprung, Herr Diefenbach. Um diese Zeit können wir schließlich noch nicht bei den vielen Verdächtigen auftauchen. In ein paar Minuten sind wir bei Ihnen.«

»Dann beeilen Sie sich mal.« Was jetzt kam, schlug dem Fass den Boden aus. KPD begann, ›Im Frühtau zu Berge‹ zu singen. Sofort fiel mir die Parodie mit der Klimbim-Familie aus den Siebzigern ein. Bevor der Rauchmelder über mir an der Decke ansprang, legte ich auf.

Mir blieb nichts anderes übrig, als Gerhard anzurufen.

»Sag mal, muss das sein, Reiner?«, schnauzte er mich am Telefon an. »Die Jasmin schläft noch, es war eine anstrengende Nacht.«

»Schön für dich, Kollege. Ich bin fit und ausgeruht. Wir sehen uns in einer Viertelstunde. Mach dir mal Gedanken, wie wir KPD endlich loswerden.«

»In einer Viertelstunde? Weißt du, wie ich aussehe?« Gerhard machte eine Gedankenpause. »Ich rufe meine Schwester an. Die Doris ist Moderatorin beim SWR 4 Kurpfalzradio. Vielleicht kann die mal ein paar KPD-Details über den Äther schicken. Mein Schwesterherz macht das bestimmt für mich. Da muss mir nur noch eine verrückte Geschichte einfallen.«

»Dann kannst du ja alles nehmen, was wir bisher mit unserem Chef erlebt haben.«

Gerhard lachte und ich legte auf.

Die Blitzdusche nützte nur olfaktorisch. Ich verabschiedete mich kurz von Stefanie, die alle Hände voll zu tun hatte und deprimiert winkte. Für ein Frühstück nahm ich mir keine Zeit. Da würde ich unterwegs improvisieren.

Gerhard war einen Deut schneller. Er kam mir aus Juttas Büro entgegen. »Niemand da«, meinte er unsicher. »Vielleicht ist sie mal zur Toilette?«

»Nein«, antwortete ich, »so etwas kommt in einem Kriminalroman niemals vor.«

»Wie bitte?«

»Ach, vergiss es, da hat mir Becker mal wieder etwas in den Mund gelegt, der elende Gauner.«

Gerhard schaute mich an, als würde er an meinem Geisteszustand zweifeln. »Wo könnte Jutta sein?«

Das war eine gute Frage. Es blieb nur eine einzige Möglichkeit übrig.

»Bei KPD?«

Gerhard nickte.

Widerwillig gingen wir in Richtung des Arbeitszimmers unseres Chefs. Hoffentlich sang er nicht mehr.

Schwungvoll, aber ohne sichtbare Begeisterung, öffnete ich die Tür und blickte in sein Reich. Nicht einmal in 1001 Nacht könnte man sich solch einen opulenten Raum vorstellen. Erst kürzlich hatte KPD seinen Thronsaal, alle anderen Beschreibungen für sein Büro würden der Sache nicht gerecht werden, um eine 50-KW-Klimaanlage aufgewertet. Vermutlich würde das ausreichen, um im Sommer eine Pinguinzucht betreiben zu können.

KPD war allein.

»Guten Morgen, Herr Diefenbach«, schleimten wir uns simultan ein.

»Wir sind schon eine Weile hier«, ergänzte ich. »Können Sie uns sagen, wo wir Frau Wagner finden?«

»Die musste mal zur Toilette«, antwortete unser Chef mit einem nervösen Blick zur Uhr.

»Mir läuft die Zeit davon, meine Herren. Nicht genug, dass ich meinen Fall aufzuklären habe, muss ich auch noch Ihnen mit Rat und Tat zur Seite stehen. Ohne mich würde die ganze Inspektion im Chaos versinken.«

Jutta kam mit einer Kanne Kaffee herein. »Guten Morgen, ihr beiden. Ihr seid heute früh dran.« Sie lächelte gemein.

»Ich bin seit fünf Uhr im Dienst«, polterte KPD. »Da war noch alles dunkel, und ich musste die Lichtschalter für die Flurbeleuchtung suchen.«

»Die schaltet sich doch automatisch ein, wenn man die Alarmanlage in unserem Stockwerk ausschaltet.«

»Das habe ich bemerkt«, bestätigte KPD. »Im Dunkeln sind drei Beamte der Schutzpolizei über mich hergefallen, weil sie dachten, ich sei ein Einbrecher. Nicht einmal im eigenen Haus ist man seines Lebens sicher.«

Es war nicht einfach, so früh am Morgen einen Lachanfall zu unterdrücken. Mein knurrender Magen, den auch Diefenbach wahrnahm, lenkte mich von seinem Abenteuer ab.

»Wenigstens wissen wir jetzt, dass die Alarmanlage funktioniert«, meinte Jutta.

»Aber auf meine Kosten. Nehmen Sie bitte Platz, damit wir keine weitere Zeit verlieren.«

Jutta schenkte Gerhard und sich Kaffee ein, KPD und ich verneinten ihre diesbezügliche Frage vehement. Ihr selbst gebrauter Sekundentod war nicht für jedermann geeignet.

»Bedienen Sie sich bitte«, meinte unser Chef und zeigte auf ein Tablett. »Es war nicht einfach, um diese Uhrzeit einen Caterer zu finden, der just-in-time liefert.«

Ich blickte auf das Tablett und sah nur undefinierbar belegte Brötchen und andere unbekannte Sachen.

»Haben Sie auch gekochten Schinken geordert?«

KPD setzte einen Blick auf, als würde er an meinem Geisteszustand zweifeln. »Schinken? Solche gewöhnlichen Häppchen kommen mir nicht ins Büro.«

Er zeigte auf die Lebensmittel und zählte Dinge auf, die ich noch nie vorher gehört hatte. Ich beschloss spontan, meinen Hunger noch etwas zu ignorieren.

Jutta und Gerhard ließen es sich schmecken. Unser Chef bestaunte ein Brötchen, als hätte er den Belag eigenhändig im Dschungel erlegt.

»Jetzt können wir loslegen«, meinte er, nachdem er den Happen vertilgt hatte. »Frau Wagner, Sie haben die Akte. Konnten Sie sich inzwischen einlesen?«

Jutta nickte. »Es gibt nicht viel zu berichten. Ein paar interessante Details sind trotzdem gelistet. Am besten –«

Unser Chef unterbrach sie. »Ja, ja, machen Sie so, wie Sie es für richtig halten, Frau Wagner. Ich möchte nur noch mal betonen, dass uns die Zeit davonläuft. Instruieren Sie Ihre beiden Kollegen, damit sie gleich etwas zu tun haben. Durch das Rumsitzen in meinem Büro hat sich noch kein Fall von selbst gelöst.«

Damit war die Frankenthaler Sache für ihn bereits abgehakt. KPD hatte dringlichere Probleme. »Danach bereiten Sie bitte die Sitzung für morgen vor. Haben Sie die Plakate inzwischen fertig?«

Ohne eine Antwort abzuwarten, drehte er sich zu mir. »Herr Palzki, es wäre mir recht, wenn Sie dem Meeting morgen früh fernbleiben würden. Ich will es Ihnen zwar nicht verbieten, es wäre aber mein dringlichster Wunsch.«

Solche Gemeinheiten prallten wie immer an mir ab. »Und wenn ich Ihnen morgen früh den Täter präsentieren kann? Das wäre doch was: Ihr bester Mitarbeiter, also ich, platzt unverhofft in die Sitzung und übergibt Ihnen den Mörder aus dem Congressforum in Handschellen.«

KPD hatte gerade in eines der Brötchen gebissen. Vor Lachen verschluckte er sich und ein Brocken flog haarscharf an meiner Wange vorbei.

»Das ist der Witz des Tages!« KPD klopfte sich auf den Schenkel. »Bei Ihren umständlichen Ermittlungen und den falschen Spuren, die Sie immer verfolgen, ist Ihr Zeitplan unmöglich realisierbar. Ich sage Ihnen, wie es ausgeht: Meinen Fall kläre ich bis morgen auf und danach muss ich Sie wieder bei Ihren Ermittlungen unterstützen. Ohne meine geistreiche Hilfe hat das noch nie geklappt, seit ich in Schifferstadt Dienststellenleiter bin.«

Jutta machte das Beste, was man in dieser Situation tun konnte: Sie stand auf. »Ich geh dann mal mit den Herren Palzki und Steinbeißer in mein Büro, um sie zu instruieren. Wir müssen Sie ja nicht über Gebühr strapazieren in Ihrer schweren Ermittlungsarbeit.«

KPD gab mit einer lässigen Handbewegung sein Einverständnis.

»Wann rufst du deine Schwester Doris an?«, fragte ich Gerhard, als wir bei Jutta am Besprechungstisch Platz genommen hatten.

»Lass uns erst mal eine gute Geschichte konstruieren«, meinte er.

»Plant ihr wieder ein krummes Ding?«, fragte Jutta. »Deine Schwester Doris arbeitet beim Radio, oder?«

Gerhard nickte, damit war das Thema im Moment durch.

Jutta öffnete einen Aktendeckel.

»Ich habe nur wenige Informationen für euch. Die Todesumstände gelten einstweilen als gesichert, falls die Obduktion keine neuen Erkenntnisse ergibt.«

»Vielleicht wurde er vergiftet?«, fragte ich nicht ohne Hintergedanken.

»Äh, Reiner, ich habe Fotos des Opfers gesehen, und du hast ihn sogar gefunden. Sieht so eine Leiche aus, die vergiftet wurde?«

»Das meine ich doch gar nicht«, erwiderte ich. »Bei der Obduktion sollte man nur auch ein Auge darauf haben, ob er Gift im Körper hatte.«

»Ein Auge!« Gerhard feixte. »Wie treffend, Reiner. Mehr habe ich gestern auch nicht gesehen.«

Jutta schüttelte sich. »Hör mit dem makabren Quatsch auf, Gerhard.« Und zu mir sagte sie: »Bei einer Obduktion wird immer danach geschaut, ob man Gifte in den Organen feststellen kann. Ich glaube, du hast schon lang keiner Obduktion mit Dr. Dr. Hingstenberg mehr beigewohnt.«

Jetzt schüttelte es mich. »Da bin ich auch nicht scharf drauf. Mensch, versteht ihr nicht? Am Tatort ist eine auffällig rothaarige Frau herumgelaufen, die niemand kannte.«

Jetzt hatte meine Kollegin verstanden. »Und du meinst, Frauen morden nur mit Gift.«

»Meistens. Ich möchte nicht wissen, wie vielen Männern es dreckig geht, nur weil sie von ihren Frauen langsam und qualvoll vergiftet werden. Ihr wisst doch selbst, wie schwer es dann für einen Arzt ist, eine unnatürliche Todesursache festzustellen. ›Ach, Herr Doktor, Sie wissen ja, mein Mann hat es seit zwei Jahren am Magen, nun hat er ins Gras gebissen.‹ So oder so ähnlich passiert es doch jeden Tag.«

Gerhard legte noch einen drauf. »Deswegen ist auch der Anteil verurteilter männlicher Mörder viel höher. Männer legen ihre Frau mit der Schrotflinte um, das lässt sich viel leichter nachweisen.«

Jutta blickte abwechselnd zu uns beiden. »Ihr wollt mich doch veräppeln.«

Unser Grinsen deutete sie richtig.

»Jetzt aber mal ernsthaft«, sagte ich. »Weiß man inzwischen, wer die mysteriöse Dame ist?«

»Nein, ihr Status ist nach wie vor unbekannt. Ihr müsst mit etwas Leichterem anfangen.«

»Und womit?«

Jutta zog ein Blatt aus der Akte. »Die Managerin von Pako hat sich gemeldet. Sie hat Angst um ihren Schützling und bat um ein Gespräch. Ich habe euch für 14 Uhr angemeldet.«

»Das ist ja prima, dann können wir uns noch ein paar Stunden aufs Ohr hauen.«

Unsere Kollegin schüttelte den Kopf. »So einfach ist die Sache nicht, es gibt noch mehr zu tun. In der Wohnung des Opfers wurden brisante Informationen gefunden. Leider steht nicht dabei, welche. Die Spurensicherung ist gestern allerdings nicht fertig geworden. Ihr könnt gleich losfahren und euch ein Bild von Bernhard Tuflinsky machen. Er war geschieden und hatte einen Sohn.«

»Das wär's dann für heute?«

»Im Prinzip schon«, antwortete unsere Kollegin. »Außer, wenn sich bei euren Terminen neue Erkenntnisse ergeben. Nehmt euch ein Beispiel an KPD: Er will heute sogar in seinem Büro übernachten.«

Ich blinzelte zu Gerhard. »Dann sollte einer von uns nach Mitternacht anonym bei den Kollegen anrufen.«

»Ihr seid gemein«, sagte Jutta, musste dabei aber deutlich schmunzeln.

Sie übergab Gerhard, der sich sofort bereit erklärt hatte, zu fahren, mehrere Zettel mit den Adressen für unsere Termine.

Während wir zu seinem Wagen gingen, fragte ich meinen Kollegen geschickt aus und erfuhr, dass er, von KPDs Häppchen abgesehen, ebenfalls noch nicht gefrühstückt hatte. Da meine mir bekannten kulinarischen Anlaufstellen um diese frühe Uhrzeit noch nicht geöffnet hatten, einigten wir uns auf eine sonntags geöffnete Bäckerei als Zwischenstopp. Während Gerhard eher Nahrhaftes wie Mehrkornbrötchen und einen halben Liter Buttermilch wählte, beauftragte ich die Verkäuferin mit der Zusammenstellung eines süßen Arrangements mittlerer Größe. Jedenfalls, wenn man die mittlere Größe auf eine Fußballmannschaft bezog.

SZENE 6 GURU

Wir fuhren ins Badische Ausland in den Mannheimer Stadtteil Seckenheim, der für mich gefühlt irgendwo kurz vor Heidelberg lag. Seckenheim war im Prinzip auf drei Seiten mehr oder weniger durch Autobahnen eingekesselt und auf der vierten Seite durch den Neckar begrenzt. Nach unseren letzten Fällen hatten wir bereits Erfahrung mit dem ausländischen Baden-Württemberg sammeln können und dabei festgestellt, dass dessen Bewohner genauso ihre Macken hatten wie die Pfälzer auch. Nur nicht so schöne.

Das Neubaugebiet war schnell gefunden, es lag direkt an der Umgehungsstraße. Tuflinsky bewohnte ein ungewöhnlich großes Reihenhaus, das durch seine diversen Mauervor- und -rücksprünge fast wie ein Hundertwasserhaus aussah. Die Garage war halb in das Erdgeschoss integriert, wahrscheinlich mit direktem Zugang zum Wohnbereich. Neben der Eingangstür ging eine schmale Treppe nach unten, die vermutlich zu einer Einliegerwohnung führte. An dem ebenfalls überdimensionierten Briefkasten, der so groß war, dass man ihn nur einmal monatlich zu leeren brauchte, befanden sich zwei Klingeln. Ich drückte mehrmals erfolglos auf die obere, die mit ›B. Tuflinsky‹ beschriftet war. Bereits bei der Ankunft war uns aufgefallen, dass kein Wagen vor dem Haus stand.

»Dass die Spusi nie pünktlich sein kann«, meckerte ich in Richtung Gerhard. »Man muss auch sonntags mal Einsatz bringen können.«

Frustriert drückte ich auf die untere Klingel, die kurz und prägnant mit ›Guru‹ betitelt war.

Sekunden später hallte uns aus dem Kellerbereich eine Stimme entgegen. »Ich komme gleich, ich sitze auf'm Klo.«

Zwei geräuschvolle Wasserspülvorgänge später kam Guru die Treppe hoch. Typen wie ihn beschrieb ich seit Jahren mit ausschließlich zwei Worten: ›Langhaariger Bombenleger‹. Das war jetzt nicht persönlich gemeint, unter Umständen hatte er mit Bombenlegen nicht viel am Hut, aber genauso stellte ich mir einen vor. Wenn ich mal Albträume hatte, träumte ich davon, dass sich mein Sohn Paul im Lauf der Zeit in so ein Individuum verwandeln würde. Gott sei Dank passierte so etwas in der Realität immer nur in anderen Familien.

»Tach«, sprach ich ihn an, das musste genügen. »Wir wollen in die Wohnung von Bernhard Tuflinsky.«

Guru zog seine zerrissenen Jeans hoch, wahrscheinlich hatte er die Toilette zu zügig verlassen.

»Was wollen Sie von ihm?« Der Langhaarige zog die Nase ziemlich unappetitlich hoch. »Der ist nicht da. Keine Ahnung, wo er sich rumtreibt.«

»Und sein Sohn?«, hakte ich nach.

Jetzt vibrierten seine Nasenflügel wie die eines Kaninchens. »Aber das bin doch ich.«

Unzählige Gedanken schwirrten mir durch den Kopf. Bei solch einem Sohn müsste man ja sogar einen Suizid des Vaters in Betracht ziehen. Um keine allzu große Verlegenheitspause entstehen zu lassen, fragte ich ihn: »Wieso heißen Sie dann Guru und nicht Tuflinsky?«

»Ich heiße beides. Tuflinsky ist mein Nachname, und Guru ist die Abkürzung meiner Vornamen. Meine Eltern haben mich nach meinen Opas Gustav-Rudi getauft. Aber so ein Name ist ja heutzutage nicht verkehrsfähig, zumindest nicht in meinem Alter. Daher werde ich von allen nur Guru gerufen.«

Gerhard mischte sich ein und zückte seinen Dienstausweis. »Dürfen wir bitte kurz reinkommen?«

Er zuckte zusammen. »Polizei? Oje, was hat mein Alter jetzt wieder angestellt?«

Oha, er wusste anscheinend noch nichts vom Tod seines Vaters.

»Wieso *wieder*?«

»Kommen Sie nicht aus Seckenheim? Mein Vater sitzt im Gemeinderat. Die fetzen sich dort fast bis aufs Blut. In Seckenheim wird schon lang keine sachliche Politik mehr betrieben. Es gibt nur noch zwei Lager. Mein Alter gegen alle anderen. Die fechten ihre Machtkämpfe aus, eine Politikklamotte sondergleichen.«

Da hatten wir es schon, dachte ich. Ein Drama wie so oft, wenn auch ein politisches, war der Auslöser des Verbrechens. Nun denn, dieses Mal würde der Fall schnell gelöst sein.

Noch wollte ich die Todesnachricht zurückhalten.

»Wohnt Ihr Vater allein?«

Guru lachte und bekam davon einen trockenen Raucherhustenanfall. »Mit seiner Lebenseinstellung bleibt ihm nichts anderes übrig. Er ist der größte Spießer, den es gibt. Wenn er abends heimkommt, schaut er sich den Musikantenstadl und ähnliche Sendungen an. Nichts trübt seine spießbürgerliche Welt. Aber wehe, er ist in Sachen Politik unterwegs. Mein Vater ringt um eine Mehrheit, um einen Tunnel unter dem Neckar zu bauen. Dabei braucht Seckenheim das überhaupt nicht. Aber hier geht es ums Prinzip, die Notwendigkeit steht nicht zur Debatte. Er will sich um seine Heimatgemeinde verdient machen, sich ein Denkmal errichten.«

Genauso ist es in Schifferstadt auch, dachte ich. Und wahrscheinlich in den meisten Gemeinden Deutschlands ebenso. Speziell in Schifferstadt gab es bereits einige, die sich ein Denkmal setzen wollten, einigen war es sogar gelungen, allerdings in fast allen Fällen ein eher negatives.

»Dürfen wir trotzdem mal kurz reinkommen?«, beharrte Gerhard.

Guru machte den Weg frei. »Dann gehen Sie mal runter,

passen Sie aber auf, das Geländer ist etwas verklebt, da müsste mal wieder jemand sauber machen.«

Der versiffte Handlauf sah aus, als hätte man ihn durch stinkenden Morast gezogen. Die nicht viel sauberere Einliegerwohnung bestand mit Ausnahme der Toilette und der Küche aus einem einzigen großen Raum. Die schmierige Couch war übersät mit Dutzenden lustiger Taschenbücher von Walt Disney. Guru bot uns Platz an, was wir aus hygienischen Gründen freundlich ablehnten.

»Was machen Sie eigentlich beruflich, Herr Guru, äh, ich meine Herr Tuflinsky?«

Er winkte ab. »Sie können ruhig Guru zu mir sagen, das macht mein Vater auch. Beruflich bin ich in so einer Art Orientierungsphase. Ich probiere alles aus, was mir Spaß macht und nicht zu anstrengend ist. Pro forma bin ich an der Hochschule Ludwigshafen eingeschrieben, ich weiß im Moment aber nicht auswendig, für welchen Studiengang, das ändert sich bei mir öfter mal. Ich habe mich wegen der günstigen Krankenversicherung eingeschrieben. Und drüben in der Pfalz werden keine Studiengebühren wie bis vor Kurzem hier bei uns verlangt.«

Gerhard schaute betreten zu Boden. Jasmin würde es nicht leicht haben, ihn von eigenen Kindern zu überzeugen.

Ich hakte nach. »Und was probieren Sie zurzeit aus, Herr – äh?«

Guru setzte sich und zündete sich etwas an, das nur entfernt nach einer normalen Tabakzigarette aussah. Er zog kräftig daran. »Lass ich mir ab und zu von Freunden aus Amsterdam mitbringen. Ja das, was ich im Moment mache, ist schwer zu erklären.«

Nach eine kurzen Pause fuhr er fort. »Ich bin gerade dabei, eine neue Umweltorganisation aufzubauen«, begann Guru mit seinen Erläuterungen. »So was in der Art wie Greenpeace, nur halt besser. Es wird Zeit, dass sich mal jemand wirklich um die Probleme unserer Erde kümmert, so kann es ja nicht weitergehen.«

»Und wie wollen Sie das machen? Einfach noch mal von vorn anfangen geht ja schlecht mit dieser langsamen und zeitraubenden Evolution, oder?«

Guru ging zum Kühlschrank, der praktischerweise direkt neben dem Fernseher stand und holte eine Dose Cola hervor. Bevor er fragen konnte, ob wir auch etwas zu trinken wollten, winkten wir dankend ab.

»Wir müssen uns alle etwas zurücknehmen und unseren Planeten nicht weiter zerstören, darum habe ich einen eigenen Club gegründet mit dem tollen Namen ›Guru für Alles‹. Alles steht dabei für ›Ausgezeichnete Lösungen für das Leben, die Erde und die Staaten‹.«

Das war mal wieder verdammt starker Tobak. Dass es in Baden-Württemberg schwierige Typen gab, war mir bewusst, doch dieser Guru toppte fast alles bisher Dagewesene.

»Wie wollen Sie das machen, alles ändern? Da brauchen Sie bestimmt ganz viele Mitstreiter«, hakte ich skeptisch nach.

»Die habe ich. Kommen Sie nächstes Wochenende nach Ludwigshafen in die Pizzeria Fünf Jahreszeiten, da haben wir ein Mitgliedertreffen. Wir sind echt gut drauf. Jedes Mitglied bringt seine eigenen Ideen ein. Wir haben Zündstoff für die nächsten 1000 Jahre.«

»Und welche Idee haben Sie eingebracht?«

Ohne nachzudenken, antwortete er: »Das ist im Moment noch etwas unausgegoren. Ich will erst mal große Debatten anstoßen, die Inhalte können wir später klären. Das funktioniert bei der Piratenpartei schließlich auch ganz gut.«

Bevor es skurril-politisch wurde, beendete ich diese Diskussion.

»Ihr Vater ist tot, Herr Guru, äh, Tuflinsky.«

Guru riss seine Augen auf und stierte mich an. »Tot? Was ist mit ihm passiert? Hatte er einen Unfall?« Er nahm einen großen Schluck Cola.

»Ich muss Ihnen leider sagen, dass er ermordet wurde, und das bereits gestern. Haben Sie die Spurensicherung, die gestern in der Wohnung Ihres Vaters war, nicht bemerkt?«

»Ich bin erst vorhin heimgekommen. Ich war in der Westpfalz auf einem Guru Guru Konzert.«

Er dachte kurz nach. Von besonderer Trauer war nichts zu spüren. »Steckt der Gemeinderat dahinter? Mein Alter hat nämlich ein paar handfeste Drohungen bekommen. Ist zwar schon eine Weile her, aber Politikern traue ich alles zu.«

Toll, dachte ich. Wenn Gurus Vermutung stimmen sollte, darf KPD ab kommender Woche den Fall übernehmen. Politiker waren in meinen Augen noch schwieriger als Lehrer, auch wenn das nur schlecht vorstellbar war.

»Darum kümmern wir uns bereits«, log ich. »Was ist mit Ihrer Mutter, wohnt sie in der Nähe?«

»Meine Alte? Die hat sich verkrümelt, da war ich noch in der Grundschule. Die wollte sich einen Joint organisieren, dann kam sie nicht mehr heim. Ich habe nie mehr etwas von ihr gehört.«

»Ach, Sie waren in der Schule?« Diese boshafte Spitze konnte ich mir nicht verkneifen. Gerhard stieß mir dafür seinen Ellbogen in die Nieren.

»Ja, schon«, antwortete Guru. »Aber nicht so oft, die wirklich wichtigen Dinge, die man fürs Leben braucht, lernt man sowieso nicht in der Schule. Das Abi hat mir mein Alter mit seinen Beziehungen und reichlich Spenden ans Gymnasium gekauft.«

»Um noch mal auf Ihre Mutter zurückzukommen –«

Er unterbrach mich. »Da müssen Sie meinen Alten fragen, vielleicht weiß der was.«

»Ihr Vater ist tot.«

Guru lief rot an. »Hab nicht dran gedacht. Das ist ja –«

Wir hörten, wie jemand ›Herr Palzki, wo hocke se denn?‹ rief.

Ich nutzte die Gelegenheit, um uns vorläufig zu verabschieden.

»Waschen Sie mal Ihre Hände«, gab ihm Gerhard zum Abschluss mit auf seinen weiteren Lebensweg.

Während wir peinlich darauf achteten, den Handlauf unberührt zu lassen, gingen wir nach oben. Guru hatte eine eigene Auffassung bezüglich der Bewältigung seiner Trauerarbeit. Exorbitante Schallwellen dröhnten aus seinem Reich. Mit etwas Fantasie konnte man die Rolling Stones als Urheber des Krachs ausmachen.

»Was issn do unne los?«, begrüßte mich einer von zwei Spurensicherern, die mir völlig unbekannt waren, was für Baden-Württemberg sicherlich nicht ungewöhnlich war.

»Da überprüft jemand die Gebäudestatik. Woher wissen Sie, dass wir hier sind?«

»Woher mer dess wisse? Ä Fraa hot uns halt agerufe. Muss wohl ä Kolleschin vun eich sei.«

Jutta war mal wieder auf Nummer sicher gegangen.

Gerhard kratzte sich am Ohr. »Ausländisch hören Sie sich nicht gerade an. Oder täusche ich mich da?«

»Des hert ma doch, dass ich ähn Pälzer bin. Ich kumm aus Hettrem. Weche meiner Fraa bin ich noch Mannem gezoche. Mein Kollesch do«, er zeigte auf den zweiten Mann, »der is ähn waschechte Mannemer. Denn versteht ma awer arisch schlecht.«

Sein Kollege sagte nichts. Vielleicht war er stumm oder er ging von vornherein davon aus, sich uns Pfälzern gegenüber nicht verständlich machen zu können.

»Gehen wir rein?« Ich wollte endlich zur Sache kommen. »Haben Sie für uns Einwegklamotten dabei? Wir haben unsere vergessen, außerdem müssen wir in der Pfalz sparen. Für den Nürburgring«, fügte ich an.

»Die badische Steiergelder fließe noch Stuttgart zum Bahof, jeder hot halt sei Lascht zu trache.« Er zeigte auf den Hauseingang. »Mer kenne in normale Klamotte ins Haus nei, die Feinärwett hämmer geschtern fertisch gemacht.«

Umso besser, dachte ich. Dann würde es nicht so lang dauern.

»Sie haben brisante Informationen gefunden, hat die Frankenthaler Kripo gemeldet.«

»Brisant?«, wiederholte der fremdgegangene Pfälzer. »Dess is gar ken Ausdruck! Kumme se mol mit!«

Wir gingen durch einen spießigen Flur und kamen in ein noch spießigeres Wohnzimmer. Es schüttelte mich. Hier wohnen zu müssen, war die Höchststrafe für jeden normalen Menschen.

»Is doch ganz gemietlich do«, meinte der Spurensicherer und ich war mir fast sicher, dass er es ernst meinte.

Er deutete auf einen Beistelltisch, der neben einer Vitrine mit einer Schnapsgläsersammlung stand. Über dem Beistelltisch hingen an der Wand diverse Spazierstöcke. Alle waren sie mit kleinen bunten Bildplaketten übersät, die mit Nägeln befestigt waren und kleine Landschaften zeigten.

Auf dem Tisch stand ein Modellaufbau, der mit viel Pappmaschee gebastelt worden war. Etwa in der Mitte schlängelte sich der Neckar durch das Modell, auf beiden Seiten deuteten rechteckige Quader die Wohnbebauung an.

»Gucken se mol do in die Mitt.« Er zeigte auf eine Röhre, die aus mehreren leeren, hintereinandergesteckten Toilettenpapierrollen bestand und unter dem Neckar hindurchlief.

»Hoffentlich lässt man den Tunnel von einem Architekten planen, wenn er realisiert wird.«

»Eijo, des werd schunn so sei«, antwortete der Exilpfälzer. »Gucken se mol do hi, wu de Tunnel afange dut.«

Ich guckte, sah aber nichts. »Da ist nichts außer dem Tunneleingang.«

»Ewe, dodrum geht's. An der Stell, wu de Tunnel afange soll, steht des Haus vun de Berschermeschterin.«

»Das Haus der Bürgermeisterin?«, wiederholte ich. »Dann kann der Tunnel an dieser Stelle gar nicht beginnen.«

»Odder des Haus muss weg«, meinte er trocken.

Ich verstand. »Sie wollen mir damit sagen, dass der Fall politisch liegt? Zumindest in der Kommunalpolitik?«

Er nickte. »Genauso isses.«

»Dann muss KPD ran.«

Er schaute mich fragend an, während Gerhard sich wegdrehte.

Ich improvisierte eine Lösung für meinen Versprecher.

»Das ist die Abkürzung für unsere pfälzische Spezialeinheit für komplizierte Ermittlungsfälle. Alles, was mit Politikern, Lehrern und Ärzten zu tun hat, wird von dieser Spezialeinheit geleitet.«

»Bei uns in Mannem losse mer immer die Bepos dra bei so heikle un gefährliche Sache. Die sinn noch jung un belaschtbar.«

»Das sind wir auch«, stellte ich richtig und um davon abzulenken, ergänzte ich: »Haben Sie noch etwas gefunden, hinter dem ein Motiv stecken könnte?«

»De Compjuder hemmä mitgenumme, der werd noch unnersucht. Uff em erschte Blick hot mer gsehe, dass der Verblichene jeden Tach in Chätruums war und sich als viel jinger ausgewe hot. Es gibt a Ahaltspunkte, dass der jemanden erpresst hot. Genaues wissen mer awer noch net. Sein Sohn suche mer a noch.«

»Immer den Rolling Stones nach, dann finden Sie Guru.«

»Unn wer soll des sei?«

»Gustav-Rudi Tuflinsky, der Sohn. Wenn Sie zu ihm runter gehen, passen Sie ein bisschen auf das Geländer auf.«

Gerhard, der seit Kurzem ein iPhone besaß, fotografierte alle erdenklichen Einrichtungsgegenstände. Wahrscheinlich war er mit dem Aufbau einer Fotoausstellung für ein Kabinett des Grauens beschäftigt.

»Reiner, komm mal bitte«, rief er mich kurz darauf in Tuflinskys Badezimmer. Ein Albtraum in rosa. Überall hingen weiße bis rosafarbene Schleifchen und kleine Trockengestecke. Auf der Badewannenumrandung standen Minigartenzwerge, nicht wenige davon in Dirndl oder Lederhose.

Gerhard blickte kurz zu mir und hob dann den Klodeckel hoch. Sofort legte eine mehrstimmige Jodel-Arie los. Nach wenigen Sekunden wurde die Arie leiser, stattdessen plärrte Heino mit ›Schwarzbraun ist die Haselnuss‹ durchs Badezimmer.

»Jetzt weißt du, warum so viele Männer auf der Toilette einen Schlaganfall kriegen«, meinte er und schloss den Deckel. Heino verstummte augenblicklich.

»Da scheiß ich doch drauf«, sagte ich und verließ das Badezimmer.

»Wollen wir uns das Schlafzimmer ansehen?«, fragte Gerhard, der nachgekommen war.

»Auf keinen Fall. Ich habe keine Lust, weiter in der Privatsphäre des Toten herumzuschnüffeln. Wer weiß, was uns dort erwarten würde.«

»Dess kann ich eich sage. Im Schlofzimmer steht die greschte Schneekugelsammlung, die ich je gesehe hab. Und uffm Seidbord do steht ä Aquarium ohne Fisch. Stattdesse hot der sei dreckisch Wesch do drin gsammelt.«

»Im Wasser?«, fragte Gerhard nach.

»Ach wo, do iss doch ke Wasser drin. So bled war der net.«

Bevor wir weitere obskure Entdeckungen in der Wohnung von Tuflinsky machten, verabschiedeten wir uns.

»Sie sind doch bestimmt so gut und schicken uns die Zwischenberichte nach Schifferstadt?«

»Mache mer«, antwortete der Mann aus Hettenleidelheim. »Die Kollesche aus Frankedal wollen a ä Kopie. Denne ihr Scheff hot gemeent fer alle Fäll, falls bei de Schifferstadter mol widder ebbes aus ehm Ruder laaft.«

Der Rest der Welt musste eine wilde Meinung über uns Schifferstadter haben. Hoffentlich würde Dietmar Becker diese Sache niemals in einem seiner Krimis thematisieren.

Ich bedankte mich für die Amtshilfe.

Als wir im Auto saßen, meinte Gerhard: »Gibts bei uns in der Pfalz auch solche Verrückte wie hier?«

Ich nickte. »Denk nur an KPD oder Dr. Metzger. Ich hab mal gelesen, dass es in Bayern sogar noch schlimmer wäre und es nur wenige Menschen gibt, die so normal sind wie du und ich.«

»Ich hab mir so etwas schon gedacht«, sagte mein Kollege und seufzte. »Wo müssen wir jetzt hin?«

SZENE 7 KREUZBERGER ANSICHTEN

Ich schaute auf die diversen Zettel, die uns Jutta mitgegeben hatte. »Freinsheim. Das ist von hier ein gutes Stück zu fahren. Ich komme mir fast vor wie bei dem Spiel ›Deutschlandreise‹.«

30 Kilometer später hatte uns die Pfalz wieder. Wir waren in Freinsheim angekommen. Der mittelalterliche Ortskern war wenig autogerecht, im Mittelalter hatte man bei der Stadtentwicklung andere Prioritäten gesetzt. Noch vor ein paar Jahren war ich mit Stefanie regelmäßiger Besucher des hiesigen Stadtmauerfestes. Die urige Kulisse, gepaart mit dem Gedrängel der Menschenmassen, die sich zwischen den Resten der Stadtmauer von einem Verpflegungs- und Weinstand zum nächsten schoben, hatte ein einzigartiges Flair. Mit kleinen Kindern machten die Enge und der damit zwangsläufig verbundene Lärm wenig Vergnügen, sodass wir unsere jährlichen Besuche irgendwann eingestellt hatten.

Die Straße ›Am Guten Brunnen‹ verlief nahezu halbkreisförmig außerhalb des südlichen Teils der Stadtmauer. Wie durch ein Wunder fanden wir auf Anhieb einen regelkonformen Parkplatz. Unter anderem dadurch waren wir rund eine halbe Stunde zu früh. Aus Höflichkeitsgründen schlug ich Gerhard vor, zunächst einen Imbiss aufzusuchen, damit wir nicht zu früh bei Pakos Managerin klingeln müssten. Mein Kollege zeigte mir den Vogel.

»Spinnst du? Es ist Sonntag, ich bin froh, wenn ich wieder daheim bei Jasmin bin. Die Polizei darf auch mal zu früh kommen. Die Bevölkerung ist sowieso der Meinung, wir kämen immer zu spät.«

Wir klingelten an einem gar nicht so alten Haus mit einem überaus gepflegten Vorgarten. Er war zwar nicht besonders groß, doch selbst als Laie erkannte ich das Ausmaß der körperlichen Arbeit, die zu dessen Pflege notwendig war. Gartenarbeit war nicht so mein Ding, bei mir musste alles leicht und ohne großen Aufwand zu pflegen sein. Erst kürzlich hatte ich in einem Baumarktprospekt gesehen, dass es neuerdings Kunstrasen gab, der von einem echten Rasen nicht zu unterscheiden war. Die eine oder andere winzigkleine braune Stelle unterbrach die monotone grüne Gleichmäßigkeit, an der man bisher den Kunstrasen sofort erkannte.

Gerhard klingelte neben dem Schild mit dem Namen ›K. + T. Kreuzberger‹.

Ein recht dünner Mann im blauen Trainingsanzug öffnete. »Ja bitte?«

Ich hielt ihm den Dienstausweis vor die Nase und stellte uns vor.

»Sie sind aber früh, mit Ihnen haben wir noch nicht gerechnet«, sagte er dennoch freundlich und bat uns herein. »Meine Frau ist noch im Bad, kommen Sie bitte durch ins Wohnzimmer.«

Ich bemerkte, dass er seinen linken Fuß beim Laufen nicht richtig belastete. »Haben Sie Probleme mit Ihrem Fuß?«

Er blieb stehen und zog das linke Hosenbein hoch. »Ich hatte einen kleinen Unfall.« Er zeigte auf eine Plastikschiene, die seinen Knöchel umgab und mit zwei Klettbändern den Fuß fixierte. »Ich bin an einem Bordstein umgeknickt und habe mir dabei zwei der drei Außenbänder gerissen. Und noch ein paar andere nette Sachen dazu. Jetzt muss ich diesen Sprunggelenkschutz mindestens für zwei Monate tragen.«

Ich überlegte kurz, was wohl Dr. Metzger aus dieser Verletzung gemacht hätte, vertiefte diesen Gedanken aber wegen der aufkommenden Gänsehaut nicht weiter.

Wir setzten uns auf eine moderne Designer-Couch. Die

Einrichtung hatte nicht die entfernteste Ähnlichkeit mit der von Tuflinsky.

»Möchten Sie etwas trinken?«

»Einen tiefschwarzen Kaffee, wenn Sie haben«, sagte Gerhard.

Ich reagierte besonnener. »Mit Ihrer Verletzung müssen Sie sich nicht für uns abquälen. Setzen Sie sich doch zu uns.«

Dankbar nahm er an.

»Karin, also meine Frau, ist seit dem Anschlag auf Pako völlig durch den Wind. Die letzte Nacht hat sie so gut wie nicht geschlafen.«

Gerhard, der enttäuscht darüber war, keinen Kaffee zu bekommen, lehnte sich entspannt auf der echt bequemen Couch zurück und überließ mir die Moderation.

»Gibt es dafür einen bestimmten Grund, Herr Kreuzberger?«

»Das kann man wohl sagen«, antwortete dieser und wischte ein imaginäres Staubkorn von der picobello geputzten Tischplatte. »Meine Frau vertritt einige regionale und teilweise überregionale Künstler, Pako ist aber ihr Hauptkunde.«

»Kunde?«, fragte ich zurück, weil ich das für mich negativ besetzte Wort ›Kunde‹ stets mit Dr. Metzgers Patienten in Verbindung brachte. »Wie muss man sich das vorstellen? Entschuldigen Sie die Frage, aber wir kommen nicht aus dieser Branche.«

»Na, ja, das kommt immer drauf an. Manche Künstleragenturen bieten nur die Vermittlung an, andere haben Rund-um-sorglos-Pakete im Angebot. Meine Frau ist nicht nur Vermittlerin für Veranstalter, sie kümmert sich auch um die Vertragsgestaltung, die Kontakte zur Presse und vieles mehr. Damit hält sie den Künstlern den Rücken frei. Die können sich dadurch voll und ganz auf ihre Auftritte konzentrieren.«

Im Hintergrund hörten wir das Öffnen einer Tür. Sekunden danach trat die hochgewachsene Karin Kreuzberger ein und begrüßte uns. Nach einem kurzen Blick auf den Glastisch meinte sie in recht ärgerlich wirkendem Ton zu ihrem Mann: »Theobald, du hättest den Herren wenigstens etwas zu trinken anbieten können!«

Gerhard und ich waren zeitgleich aufgestanden und schüttelten ihre Hand.

»Entschuldigen Sie bitte. Auf die einfachsten Selbstverständlichkeiten kommt mein Mann nicht. Bei Pako wäre das nicht passiert. Waren Sie schon bei ihm zu Hause?«

Ich verneinte. »Bisher hatten wir noch keine Gelegenheit. Darf ich zunächst Ihren Mann rehabilitieren? Er hat uns durchaus Getränke angeboten. Auf Rücksicht auf seine Verletzung haben wir aber verzichtet. Außerdem sind wir nicht durstig.«

Sie blickte leicht verächtlich auf das linke Bein ihres Mannes. »Na ja, die Bandage ist jetzt sieben Wochen drauf. So langsam könntest du die mal wieder abnehmen und normal herumlaufen.«

Ihr bloßgestellter Mann wehrte sich: »Letzte Woche sagte Dr. Lautschläger zu mir, dass ich die Schiene noch mindestens drei Wochen bräuchte, um keinen neuen Bänderriss zu riskieren.«

Frau Kreuzberger winkte ärgerlich ab und setzte sich zu uns auf die Couch. Dass es Konflikte zwischen dem Ehepaar gab, war offensichtlich.

»Danke, dass Sie gleich gekommen sind.« Pakos Managerin hatte keine Lust mehr, sich über ihren Mann zu ärgern und kam zum Thema. »Pako hat mir bereits alles erzählt. Im Gegensatz zu ihm bin ich aber durchaus der Meinung, dass die Anschläge ihm persönlich gegolten haben. Ich habe ihn gebeten, sehr vorsichtig zu sein. Morgen Nachmittag hat er einen Auftritt im Capitol in Mannheim. Können Sie ihm Polizeischutz zur Seite stellen?«

Ihr Mann war kurz verschwunden gewesen und stellte nun eine Schüssel mit Kartoffelchips auf den Tisch. Reflexartig griff ich zu, und so dauerte es, bis ich die Frage mit einer Gegenfrage beantworten konnte.

»Sie haben ziemliche Angst um Ihren Schützling. Warum eigentlich?«

»Weil ich die Täterin kenne.«

Ich liebte spontane Überraschungen. Falls Karin Kreuzberger tatsächlich die Täterin kennen würde, wäre der Fall schnell gelöst. KPD würde sich grün und blau ärgern. Vorsichtig optimistisch hakte ich nach: »Da bin ich mal gespannt.«

Sie wand sich. »Ja gut, also das war vielleicht etwas zu übertrieben ausgedrückt. Natürlich kenne ich nicht ihren Namen und ihre Adresse. Aber ihre Stimme würde ich sofort wiedererkennen.«

Gerhard hatte sich längst aus seiner bequemen Fastliegeposition hochgearbeitet und saß ebenso wie ich äußerst angespannt auf der Vorderkante der Couch.

»Sie haben uns mit Ihrer Aussage ziemlich verwirrt. Erzählen Sie am besten alles von Anfang an.«

»Meine Frau meinte –«, begann ihr Mann, wurde aber sofort von ihr unterbrochen.

»Das kann ich allein.« Sie warf ihrem Mann einen wütenden Blick zu.

»Pako wird seit einiger Zeit von einer Stalkerin verfolgt. Die Frau bezeichnet sich als sein größter Fan. Angeblich würde sie sämtliche seiner Auftritte besuchen. Ständig ruft sie bei mir an und verlangt von mir, dass ich einen persönlichen Kontakt herstelle. Wie sie mir ebenfalls gesagt hat, ist sie eifersüchtig auf Henrike, das ist Pakos Freundin. Vor ein paar Monaten hat sie sogar seine Privatnummer herausgefunden. Keine Ahnung, wie sie das geschafft hat. Tag und Nacht hat sie dort angerufen, bis er sich eine neue Geheimnummer beschafft hat. Seitdem ruft sie wieder bei mir an. Ich kann mir wegen meiner Agentur leider keine Geheimnummer einrichten.«

Ich überlegte kurz. »Dann werden wir zur Sicherheit eine Fangschaltung beantragen. Obwohl ich mir nicht richtig vorstellen kann, dass eine Stalkerin ihren angebeteten Künstler umbringen will. Warum sollte sie das tun?«

»Die Frau ist verrückt!« Karin Kreuzberger wurde wütend. »Solchen Frauen ist alles zuzutrauen. Die können überhaupt nicht mehr rational denken.«

Völlig unrecht hatte sie damit allerdings nicht. Es kam durchaus vor, dass Stalker ihren Besitzanspruch oder -wunsch in ihren wahnhaften Vorstellungen auch mit Gewalt durchzusetzen versuchten.

»Hat diese Frau irgendwann einmal davon gesprochen, dass sie Pako töten wird?«

»Wortwörtlich natürlich nicht. Aber in den kurzen Telefonaten konnte ich schon an ihrer Wortwahl erkennen, dass sie vor nichts zurückschreckt.«

Ihr Mann räusperte sich und wagte es, einen Redebeitrag zu leisten. »Könnte es vielleicht diese rothaarige Frau sein, die Pako nach dem Leben trachtet?«

Diese neue Überraschung schlug ein wie eine Rakete.

»Sie kennen die rothaarige Dame?«, fragte ich verblüfft, während Gerhard endlich zum Notizblock griff und mitschrieb.

Karin Kreuzberger antwortete nach einem neuerlichen bösen Blick zu ihrem Mann: »Überhaupt nicht. Diese Frau ist uns absolut unbekannt. Wir haben sie wohl in den letzten zwei oder drei Wochen das eine oder andere Mal vor Pakos Auftritten gesehen, mit ihr gesprochen haben wir aber nicht.«

»Diese Frau war gestern im Congressforum.«

»Da haben wir sie auch gesehen«, sagte Theobald Kreuzberger.

Stimmt, Pako hatte Gerhard und mir ja gesagt, dass seine Managerin da war.

»Ist Ihnen gestern bei der rothaarigen Frau etwas Besonderes aufgefallen?«

»Sie trug ein scheußlich grünes Kostüm«, sagte Frau Kreuzberger.

»Daran kann ich mich auch erinnern«, ergänzte ihr Mann.

»Warum waren Sie eigentlich im Congressforum?«, fragte ich ihn.

»Weil er an mir hängt wie eine Klette«, antwortete seine Frau für ihn.

»Ich will dir doch nur helfen«, wehrte er sich und klang dabei kein bisschen beleidigt. »Gestern warst du froh über meine Hilfe.«

»Ausnahmsweise mal, weil ich den Notizkalender vergessen hatte«, bügelte sie ihn erneut ab.

Ich beschloss, dieses Trauerspiel zu unterbrechen. »Was machen Sie eigentlich beruflich, Herr Kreuzberger?«

Seine Frau lachte kurz auf, was uns irritierte.

»Ich bin gelernter Maskenbildner. Seit meine Frau ihre Agentur vergrößert hat, kümmere ich mich um den Haushalt und unterstütze sie bei Schreibarbeiten und solchen Sachen.«

»Das hast du wirklich gut gesagt, Theobald.«

»Wieso?«, hakte ich nach. »Stimmt das nicht?«

»Doch, schon. Außerdem begleitet er mich auf den meisten meiner Außentermine.«

»Ich bin halt einfach an den Veranstaltungshallen interessiert«, meinte er. »In diesem Metier habe ich viele Jahre lang meinen Beruf ausgeübt.«

Gerhard gähnte verschämt. Ich selbst hatte genug von den Ehereibereien der Kreuzbergers. Sollten die ihre Kämpfe allein ausfechten. Dabei dachte ich an eine Statistik, die vor ein paar Jahren in einer überregionalen Zeitung stand. Darin wurden die Ehescheidungsraten je nach Ehedauer angegeben. Damals hatte ich mir den Spaß gemacht und alle Werte addiert. Das Ergebnis war, dass knapp 250% aller Ehen irgendwann geschieden wurden. Das war fast so abstrus wie KPDs Kriminalitätsstatistiken, bedeutete das doch im Umkehrschluss, dass erst einmal viele Ehen noch geschlossen werden müssten, um die genannten Scheidungszahlen überhaupt erreichen zu können.

»Ich fasse also zusammen«, resümierte ich. »Sie waren gestern im Congressforum, haben die rothaarige Frau gesehen, wissen aber nicht, um wen es sich handelt. Bereits vor dem Anschlag sind Sie wieder gegangen.«

Beide nickten. Ich wandte mich an Frau Kreuzberger: »Sie berichteten mir von einer Stalkerin, die Pako bedroht. Hier werden wir eine Fangschaltung beantragen.«

Ich schaute zu Gerhard. »Haben wir alles, Herr Kollege?«

»Jo«, war seine zusammenfassende Antwort.

»Was ist mit dem Personenschutz für Pako morgen in Mannheim?«

»Um den werden wir uns persönlich kümmern. Wir müssen uns sowieso nochmals ausführlich mit ihm unterhalten. Vielleicht hat er eine Ahnung, wer seine heimliche Verehrerin ist. Apropos, haben Sie für mich seine Privatadresse? Er hat mir nur Ihre Karte gegeben. Alles Weitere bekäme ich von Ihnen.«

»Ich denke, in diesem Fall darf ich die Privatadresse und Rufnummer von Pako herausgeben. Normalerweise sind die absolut tabu, die komplette Kommunikation läuft über mich.«

Sie öffnete eine überfüllte Mappe, die sie von einem Beistelltisch nahm, und gab mir eine Visitenkarte.

»Er wohnt in Neustadt?«

»Was haben Sie gedacht? Dass er täglich aus Bayern einfliegt? Pako ist Kurpfälzer.«

Nachdem ich weitere Informationen zur Veranstaltung im Mannheimer Capitol abgefragt hatte, verabschiedeten wir uns.

»Seltsames Paar«, meinte Gerhard, als wir im Auto saßen. »Ist das ein normales Verhalten, wenn man länger verheiratet ist?«

»Ne du, nur wenn man nach ein paar Ehejahren noch miteinander spricht.« Zur Sicherheit lachte ich, damit mein Kollege diesen Witz verstand.

Je näher wir Schifferstadt kamen, desto unruhiger wurde ich. »Es ist kurz nach vier, sollen wir ins Büro fahren?«

»Ich habe eine bessere Idee«, meinte Gerhard und zückte sein Handy. Da er fuhr, wusste ich nicht, ob die Idee wirklich gut war, doch jetzt den Polizeibeamten rauszuhängen, hätte auch nichts gebracht.

Mein Kollege telefonierte offensichtlich mit Jutta. Da ich nur die Hälfte des Gesprächs mitbekam, verlor ich schnell den Faden. So wie Gerhard lästerte, hoffte ich für die beiden, dass es um KPD ging.

»Alles klar«, meinte er, nachdem er das Handy wieder weggesteckt hatte. »Wir können direkt heimfahren.«

»Geht nicht, ich hab meinen Wagen im Hof.«

Gerhard fluchte leise. »Wo lässt du auch überall deinen Karren stehen. Ich setze dich am Kreisel zum Waldspitzweg ab, dann musst du selbst sehen, wie du dich aus der Affäre ziehst.« Er trommelte mit den Fingerspitzen auf dem Schalthebel. »Morgen früh liegen die Ergebnisse von Tuflinskys Computer vor. Er scheint wirklich jemanden erpresst zu haben. Die Sache stinkt zum Himmel.«

»Und was ist mit KPD?«

Mein Kollege schaute mich verwirrt an. »Seit wann interessiert dich das? Jutta meinte, er würde sich immer noch mit seinen Knochen beschäftigen. Sie denkt, dass die Funde durchaus Jahrzehnte alt sein können. KPD will es aber mal wieder besser wissen und lässt Jutta alle Vermisstenfälle der letzten Monate aus ganz Europa zusammenstellen, da er der Überzeugung ist, einem Riesending auf der Spur zu sein.«

Das war mir recht. Solang sich unser Chef mit solchem Mist beschäftigte, hielt er uns nicht bei unseren Ermittlungen auf.

»Dann kann er morgen früh überhaupt keine Ergebnisse präsentieren«, meinte ich schadenfroh.

»Das meinst aber bloß du. Der macht aus einer Mücke einen Elefanten und behauptet, es wäre ein blauer Frosch.«

Ich lachte pflichtbewusst über den flachen Kalauer mit dem Funken Wahrheit.

»KPD hat Jutta übrigens beauftragt, dir für morgen früh einen Außentermin zu besorgen, der mindestens 50 Kilometer von Schifferstadt entfernt liegt. Die Infos legt sie auf deinen Schreibtisch.«

»Wie gut, dass ich erst morgen wieder ins Büro gehe. Und dann ist es zu spät.«

Über Gerhards Gesicht huschte ein gemeines Lächeln. »Willst du die Sitzung sprengen?«

»Aber selbstverständlich!«, bekräftigte ich seine Vermutung. »Das bin ich mir und meinem Chef schuldig.«

SZENE 8 MCSTIRNHÖR TRITT AUF

Wie ein zufälliger Passant schlich ich den Waldspitzweg entlang. Erfreulicherweise verließ gerade ein Streifenwagen den Hof der Dienststelle, und ich gelangte, ohne große Aufmerksamkeit zu erregen, zu meinem Wagen, der hinter dem lang gezogenen Gebäude parkte. Ich konnte mein Glück kaum Fassen. Es ging weder eine Sirene los als ich das Auto startete, noch kam KPD angerannt. Fünf Minuten später schloss ich zu Hause die Tür auf.

»Papa!«, Paul hatte mich gehört. »Papa, wie merkt man, dass unsichtbare Tinte verbraucht ist? Wie schwer ist eigentlich ein Hologramm?«

Willkommen, ich war wieder daheim. Ich schüttelte meinen Sohn ab, der wie eine Klette an mir hing. Während ich ins Wohnzimmer ging, schoss er noch eine letzte Frage ab: »Papa, warum hat Tarzan keinen Bart?«

Stefanie stillte gerade Lars und blätterte dabei in einer Illustrierten.

»Hallo, Reiner«, begrüßte sie mich müde. »Tut mir leid, wenn es unaufgeräumt ist, aber ich komme zu nichts. Fast würde ich vermuten, dass Lisa und Lars sich untereinander absprechen.«

Ich schaute mich um, konnte aber keinen Anhaltspunkt von Unaufgeräumtheit entdecken. Als ich vor Kurzem noch allein wohnte, sah es ganz anders aus.

Melanie betrat die Bühne oder vielmehr das Wohnzimmer.

»Du, Daddy, ich war heute Mittag zufällig mit meiner Freundin im Caravella. Als ich sagte, dass du mein Vater bist, habe ich nur die Hälfte zahlen müssen.«

Im Beisein ihrer Mutter war dieser Satz recht unvorteilhaft. Er war für Stefanie ein gefundenes Fressen. »Davon hast du mir nichts erzählt, Melanie. Was hast du denn gegessen?«

Unsere Tochter hatte sofort Lunte gerochen. »Die haben einen leckeren gemischten Salat, Mama. Der macht pappsatt. Und mit Maria habe ich mir eine kleine Portion Pommes geteilt.«

Das alles sagte Melanie, ohne rot zu werden oder eine Spur von Verlegenheit zu zeigen. Von wem sie das nur geerbt hatte? Ich nahm mir vor, in Zukunft alle Aussagen meiner Tochter vorsichtiger zu beurteilen und die Glaubwürdigkeit zumindest latent infrage zu stellen.

Stefanie gab keinen Kommentar ab, ob sie Melanie glaubte oder nicht.

Unsere Tochter setzte noch einen drauf, bevor sie wieder verschwand.

»Übrigens, Daddy: Die Plakate sind richtig gei –, äh, toll geworden.«

Stefanie sah mich fragend an. »Was meint sie damit?«

Ich zuckte mit den Schultern. »Vielleicht hat es mit ihren Hausaufgaben zu tun? Ich glaube mich zu erinnern, dass sie irgendetwas vor ihrer Klasse präsentieren muss.«

Schweiß lief mir den Nacken hinunter. Es gab da ein paar Dinge, die musste ich dringend in den nächsten Tagen bereinigen.

Da sich im gleichen Moment unser doppelter Nachwuchs lautstark meldete, war dieses Thema momentan beendet.

Der Abend verlief einigermaßen harmonisch. Paul erhielt Redeverbot, Melanie musste ihrer Mutter genauestens erklären, was alles im gemischten Salat war und den Zwillingen war das Ruhebedürfnis von Stefanie und mir so ziemlich egal.

*

Es war ein Genuss, zu einer halbwegs vernünftigen Uhrzeit durch den Wecker ins Diesseits befördert zu werden. Normalerweise kam mein Sohn Paul als fliegender Torpedo dem Wecker zuvor und sprang ohne jede Vorankündigung auf meine volle Blase. Mit einem kleinen Trick hatte ich das vermieden: Da er heute schulfrei hatte, die Lehrer gönnten sich mal wieder einen Fortbildungstag außerhalb der Ferienzeit, erlaubte ich ihm gestern Abend, einen längeren Film auf DVD anzuschauen. Selbstverständlich einen altersgerechten, auch wenn er lieber einen James Bond schauen wollte statt den von mir aufgezwungenen 50 Jahre alten Ben Hur mit knapp vier Stunden Laufzeit.

Heute war mein Tag. Ich hatte die endlosen Demütigungen von KPD satt. Die Stunde der Abrechnung war gekommen, auch wenn ich am Ende einer der Verlierer sein würde. Nur eines wollte ich nicht: Der einzige Verlierer sein.

Fröhlich pfeifend verließ ich eine dreiviertel Stunde später den Frühstückstisch und verabschiedete mich von meiner Frau. Es war eines der wenigen Male, dass ich sie sprachlos erlebte.

In der Dienststelle angekommen, nahm ich den kürzesten Weg zu KPDs Büro, damit mein Gewissen keine Zeit mehr hatte, mir die Sache auszureden.

Gewissenlos öffnete ich schwungvoll die Tür und erschrak, allen im Raum anwesenden Personen ging es genauso. Mit offenem Mund bestaunte ich die neue Situation.

Fast überall, wo ich hinblickte, schaute ich wie in einem Spiegelkabinett in die grinsende Visage des Dienststellenleiters. Die Wände seines Thronsaals waren mit Plakaten regelrecht zugepflastert. Auf jedem Plakat war im Zentrum das gleiche dämliche und übergroße Konterfei von KPD angebracht, das altersmäßig vermutlich aus seiner Schulzeit stammte.

An dem opulenten Besprechungstisch saßen neben KPD und meinen beiden Kollegen vier steife Managertypen, geschniegelt und gebügelt, als hätten sie allesamt Bretter auf ihre Rücken geschnallt. Auch der Rest war einheitlich: Kurzer und gepflegter Haarschnitt mit Seitenscheitel, maßgeschneiderte Anzüge, goldene Füllfederhalter, die jeweils akkurat in rechtem Winkel vor einer Ledermappe lagen, sowie ein einheitlich dämlicher nichtssagender Gesichtsausdruck.

Ein fünfter Berater stand vor einem Flipchart. Die linke Hand locker mittig auf den Unterbauch gelegt, mit der rechten Hand mit einem Kugelschreiber spielend. Genauso wie man es seit 20 Jahren in sämtlichen Rhetorik- und Präsentationskursen vermittelt bekam. Ich wusste, alles musste schön ausgewogen und Authentizität und Wissen suggerierend sein. Der Kugelschreiber war natürlich vor einem Flipchart unbrauchbar. Genauso wie der Laserpointer, der vor gut 15 Jahren den Kugelschreiber ersetzte, weil er Exklusivität und Luxus ausstrahlte. Heutzutage, wo jedermann diese Dinger für 1,50 Euro im Ramschladen erstehen konnte, hatte die Beraterbranche wieder auf silberne Kugelschreiber umgestellt. Diese lagen viel eleganter in der Hand als ein dicker Flipchartmarker, auch wenn dieser viel praktischer wäre. Doch auch dieses Manko wurde durch den Präsentator geschickt eingesetzt. Sobald es etwas auf dem Flipchart zu schreiben gab, wanderte der Kugelschreiber in die linke Hand, und die rechte Hand nahm den Marker aus dem Ablagekörbchen. Diese Bewegungen und ein paar mehr wurden jedem Junior-Berater regelrecht eingedroschen, und auf seinem Weg zum Senior-Berater fiel ihm das so leicht wie das Atmen.

Dass dieses alberne Gehabe alles andere als authentisch war, störte nur die Wenigsten. Inzwischen gab es aber freiberufliche Berater, wenn auch nur wenige, die Dialekt sprachen und im offenen Hemd beim Kunden auftauchten. Im Regelfall waren dies Kunden, bei denen Wissen und Erfahrung der Berater mehr zählten, als seriöses und steifes Auftreten.

Es war mir klar, dass KPD nicht zu diesen Kunden zählte. Bei ihm stand die Etikette an erster, zweiter und dritter Stelle.

KPD spritzte aus seinem hochgepolsterten Sitz auf und stand fassungslos da.

Ich schmunzelte freundlich, ging auf ihn zu und übergab meinem Chef den Pinocchio. KPD stutzte, daher setzte ich zu einer Erklärung an.

»Guten Morgen, Herr Diefenbach. Entschuldigen Sie bitte die Unterbrechung, ich hoffe, ich störe keine wichtige Besprechung. Ich wollte Ihnen nur das Salz zurückbringen, das Sie mir am Freitag zum zweiten Frühstück ausgeliehen haben.«

Ich deutete auf Pinocchio, der nichts anderes war als ein hässlicher Salzstreuer, aus dessen überlanger Nase das Salz dosiert werden konnte. Seit vielen Jahren lag er bei mir in der Garage in der Flohmarktkiste.

KPD drehte im Reflex die Figur um, und eine Prise Salz rieselte auf die Ledermappe des neben ihm sitzenden Beraters. Die Spaßbremse mit Krawatte verzog keine Miene.

»Ja, also, äh, dann mal danke«, stotterte mein Chef hilflos, bis er sich wieder im Griff hatte. »Dann will ich Sie nicht länger von Ihrer Arbeit abhalten, Herr Palzki. Sie haben bestimmt viel zu tun.«

Ich schüttelte den Kopf und deutete auf das riesige Buffet. »Montags sind wir selten ausgelastet, das wissen Sie doch. Haben Sie diese Woche wieder ungarisches Maulwurfsfilet in Paprikasoße geordert? Oder gibts die guten Sachen nur, wenn keine Gäste da sind?«

Ich wandte mich an den Typen mit dem Kugelschreiber.

»Passen Sie mit dem rohen Schinken auf, der verhängt sich immer so schrecklich zwischen den Zähnen. Das sieht eklig aus, wenn man mit den Fettstreifen im Mund frei sprechen muss.«

Auch er verzog keine Miene.

KPD schnaubte wie ein Walross. Gleich würde er ein Spezialeinsatzkommando alarmieren, um mich zur Strecke zu bringen. Doch er hatte einen anderen Plan, er setzte auf Deeskalation und Schadensbegrenzung.

»Kommen Sie halt zu unserem Meeting hinzu«, sagte er möglichst lässig, doch dabei kochte er innerlich vor Wut. »Neben Herrn Steinbeißer können wir noch einen Stuhl einschieben.«

Wenn das mal kein Fehler von dir war, dachte ich gehässig und scannte mit meinen Augen das Buffet ab, das aufgrund seiner Größe ein Kurzsichtiger ohne Brille nicht komplett überschauen konnte. Ich kam zu dem Schluss, lieber zu hungern.

Der Herr Dienststellenleiter entschuldigte sich kurz bei den anwesenden Beratern und teilte dem Kulihalter vor dem Flipchart mit, dass er mit seiner Präsentation beginnen könne.

Mit einem »aber Herr Diefenbach« leitete ich die zweite Runde der Demontage ein. Alles oder nichts war heute die Devise. »Sie haben vergessen, mich vorzustellen.«

»Ach ja, natürlich«, grummelte dieser. »Meine Herren, dies ist Herr Palzki.« Er sah mich an und fragte: »Gut so?«

»Na ja«, antwortete ich. »Damit sich die Leute von diesem MC ein ordentliches Bild von uns machen können, sollte man noch erwähnen, dass ich die rechte und linke Hand von KPD bin.«

Gerhard und Jutta prusteten zeitgleich Kaffee über den Tisch. Das war für die beiden zu viel des Guten.

KPD, der vermutlich seinen Spitznamen kannte, das aber noch nie erwähnt hatte, saß unbeweglich mit spitz geschürztem Mund da. Gleich würde er Feuer und Galle spucken, die Eruption stand unmittelbar bevor.

Der Berater, der neben mir saß, war der Einzige, der so etwas wie Ansätze eines Lächeln zeigte. Er generierte den ersten Redebeitrag der Gäste, seit ich das Büro betreten hatte.

»Wen meinen Sie mit KPD? Ist das nicht eine politische Partei?«

Ich traute mich, laut herauszulachen. Jetzt würde es für meinen Chef richtig peinlich werden. »Nein. Politik ist zwar viel im Spiel, aber mit KPD meine ich den Dienststellenleiter der Schifferstadter Kriminalinspektion. Die Abkürzung steht für ›Kriminalkönig sämtlicher Polizeidienststellen Deutschlands‹. Daran kann man den Wert und den Erfahrungsschatz von Herrn Diefenbach erkennen. Ich weiß sowieso nicht, warum er Sie engagiert hat. Bisher war er stets beratungsresistent.«

KPD reagierte anders, als ich erwartet hatte. Ohne sich über seine Beratungsresistenz auszulassen, blinzelte er verlegen in die Runde. »Das haben Sie schön gesagt, Herr Palzki. Dieses Lob aus Ihrem Mund ist wirklich sehr schmeichelhaft. Habe ich Sie bisher falsch eingeschätzt?«

Ich hatte keine Ahnung, was ich noch aufbieten konnte, alles prallte an KPD einfach ab.

»Können wir nun anfangen?« Diese Frage kam von dem McStirnhör-Berater am Flipchart. Vielleicht war er der Chef der Meute?

KPD nickte. Seine Gesichtszüge hatten sich wieder entspannt.

»Ich bedanke mich bei Ihnen, Herr Diefenbach, für die freundliche Anfrage an unsere Unternehmensberatung. Erlauben Sie mir, Ihnen zunächst kurz unser Unternehmen vorzustellen.«

Während seines Eröffnungssatzes fuchtelte er dermaßen nervös mit dem Kugelschreiber herum, dass mir vom Zusehen beinahe schwindlig wurde.

»Lassen Sie uns das überspringen«, unterbrach KPD und stand auf.

»Wer Sie sind, wissen wir ja, ich habe Sie schließlich selbst ausgewählt. Um keine Zeit zu verlieren, wollen wir gleich in die Problematik einsteigen.«

Die Mimik des Kulihalters versteinerte sich nur für einen Augenblick. »Selbstverständlich, Herr Diefenbach, ganz wie Sie wünschen.«

Was jetzt kam, war eine Klamotte, die die Welt bisher nicht gesehen hatte. KPD referierte, von einem Plakat zum anderen springend, über die von Jutta zusammengestellten und in keinem Fall tatsächlich so stattgefundenen Ermittlungsverfahren. Ein Statistikprogramm hätte am Schluss seiner halbstündigen Rede errechnet, dass die Wörtchen ›ich‹ und ›mein‹ rund 20 Prozent aller gesprochenen Wörter ausgemacht hatten.

Die McStirnhörs waren bestimmt einige Marotten ihrer Kunden gewohnt. Dass sie zu Statisten herabgewürdigt wurden, war mit Sicherheit eine neue Erfahrung für sie.

»Und daher brauche ich Sie, meine Herren, um mir meine Denkansätze zu bestätigen. Das Polizeiwesen muss nach meinen Ideen neu aufgebaut und strukturiert werden. Ich lege Wert darauf, bescheinigt zu bekommen, dass ich auf dem richtigen Weg bin. Alles andere wäre sowieso hanebüchener Unsinn und würde nur Ihre Unfähigkeit als Beratungsgesellschaft belegen. Nur ein guter Chef kann ein guter Chef sein.«

Besonders die letzten Sätze des ewig langen Monologs mussten sich bei den Anwesenden erst einmal setzen.

Der Chefberater hatte während KPDs Rede durch seine

nervösen Spielereien den Kugelschreiber zerbrochen. Ich konnte ihn gut verstehen, irgendwohin musste die Frustenergie abgeleitet werden.

»Wir haben verstanden, Herr Diefenbach«, sagte er und klang zumindest oberflächlich freundlich. »In unserer heutigen ersten Sitzung sind wir einen großen Schritt weitergekommen. Wir haben die Positionen geklärt und die Ziele definiert.« Dass nur KPD gesprochen hatte, erwähnte er bei seiner Zusammenfassung nicht.

»Für die Vorbereitung der nächsten Schritte wäre es gut, wenn wir einen Ihrer Mitarbeiter als Verbindungsmann nutzen dürften. Dann müssen wir Sie, Herr Diefenbach, nicht ständig mit redundanten Informationen belästigen.«

KPD nickte. »Als Verbindungsmann nehmen wir am besten Frau Wagner. Sie ist eine sehr gut organisierte Person, auch wenn sie eine Frau ist.«

Jutta schoss eine fiktive Rakete ab.

Der Berater war damit nicht einverstanden. »Uns wäre es recht, wenn wir Herrn Palzki als Verbindungsmann einsetzen würden.«

Alle vier anwesenden Polizeibeamten schreckten hoch. Was hatte dies jetzt wieder zu bedeuten?

»Warum das denn?« KPD klang etwas angesäuert.

»Ganz einfach«, erklärte der Chef der Anzugträger. »Herr Palzki traut sich etwas. Er hat uns vorhin allen bewiesen, dass er recht unkonventionell in seiner Denkweise ist. Genau wie Ihre Ideen, Herr Diefenbach. Herr Palzki und Sie erscheinen mir in Ihren Charakterzügen ähnlicher, als Ihnen vielleicht bewusst ist.«

Ich schüttelte mich. Verglich mich dieser Lackaffe gerade mit meinem Chef? Das war ja eine Beleidigung im Quadrat! Einen letzten Versuch wollte ich noch starten.

»Jo, des kenne mer so mache, wi ihr vorschlacht«, sagte ich

in tiefstem Pfälzisch, ohne zu wissen, ob die Berater mich verstanden. »Ich muss awer vorher noch ähn Mordfall uffkläre, sunscht kriech ich Ärger mit Diefenbachs Statistik.«

Die McStirnhörs waren Dialekte anscheinend gewohnt. Ihr mutmaßlicher Chef nickte zufrieden. »Ja, dann machen wir es doch so. Herr Palzki kann selbstverständlich seine Ermittlungen weiterführen. Darf man erfahren, woran sie gerade arbeiten?«

Da ich nicht einmal mit meinem Dialekt anecken konnte, antwortete ich in halbwegs normalem Hochdeutsch: »Ein Arbeiter wurde auf einer Bühne von einem Fachwerkhaus und Teilen des Hambacher Schlosses erschlagen. Der Täter flüchtete in einem U-Boot.«

Ich war mir sicher, dass Gerhard und Jutta kurz davor waren, sich vor Lachen einzunässen. Der Gag mit dem U-Boot war vor Weihnachten entstanden, als Erpresser verlangten, eine mit Geldscheinen gefüllte Kiste im Rhein zu versenken. Wir benötigten eine Weile, um hinter den Sinn des Ganzen zu kommen. Seitdem stand bei uns das Wort ›U-Boot‹ als Synonym für alles Unbekannte, was die McStirnhör-Berater ebenso wenig wussten wie unser Chef.

Ungefragt mischte sich KPD ein und rettete die Situation: »Sie müssen wissen, dass Herr Palzki, übrigens einer meiner fähigsten Mitarbeiter, durch seine unkonventionelle Denk- und Herangehensweise schon mehrfach komplizierte Fälle gelöst hat, natürlich mit meiner kräftigen Unterstützung.«

Ich wusste, was die Berater in dem Moment dachten, und zwar alle: Schnell raus hier aus diesem Irrenhaus.

Nur einer schien mit dem Verlauf des Vormittags zufrieden, und das gönnte ich ihm überhaupt nicht: KPD.

Jutta und Gerhard, die bisher alles stumm beobachtet hatten, standen auf, nachdem die Anzugträger gegangen waren.

»Herr Diefenbach, wir lassen Sie jetzt allein«, meldete Jutta. »Herr Steinbeißer und Herr Palzki haben heute ein volles Programm und ich muss die beiden vorher noch instruieren.«

»Ja, ja, machen Sie das. Können Sie danach beim Caterer anrufen? Beim Beluga-Kaviar war heute das leicht salzige Aroma eine Nuance unausgewogen.«

Ich nahm den Pinocchio vom Tisch und überreichte KPD die Figur. »Mit diesem Jodsalz aus dem Supermarkt können Sie das Zeug nachsalzen. Das merkt kein Mensch.«

Jutta zog mich am Ärmel aus KPDs Büro.

»Es reicht«, raunte sie mir auf dem Flur zu. »Irgendwann ist auch einmal deine Glückssträhne zu Ende.«

Dass sie schon in Kürze zu Ende gehen würde, wusste ich in diesem Moment zum Glück noch nicht.

SZENE 9
STABBEARBEITUNGSCENTRUM SBA 7

»Deine Aktion ging eindeutig nach hinten los«, äußerte Gerhard, als wir an Juttas Besprechungstisch saßen.

»Hör auf mit diesem blöden Thema. Wenn ich meinen Job verliere, werde ich Berater in der Imbissbudenbranche oder mache eine Kochsendung für Fast Food. Die bräuchte ja nur fünf Minuten Sendezeit. Und dort gibts wenigstens keine Spinner.«

Mitten auf dem Tisch lag eine Krankmeldung. Bevor ich sie neugierig betrachten konnte, erklärte Jutta: »Die ist von Jürgen. Er hat sich bei seiner Mama mit irgendwas angesteckt.«

Jürgen stand auf Jutta und wohnte noch zu Hause bei seiner Mutter. Jedes Mal, wenn er Jutta imponieren wollte, trat er in ein Fettnäpfchen und sorgte damit für allgemeine Heiterkeit. Wie gut, dass mir solche Missgeschicke niemals passierten.

Jutta kam endlich zur Sache. »Ihr beiden dürft wieder ein bisschen in der Gegend herumfahren. Das macht ihr bestimmt gern.«

Sie fuchtelte mit einem Schriftstück herum. »Der tote Tuflinsky hat tatsächlich jemanden erpresst. Und jetzt haltet euch fest: Der Mann heißt Tomas Morda. Das sagt euch nicht viel, aber es ist ein Kollege von Tuflinsky. Und ja, er war am Samstag arbeiten.«

Dieser Tuflinsky hat es in sich, dachte ich mir. An allen Ecken gab es Anhaltspunkte für ein Motiv.

»Weiß man auch einen Grund für die Erpressung?«, fragte Gerhard.

Jutta nickte. »Jawohl, Kollege. Es geht um Zigarettenschmuggel, und zwar im großen Stil. Morda verfügt anscheinend über einen netten Zusatzverdienst. Der Computerauswertung zufolge hat Tuflinsky bisher dreimal eine fünfstellige Summe verlangt. Wir gehen davon aus, dass er die auch jedes Mal erhalten hat.«

»Zigarettenschmuggel? So was gibts heutzutage noch?«

Jutta hob ihren Zeigefinger und belehrte uns: »Der Hauptmarkt des Zigarettenschmuggels ist Berlin. Dort hat man anhand von leeren Zigarettenschachteln im Müll herausgefunden, dass in unserer Hauptstadt die meist gerauchte Marke ›Jin Ling‹ ist.«

»Jin Ling?«, unterbrach ich sie. »Hab ich noch nie gehört.«

»Das glaub ich dir gern, Reiner. In Berlin gibt es keine einzige offizielle Verkaufsstelle für diese Marke.«

»Hä?«

»Du hast dich schon mal gewählter ausgedrückt. Jin Ling wird ausschließlich im Schwarzhandel von Vietnamesen auf Berlins Straßen verkauft. Die Stange zu Preisen zwischen 22 und 25 Euro. Damit ihr beiden nicht nachrechnen müsst: Bei jeder Stange gehen dem Staat 29 Euro Steuergelder flöten. Allein in Berlin werden pro Jahr rund 330 Millionen Stück Jin Ling umgesetzt. Produktionskosten in Osteuropa übrigens schlappe 1,6 Cent das Stück.«

Das war mal wieder starker Tobak, was Jutta uns da erzählte.

»Und der Zoll schaut einfach zu?«

»Natürlich nicht. Knapp zehn Prozent der Zigaretten werden kassiert. Doch die Vietnamesen stört das nicht. Bei ihren Vernehmungen heißen alle grundsätzlich Nguyen und sind am 1. Januar geboren. Selbstverständlich haben sie keine Papiere. Man nimmt ihnen die Fingerabdrücke und lässt sie wieder frei, da sie mit höchstens zwei Stangen Zigaretten erwischt wurden. Das zählt beim Zoll als Bagatellvergehen.«

»Könnte man nicht unseren lieben Dienststellenleiter nach Berlin versetzen? Das wäre doch eine herausfordernde Aufgabe für ihn und wir hätten Ruhe von ihm.«

»Du stellst dir das mal wieder so naiv vor, Reiner. Berlin ist ein anderes Bundesland, wie du vielleicht in der Schule gelernt hast. Außerdem ist der Zoll organisatorisch nicht bei der Kriminalpolizei angesiedelt, zumindest nicht bei unserer. Das Zollkriminalamt gehört nicht zum Innen-, sondern zum Finanzministerium.«

Gerhard mischte sich ein. »Lass mal, uns fällt bestimmt eine gute Geschichte ein, mit der wir KPD bei meiner Schwester diskreditieren können.« Gerhard wandte sich an seine Kollegin: »Äh, Jutta, du hast die ganze Zeit von Berlin erzählt. Was geht uns der Zigarettenschmuggel in der fernen Hauptstadt an?«

»Auch in der Pfalz gibt es Raucher, die sparen wollen. Jemand, der täglich eine Schachtel wegplotzt, erspart sich im Jahr einen Tausender an Steuern.«

»Morda ist also für die Verteilung an Raucher in unserer Region zuständig?«

»Eher für Organisation und Logistik. Verteilt werden die Kippen von kleinen Zwischenhändlern, die mit einem Almosen abgespeist werden. Die Endhändler kommen aus dem Ausland und werden regelmäßig ausgetauscht.«

»Das heißt, Gerhard und ich fahren jetzt nach Frankenthal und lassen Morda hopsgehen, oder?«

»Falsch geraten, Reiner. Er arbeitet nur stundenweise im Congressforum. Einen zweiten Halbtagsjob hat er in Speyer bei einem Fensterbauer.«

Ich bemerkte, dass da etwas nicht zusammenpasste. »Warum hat er überhaupt zwei Jobs, wenn seine Schmuggelgeschäfte so rentabel sind?«

»Das weiß ich auch nicht, vielleicht ist es Tarnung, oder seine Geschäfte laufen teilweise über die Firma in Speyer, bei der er angestellt ist.«

Für weitere Überlegungen blieb keine Zeit. KPD stand unerwartet in der Tür. Er schien guter Dinge zu sein.

Er steuerte direkt auf mich zu und streichelte mir über den Kopf wie einem kleinen Kind, das man loben will. »Herr Palzki, es ist mir ein dringendes Anliegen, Ihnen für Ihr beherztes und einfallsreiches Eingreifen zu danken. Ohne Sie hätte der Morgen in einem Fiasko enden können. Sie wissen ja: Der erste Eindruck zählt. Ich bin zwar der Überzeugung, dass die Seniorberater von McStirnhör grundsätzlich fähig sind, aber trotzdem muss ich, müssen wir von vornherein unterbinden, dass diese Leute mit eigenen Ideen aufwarten. Die haben schließlich keine Ahnung vom Tagesgeschäft einer Polizeidienststelle. Von den strategischen Anforderungen ganz zu schweigen. Daher habe ich einen Beschluss gefasst.«

Endlich ließ er meinen Kopf los und setzte sich zu uns.

»Ich habe den Eindruck, Sie und Ihre Kollegen sind mit der Aufklärung des kleinen Unfalls im Congressforum bereits recht weit. Sehr gut. Meine Ermittlungen stehen auch in Bälde vor dem Abschluss.«

KPD schaute auf seine Uhr. »Sagen wir mal, bis Mittwoch sollte das alles erledigt sein. Sie werden dann Ihren Fall bestimmt auch abgeschlossen haben.«

»Wahrscheinlich schon viel früher«, warf ich ein.

»Gut so, ich weiß, dass man sich auf Sie verlassen kann, Herr Palzki. Zusammen mit Frau Wagner und Herrn Steinbeißer werden Sie das Kind schon schaukeln, ne?« Er lachte wie Dr. Metzger im Delirium.

»Also abgemacht«, fuhr er weiter fort. »Am Mittwoch gehen wir beide zusammen in Klausur. Damit uns niemand stört, fahren wir in ein schniekes Restaurant. Kommen Sie bitte mit Krawatte, dann werden wir die nächsten Schritte vorbereiten.«

»Welche nächsten Schritte?«, fragte ich verzweifelt und dachte nur noch an die Krawatte.

KPD strahlte. »Sie sind mir vielleicht ein Schelm, Herr Palzki. Sie als Verbindungsmann zwischen mir und McStirnhör müssen natürlich wissen, welche Ziele ich mir strategisch gesetzt habe. Mit der Erklärung von KPD haben Sie mir sehr geschmeichelt. Ich habe die Verballhornung meines Namens zwar schon öfter am Rande mitbekommen, dass sich dahinter aber solch ein hoher Respekt meiner Untergebenen verbirgt, war mir bisher nicht bewusst. Das zeigt mir einmal mehr, dass ich als guter Chef auf dem richtigen Weg bin.«

KPD seufzte zufrieden und stand auf. »Dann lasse ich Sie mal wieder allein. Schließlich habe ich ja größtes Vertrauen in meine Mitarbeiter.«

Jutta und Gerhard lachten sich schief, als KPD verschwunden war und ich stöhnte: »Krawatte. Das ist fast die Todesstrafe.«

Auf einmal wurde mir bewusst, dass ich der einzige Verlierer des Vormittags war. Genau dies hatte ich eigentlich vermeiden wollen. Ein Strohhalm blieb mir. Vielleicht konnte ich mich mit den Spaßbremsen von McStirnhör verbünden. Das letzte Gefecht war nur vertagt worden, redete ich mir ein.

Ich stand auf und sagte zu Gerhard: »Komm, bringen wir es hinter uns. Schnappen wir uns den Morda.«

»Danach könnt ihr gleich weiter nach Mannheim zum Capitol fahren. Der Geschäftsführer erwartet euch.«

»Eins nach dem anderen, Kollegin. Wo ist diese Firma in Speyer?«

Jutta schaute in die Akte. »Wormser Landstraße 55-61.

Die Firma heißt Klaer Fensterbau und ihr Geschäftsführer Ansgar Schmitt.«

Der Name der Straße in Speyer startete in meinem Innern eine unterbewusste, aber folgenreiche Aktion. Beim Pawlowschen Hund war es ein Reiz von außen, wie die Schritte seines Besitzers oder ein Glöckchen, bei mir reichte die Erwähnung des Straßennamens.

Ich fuhr, während Gerhard auf dem Beifahrerplatz blöde Witze über das gerade Erlebte riss.

»Das nächste Mal werden die Typen von McStirnhör ihre Praktikanten schicken. KPD fällt das mit Sicherheit nicht auf.«

Mein Problem lag auf einer anderen Ebene und das war nicht nur der in Bälde angedrohte Krawattenzwang.

»He, wo fährst du denn hin?«, schrie mich Gerhard an, als ich an der Fensterbaufirma vorbeifuhr. »Dafür darfst du jetzt wenden.«

»Da, da«, stotterte ich und zeigte nach vorn. In etwa 200 Metern Entfernung konnte man einen Platz erkennen.

»Was hast du denn? Da vorn ist überhaupt nichts.« Gerhard wurde ungeduldig, während ich den Wagen anhielt.

»St. Guido-Stifts-Platz«, murmelte ich mit glasigen Augen. Noch nie hatte ich so knapp vor diesem Platz angehalten.

Endlich hatte mein Kollege verstanden. Mit der flachen Hand klatschte er sich an die Stirn. »Die Curry-Sau, natürlich. Jetzt lass dich mal nicht so gehen, Kollege. Ich bin noch satt vom Buffet.«

»Da gabs nur eklige Schweinereien«, antwortete ich und starrte unverändert an den Straßenhorizont in Richtung Platz.

»Schwein war überhaupt nicht dabei«, belehrte mich Gerhard. »Jetzt dreh endlich um, damit wir uns den Zigarettenheini schnappen können.«

Äußerst widerwillig wendete ich mit knurrendem Magen. Die Einfahrt zum Klaer Fensterbau lag schräg gegenüber eines Ford-Händlers. Das Tor stand offen, ich fuhr eine kleine Rampe nach unten in den Innenhof des Unternehmens.

Dem Verwaltungsgebäude, das sich am unteren Ende der Schräge befand, folgte als Anbau eine größere Fabrikhalle. Überall wuselten Arbeiter herum, die mehrere Lastwagen beluden. Gerhard und ich gingen zum angenehm hellen Eingangsbereich der Verwaltung.

»Guten Tag, meine Herren«, begrüßte uns eine freundliche Dame mit leicht saarländischem Dialekt. »Darf ich Ihnen helfen?«

Gerhard fing sofort an zu sabbern, doch dann fiel ihm offensichtlich ein, dass er zurzeit mit seiner Jasmin relativ fest gebunden war.

»Wir möchten zu Herrn Ansgar Schmitt«, sagte ich ihr, ohne zunächst Beruf oder Dienstbezeichnung zu nennen.

»Oh, das tut mir aber leid«, tröstete sie uns, »Herr Schmitt ist heute zeitig zu Tisch gegangen. Ich kann Ihnen leider nicht sagen, wie lang es dauert. Vielleicht kann ich Ihnen helfen?«

Ich wollte gerade antworten, als aus einem der offenen Büros eine Männerstimme rief: »Der is doch um die Uhrzeit immer uffm Golfplatz!«

Peinlich berührt schaute die Empfangsdame mit knallrotem Kopf zu Boden. Dann drehte sie sich zu ihrem Kollegen um und schoss stumm ein paar gedachte Pfeile ab. Ich war mir sicher, dass es keine Liebespfeile waren.

»Wollen Sie einen Moment warten?« Sie zeigte auf eine kleine Sitzecke. »Ich bringe Ihnen gern einen Kaffee.«

Während wir uns setzten, sagte Gerhard: »Für mich bitte auch einen Kaffee.«

Verwirrt drehte sie sich um: »Ja, ja, natürlich.«

Gelangweilt blätterte ich in einem Prospekt, der die Unterschiede diverser Kunststoffprofile von Fensterrahmen erklärte. Für mich war das so interessant wie ein Kochbuch für Rosenkohlgerichte.

Endlich kam ein Endvierziger auf uns zu. Verlegen steckte er sich schnell eine kleine Broschüre in seine Jackeninnentasche. An seinen Hosentaschen drückten sich deutlich mehrere Golfbälle durch.

»Hallo«, begrüßte er uns freundlich, nachdem wir aufgestanden waren. »Willkommen bei uns, mein Name ist Ansgar Schmitt. Was darf ich für Sie tun? Jeder Kundenwunsch wird bei uns erfüllt, wir haben gerade wieder neue Maschinen angeschafft.«

Ich enttäuschte seine Geschäftigkeit mit dem Vorzeigen meines Dienstausweises.

»Polizei? Hoppla, was ist passiert? Meine Leute sind alle angemeldet, und meine Steuern zahle ich pünktlich.«

»Das sagen alle«, antwortete ich. »Trotzdem fehlen der Staatskasse am Ende des Jahres ein paar Milliarden. Aber deswegen sind wir nicht zu Ihnen gekommen.«

Herrn Schmitt war die Erleichterung deutlich anzusehen. »Dann hoffe ich, dass es nichts Schlimmes ist. Wegen Bagatellen kommt die Polizei normalerweise nicht persönlich vorbei, oder täusche ich mich da?«

»Da haben Sie recht, wir kommen erst von Mord aufwärts.«

»Mord?« Der Geschäftsführer glotzte uns fassungslos an. »Bei uns fehlt keiner, nicht einmal einen Krankenstand haben wir im Moment.«

Während Gerhard im Stehen seinen Kaffee schlürfte, klärte ich Herrn Schmitt auf: »Wir wollen Ihren Mitarbeiter Tomas Morda als Zeugen befragen. Er soll bei Ihnen arbeiten.«

»Tom? Klar arbeitet er hier.« Er zeigte in Richtung Fabrikhalle. »Drüben in der Montage.«

Ansgar Schmitt gab uns mit einer Geste zu verstehen, ihm zu folgen. Als wir den Eingang zur Halle betraten, rief er: »Tom, wo bist du? Die Polizei will dich sprechen!«

Im gleichen Moment schepperten im hinteren Bereich der Montagehalle Glasscheiben, die zu Bruch gingen. Wir sahen einen kleineren Mann mit Vollbart durch die mit Maschinen vollgestellte Halle springen. Noch während wir uns orientierten, brach die erste Salve eines Maschinengewehrs los.

Jeder Laie, der plötzlich in solch eine lebensbedrohliche Situation geriet, war hoffnungslos verloren. Das eigene Gehirn blockierte im Regelfall alle relevanten und überlebenswichtigen Entscheidungen. Nicht umsonst gab es den Spruch ›zur Salzsäule erstarrt‹. Als Polizeibeamter war man zwar ebenfalls überrascht, doch die antrainierten Reflexe funktionierten.

»In Deckung!«, schrien Gerhard und ich gleichzeitig, während wir hinter einer Standbohrmaschine mit großem Unterschrank verschwanden. »Alles raus aus der Halle, hier schießt jemand scharf!«, brüllte ich mit ganzer Kraft gegen den Lärm an. Zeitgleich ratterte die zweite Salve und echote in der Halle sekundenlang nach.

Ich hoffte, dass der Schütze nur uns beide im Visier hatte, denn das würde bedeuten, dass es bisher keine Todesopfer zu beklagen gab.

Der Platz hinter der vermeintlich sicheren Bohrmaschine war begrenzt. Während Gerhard seine Waffe zog, blickte ich vorsichtig nach rechts an ihm vorbei. Ich konnte auf den ersten Blick keine Schäden erkennen. Wahrscheinlich hatte Morda die Vorderseite der Standbohrmaschine zielgenau beschossen. Eine dritte Salve donnerte durch die Halle. Schweiß lief mir den Nacken hinunter. Gerhard wusste nicht, was er mit seiner kleinen Waffe anstellen sollte. Sobald er den sicheren Schutz der Maschine verließ, würde ihn die nächste Salve des Maschinengewehrs in Stücke zerreißen. Wir waren gefangen und konnten nur hoffen, dass Morda die Gelegenheit zur Flucht nutzen würde. Die nächste Salve vernichtete diese Überlegungen. In der langsam aufsteigenden Todesangst schaute ich nach rechts zu meinem Kollegen. Dieser starrte hart an mir vorbei. Seine Kinnlade fiel nach unten. So sprachlos hatte ich ihn noch nie gesehen. Seine Mimik war eindeutig: Morda stand mit einer Waffe hinter mir. Um vor meinem Tod wenigstens einmal sein Gesicht zu sehen, drehte ich mich herum.

Der Geschäftsführer stand mitten in der Halle auf einem Laufweg und stierte uns ungläubig an.

»Was machen Sie da unten?«, fragte er unschuldig. Er bückte sich ein wenig zu uns runter, dabei fiel die Broschüre auf den Boden.

Es dauerte, bis ich die Situation erfasst und verarbeitet hatte. Meine ersten Laute waren hilfloses Herumgestottere, das man in solch einer ernsten Situation nicht wiedergeben sollte.

»Jemand ballert mit einer Automatikwaffe in der Halle herum«, war mein erster sinnvoller Satz.

Endlich hatte Schmitt verstanden. »Jetzt weiß ich, was los ist. Ich dachte, Sie wollen hier eine Übung abhalten. Was Sie da gehört haben, ist mein neues Stabbearbeitungscentrum SBA 7.«

Gerhard und ich schauten unglaublich dämlich aus der Wäsche. »Das war kein Maschinengewehr?«

Der Geschäftsführer lachte schallend. »Wo sollen wir hier ein Maschinengewehr herkriegen? Wir sind Fensterbauer und keine Waffenhersteller.«

Noch traute ich der Sache nicht ganz. Sehr langsam verließen wir unser Versteck und standen, uns nach allen Seiten umsehend, auf. Überall blickten uns Arbeiter verständnislos an. Langsam sank meine Pulsfrequenz.

»Kommen Sie, ich zeige Ihnen die Maschine.« Stolz klang aus seiner Stimme.

Wir standen vor einer unheimlich kompliziert aussehenden Maschine, die mir nicht im Geringsten etwas sagte. Wenn Schmitt mir erklären würde, dass man damit die Streifen in die Zahnpasta bekommt, würde ich ihm auch das glauben.

Der Geschäftsführer zeigte abwechselnd auf diverse Details seines Wunderwerks. »Damit kann man unter anderem millimetergenau Wetterschenkelbohrungen, Ecklagerzapfbohrungen am Flügel bis hin zu Rollladennippelbohrungen steuern. Schauen Sie hier: Das ist die hochdynamische Linearachse für Greifer mit höchster Präzision. Oder das Rad nebenan –«

Er steigerte sich in seine Erklärungen rein. Gerhard und ich schalteten unser Gehör ab. Es gab Dinge, die musste man nicht wissen.

Als er gerade über Fernwartung und Amortisierungsdauer referierte, unterbrach ich ihn. »War das Morda, der die Maschine bediente?«

»Ach so, Sie wollten ja zu Tom. Keine Ahnung, wo der steckt.« Er fragte einen Monteur, der ein paar Meter abseits einen Fensterrahmen bearbeitete. »Weißt du, wo Tom ist?«

Der Angesprochene antwortete: »Eben war er noch da. Als du gerufen hast, ist er zur Halle rausgerannt.«

Schweinerei, Morda hatte unser Unwissen über die Maschine zur Flucht genutzt.

»Haben Sie die Adresse von Tomas Morda für uns?« Ich ging zwar davon aus, dass Jutta sie hatte, aber in der Vergangenheit hatte sich die doppelte Abfrage das eine oder andere Mal durchaus gelohnt.

»Klar, kommen Sie bitte mit ins Büro.« Im Vorbeigehen hob ich die von ihm fallen gelassene Broschüre auf. Ich erblickte das Foto von KPD und geschockt las ich die Überschrift: ›30 Tipps, um ein guter Golfspieler zu werden‹.

Nachdem er die Adresse herausgesucht hatte, wünschte er uns viel Glück. »Soll ich Tom etwas von Ihnen ausrichten? Er kann auch zu Ihnen kommen, wenn Sie ihn vernehmen möchten.«

»Nein danke, lassen Sie mal. Er ist bestimmt nicht ohne Grund geflüchtet. Das Kerlchen schnappen wir uns so oder so. Er wird noch heute zur Fahndung ausgeschrieben.«

Nach einem kurzen Hinweis an Mordas Chef, dass ein warnender Anruf den Tatbestand der Strafvereitelung erfüllen könne, ließen wir Schmitt verdutzt zurück.

Wir fuhren aus dem Hof und ich bog automatisch links ab. Gerhard kommentierte nur ganz kurz: »Wusste ichs doch.«

»Mann, nach dem Schreck muss ich was futtern.«

Kaum hatten wir bei der Curry-Sau unsere Bestellung aufgegeben, fuhr Ansgar Schmitt vor. Er war kein bisschen verlegen.

»Sind Sie zu Tisch gegangen?«, fragte ich ihn ironisch.

Er nickte. »Ich muss oft genug mit Kunden fein essen gehen. Da bin ich froh, wenn ich ein- oder zweimal in der Woche zur Curry-Sau kann. Für die genialen Cheeseburger und die selbst gemachte Mayonnaise, die es hier gibt, lasse ich jedes Exklusivdinner sausen.«

Wieso war mir der Geschäftsführer auf einmal so sympathisch?

Nach einer halben Stunde verabschiedeten wir uns gesättigt von Herrn Schmitt. Dass die Szene in seiner Fabrikhalle nur ein schwacher Abklatsch von dem war, was uns in Bälde widerfahren sollte, davon wussten wir noch nichts.

SZENE 10
FITNESSPROGRAMM IM CAPITOL

»Hat gut geschmeckt«, meinte ich zu Gerhard, als wir stadtauswärts zur B9 fuhren. »Warum hast du bei der Curry-Sau nichts gegessen?«

Mein Freund und Kollege quälte sich lang mit der Antwort. »Nun ja, ich befasse mich schon längere Zeit mit dem Gedanken, bin aber immer noch hin und her gerissen.«

»Mit welchem Gedanken?«, fragte ich erstaunt, da ich ihn mit meiner ersten Frage eigentlich ärgern wollte. »Einfach nichts mehr zu essen?«

»Nein, das natürlich nicht. Aber schau dich doch einmal an, so richtig objektiv, meine ich. Und Jasmin macht das ja auch.«

Ratlos blickte ich zu Gerhard. »Kinder?«

Bisher geriet er jedes Mal in ein persönliches Tief, wenn seine jeweilige Partnerin das Thema Kinder aufs Tapet brachte. Was aber Kinder mit meinem Aussehen zu tun hatten, war mir ein Rätsel.

»Ach was.« Gerhard winkte ab. »Du kapierst ja überhaupt nichts. Bei der Curry-Sau gibts außer Pommes nur Fleisch- und Wurstsachen.«

»Aus diesem Grund bin ich dort seit Jahren Stammgast, mein Freund.«

Gerhard schielte unverschämt auf meinen Bauch. Jetzt wusste ich, was er meinte. »Sag bloß, Jasmin hat dich auf Diät gesetzt? An dir ist doch sowieso fast kein Gramm Fett zu sehen.«

»Darum geht es nicht. Jasmin ist Vegetarierin.«

Fast hätte ich vor Schreck das Lenkrad verrissen. »Um

Himmels willen, Gerhard. Tu dir so etwas bloß nicht an. Das wird die Hölle auf Erden, das garantiere ich dir. Das hältst du keine Woche durch.«

»Stefanie ist doch auch eingefleischte Vegetarierin. Warum sollte das bei mir nicht gut gehen?«

»Das ist was ganz anderes«, belehrte ich ihn, ohne ein einleuchtendes Argument zu haben. »Stefanie macht das freiwillig.«

»Ich will es ja auch freiwillig machen, bin mir aber noch nicht so hundertprozentig sicher.«

»Lass das lieber sein, Kollege. Ein Mann als Vegetarier, das kannst du vergessen. Das kommt einer gesellschaftlichen Ächtung gleich. Was sollen deine Kollegen denken, wenn du schon zu Anfang eurer Beziehung unterm Pantoffel stehst? Oder sollte ich sagen, unter der Kartoffel?«

Hoffentlich gelang es mir, Gerhard zu überzeugen. Nicht auszudenken, wenn er zukünftig mit mir unterwegs sein würde und statt an einer Imbissbude an einem Obst- und Gemüsegeschäft Rast einlegen würde.

»Gesund wäre es auf jeden Fall, wenn man deinen Bauchansatz anschaut und zusammenrechnet, was du gerade in dich reingestopft hast.«

Empört entgegnete ich: »Aber hallo, du tust gerade so, als wäre ich dick.« Zum Beweis wollte ich die Finger meiner rechten Hand unter den Gürtel stecken, schaffte es aber nicht, weil der Gürtel nicht flexibel genug war. »Heute Morgen während der Besprechung habe ich im Gegensatz zu dir gefastet. Ich liege nur knapp über meinem Normalgewicht.«

Gerhard fixierte mich und lachte. »Nur, dass du für dein Normalgewicht einen halben Meter zu klein bist.«

»Ha, ha, ich lach mich tot. Es gibt übrigens auch dicke Vegetarier.«

»Ein paar wenige, ich weiß, aber hier gehts ums Prinzip.«

»Nein, hier gehts um die Wurst«, beharrte ich.

Während unserer Diskussion fuhren wir durch Ludwigshafen, überquerten eine der beiden Rheinbrücken und rollten gerade über die Mannheimer Kurpfalzbrücke, die den Neckar überspannt.

Die Verkehrsführung des Alten Messplatzes, der sich der Brücke anschloss, war für mich schon immer ein Graus. Jemand, der nur selten dort entlangfuhr, hatte seine Probleme, an der richtigen Stelle wieder herauszukommen. Hinzu kam, dass vor wenigen Jahren der komplette Platz umgestaltet und damit die latent eingeschlichene Routine zunichtegemacht wurde.

Das Capitol lag nur einen Steinwurf vom Platz entfernt in der Waldhofstraße, durch die sich in der Mitte eine Straßenbahnlinie entlangzog. Das Capitol war zu seiner Bauzeit im Jahr 1927 das größte Kino Deutschlands. In den 80ern des letzten Jahrhunderts war Schichtende. Mit den großen Multiplexkinos konnte man nicht konkurrieren. Fast wäre ein Supermarkt eingezogen, doch glücklicherweise zerschlugen sich die Pläne. Seit über einem Dutzend Jahren war das Capitol weit über die Grenzen Mannheims hinaus zu einer Institution für Künstler fast aller Art geworden. Selbst überregional bekannte Stars suchten regelmäßig das besondere Flair des ehemaligen Lichtspielhauses mit seiner grandiosen Kuppel.

»Da rechts abbiegen«, sagte Gerhard schroff.

»Ich weiß, immer den Straßenbahngleisen nach. Ich war schon im Capitol, da hat dich deine Mama noch nicht einmal allein auf den Spielplatz gelassen.«

»Echt?«, meinte Gerhard. »Du warst schon mal hier?«

»Ist das eine Überraschung für dich? Ich war einige Male

mit Stefanie im Capitol. Da könntest du auch mal mit deiner Jasmin hingehen.«

Darauf wusste mein Kollege keine Antwort.

Der nächste Schock traf uns noch im Wagen sitzend: Vor dem Eingang des Capitols stand vollkommen verkehrswidrig und den Durchgangsverkehr behindernd das Reisemobil von Dr. Matthias Metzger. Der blutrote Schriftzug ›Dr. Metzger – wenns mal schnell gehen muss‹ auf der Seite des Gefährts war neu und wurde durch den makabren Zusatz ›OP-Angebot des Monats: nimm 3 – zahle 2‹ ergänzt.

»Der lässt sich immer was einfallen«, meinte Gerhard ironisch. »Mich würde es nicht wundern, wenn Dr. Metzger live auf der Bühne Show-Operationen zelebrieren würde. Wahrscheinlich wäre der Saal sogar ausverkauft. Und falls was schief ginge, könnte er immer noch die Körperteile an den Präparator von Hagens verkaufen.«

»Du kannst ihm ja den Vorschlag machen«, meinte ich und entdeckte direkt neben dem Haupteingang des Capitols einen halbwegs geeigneten Parkplatz. Wegen des absoluten Halteverbots legte ich einen Zettel mit meiner Handynummer auf das Armaturenbrett.

»Mein Wagen ist halt nicht so prominent wie der des Notarztes«, meinte ich. »In Mannheim wird gern abgeschleppt, habe ich mir von jemandem sagen lassen.«

»Besonders, wenn man vor einer Feuerwehrzufahrt parkt«, entgegnete mein Kollege und deutete auf ein diesbezügliches Schild an einem Hoftor.

Meine Ausrede war präzise und multiüberzeugend: »Wir dürfen das, außerdem sind wir zeitlich knapp dran. Komm schon, steig aus.«

Wir liefen Metzger, der gerade aus seinem Reisemobil stieg, direkt in die Arme.

Mit einer seiner für ihn typischen übertriebenen Gesten

griff er sich wie Stan Laurel in seine schulterlangen feuerroten Haare und eröffnete den gefürchteten Dialog mit einem chronisch-krankhaften Frankensteinlachen.

»Hohoho, der Herr Palzki und sein Kollege! Hat man Sie aus der Pfalz gejagt? Wohl Opfer einer Flurbereinigung geworden, hä? Oder sind Sie mir etwa gefolgt? Ich bin nämlich auch gerade erst angekommen.«

Metzger schlug mir grobmotorisch dermaßen hart auf die Schulter, dass mir einen Moment die Luft wegblieb. Gerhard brachte sich mit einem Sprung zur Seite in Sicherheit.

»Oder sind Sie auch wegen meines Bruders hier? Ich habe beschlossen, ihn im Rahmen meiner Möglichkeiten zu unterstützen. Vielleicht wird er beim nächsten Anschlag verletzt, dann ist er bestimmt froh, wenn ich bei ihm bin.«

Metzger schien unter der gleichen Selbstüberschätzung zu leiden wie KPD.

»Er ist nur Ihr Halbbruder, wenn ich richtig informiert bin.«

»Halbbruder oder Bruder, wo ist da der Unterschied? Ich erzähle überall, dass er mein Bruder ist. Seit er in der Kurpfalz so bekannt ist, ist das eine Bombenwerbung für mich.«

Metzger kratzte sich am Kopf, was zu deutlich wahrnehmbaren Geräuschen führte. »Außerdem muss ich unbedingt mit ihm sprechen, hab ihn ja seit Weihnachten nicht mehr gesehen.«

Worüber dieser bestimmt froh war, dachte ich gehässig, fragte aber trotzdem neugierig nach. »Um was geht es denn?«

Der Notarzt war in Gesprächslaune. »Palzki, wussten Sie, dass laut einer fast unabhängigen Studie mehr als 80 Prozent aller Operationen eigentlich überflüssig sind? Wenn diese Studie an die Kranken, äh, die Bevölkerung durchsickert, dann kann ich umschulen.«

»Das lassen Sie mal schön bleiben. Sie kommen vielleicht auf die Idee und machen einen auf Lehrer.«

Das Dröhnen seiner Lache musste selbst im Inneren der Straßenbahn, die gerade vorbeifuhr, zu hören gewesen sein. Mit Bestürzung dachte ich daran, wie meine Tochter kürzlich bei Facebook eine Dr. Metzger Fanseite angelegt hatte.

»Lehrer ist nichts für mich. Den ganzen Tag mit verzogenen Kiddies in einem Klassensaal oder angelernten Kollegen mit Viertelwissen im Lehrerzimmer verbringen, da würde ich verrückt werden.«

Ich versuchte, das Gespräch wieder auf meine Ausgangsfrage zu lenken. »Wegen dieser Studie wollen Sie Ihren Bruder belästigen? Der bereitet sich bestimmt längst auf seinen Auftritt vor.«

Mir fiel ein, dass auch Dietmar Becker am Samstag im Congressforum Pako sprechen wollte. Irgendetwas war da im Busch.

Metzger zeigte sich unbeeindruckt. »Wenn Sie die Klappe halten und nichts ausplaudern, will ich Ihnen den Grund für meinen Besuch nennen. Es wäre blöd, wenn andere Ärzte mir zuvorkommen würden.«

»Dann schießen Sie mal los, Sie Arzt.«

Metzger suchte kurz nach passenden Worten. »Ich habe Ihnen vorhin erzählt, dass die meisten OPs eigentlich entbehrlich sind. Irgendwann merken das auch die Kunden und beginnen, an den OPs zu sparen. Ich biete ja schon billigst an, weil ich mein Material aus günstigen Second-Hand-Quellen vor allem im Ausland besorge. Aber irgendwann ist da mal Schluss. Unter zwei Hunnis steuerfrei für das Setzen eines Herzschrittmachers gehe ich nicht. Schließlich wollen nicht nur meine Kunden leben.«

Metzger trat näher an mich heran und flüsterte: »Langsam habe ich auch den Gestank satt, der sich nach den OPs immer in meinem Reisemobil festsetzt. Schließlich schlafe ich dort drinnen auch.«

Er fabrizierte eine flüchtige Geste in Richtung seines Gefährts.

»Ich will meinen Bruder fragen, ob er mal seine Beziehungen zum Capitol und anderen Veranstaltungshäusern spielen lassen kann und eine neuartige Produktion vorschlägt. Ich könnte auf offener Bühne erstklassige Medizin-Shows anbieten. So wie die vielen Kochshows im Fernsehen, nur eben live auf der Bühne. Freiwillige werden kostenlos vor Publikum operiert!«

Ein Kloß setzte sich in meinen Hals. Zum Glück hatte ich bereits gegessen. »Und was wollen Sie da zeigen?«

Metzger öffnete seine Arme mit einer ausladenden Bewegung. »Alles Mögliche, was zum Thema passt. Da kann man ganz toll improvisieren. Ich kann den Leuten zeigen, wie man sich den Meniskus selbst operieren kann. Das ist ja nur ein kleines Knorpelstückchen. Jeder meint, der Meniskus wäre im Aufbau so kompliziert wie ein Herz, dabei kann das fast jeder, wenn er eine ruhige Hand hat. Örtliche Betäubung genügt. Wers genau machen will, kann sich tageweise meinen Röntgenapparat ausleihen. Das wäre für mich ein netter Zusatzverdienst.«

»Sie haben einen Röntgenapparat?«

Der Arzt wurde ein klein wenig verlegen. »Na ja, es ist schon ein älteres Modell und war ursprünglich nicht für medizinische Untersuchungen gedacht. Ich habe das Gerät etwas umgebaut, es funktioniert meistens tadellos.«

Nein, ich wollte nicht wissen, wie alt der Apparat war und ob er vielleicht original aus der Werkstatt Röntgens stammte. Doch Gerhard fragte beharrlich nach.

»Für welche Zwecke war das Gerät ursprünglich gedacht?«

»Ach, wissen Sie, Herr Steinbeißer, ich habe den Apparat von einer Haushaltsauflösung in Schifferstadt. In dem Haus war früher ein Schuhgeschäft. Vor gut 40 Jahren hat man in dem Geschäft den Kunden die Schuhe samt Füßen geröntgt. Insbesondere bei Kindern hat man das gemacht. Daran können Sie sehen, wie ungefährlich das Gerätchen ist.« Er lachte verlegen.

Metzger schaute auf seine Uhr. »Ich muss dann mal los. Bevor ich zu meinem Bruder gehe, muss ich noch da vorn um die Ecke zu einem Spezi. Da wohnt jemand, der mich billig mit Antibiotika eindeckt. Das muss ich dann nur noch umpacken.«

Er hob den Arm zur Verabschiedung und verschwand.

Gerhard und ich sahen uns eine Weile stumm an. »Wir vergessen am besten, was wir gerade gehört haben, sonst werden nämlich wir verrückt.«

»Einverstanden, außerdem müssten wir ihn sonst anzeigen«, sagte Gerhard.

Der Eingang des Capitols war geschlossen. Die Veranstaltung begann erst in drei Stunden. Gerhard klopfte wiederholt an die Glastür, bis schließlich eine Frau zornig die Tür öffnete und uns anfuhr: »Sie müssen sich schon noch etwas gedulden. Kommen Sie in zwei Stunden wieder.«

Bevor wir die Chance hatten, zu reagieren, hatte sie die Tür bereits wieder verschlossen. Ich drückte meinen Dienstausweis an die Scheibe, den sie neugierig, wie viele Frauen nun mal sind, studierte.

»Polizei?«, fragte sie, als sie die Tür erneut geöffnet hatte. »Was wollen Sie?«

»Wir wollen zu Herrn Thorsten Riehle, dem Geschäftsführer. Wir haben einen Termin.«

»Und warum nehmen Sie nicht den Verwaltungseingang? Man wird Sie dort bestimmt erwarten.«

Da ich nur ungern zugeben wollte, diesen übersehen zu haben, antwortete ich, ohne auf ihre Frage einzugehen: »Jetzt sind wir aber schon mal hier. Es gibt doch bestimmt einen Durchgang zum Büro von Herrn Riehle.«

»Der ist jetzt garantiert nicht in seinem Büro. Vor Veranstaltungen gibt es ungeheuer viel zu tun, da legt jeder mit Hand an, auch der Chef.«

»Das finde ich sehr vernünftig«, antwortete ich. »Meistens fehlt es den Häuptlingen in den Firmen ohnehin an Bewegung.«

Sie brachte ein erstes zaghaftes Lächeln zustande. »Unsere Räume haben ein integriertes Fitnessprogramm. Bis man in der Verwaltung ankommt, hat man mindestens 100 Kilokalorien verbraucht.«

Ich rätselte, was sie damit meinen könnte, kam aber auf keine Lösung. Die Dame selbst hielt es für überflüssig, das mitarbeiterinterne Fitnessprogramm zu erläutern. Statt einer Erklärung zog sie ein Handy aus ihrer Gesäßtasche und drückte eine Kurzwahltaste.

»Thorsten, eben ist Polizei gekommen. Sie wollen dich sprechen.« Keine halbe Minute später sagte sie: »Okay, ich gebs weiter.«

Nachdem sie ihr Handy wieder weggesteckt hatte, zeigte sie auf eine kleine Theke im Hintergrund. »Nehmen sie bitte kurz an der Sarotti-Bar Platz. Herr Riehle ist gleich mit seiner Besprechung fertig und kommt dann zu Ihnen.«

Wir standen in einem bogenförmigen Foyer. Auf dem Außenbogen befanden sich mehrere großflächige Glastüren; durch eine davon waren wir reingekommen. Im Innenbogen waren die Eingänge zum Saal sowie beidseits des Foyers Treppenhäuser, die nach oben in die Ränge führten. Auf der rechten Außenseite des Foyers befand sich die regional bekannte Bar mit der Sarotti-Werbetafel, die aus der Anfangszeit des Kinos stammen musste und jeden Besucher optisch in die Vergangenheit beamte.

Auf dem Weg zur Bar blickte Gerhard neugierig in den Kinosaal, dessen Türen offen standen. Da er mir bereits bekannt war, richtete sich mein Blick auf ein Objekt, das links neben der Tür hing. Es handelte sich um einen Feuermelder, dessen Alter ich ohne jegliches fachliches Hintergrundwissen auf 40 bis 50 Jahre schätzte. Die den schwarzen Alarmknopf vor versehentlichem Drücken schützende Glasscheibe war nicht mehr vorhanden. Vielleicht waren diese Modelle damals von vornherein glaslos. Dieses kleine Objekt, das mir bei meinen bisherigen Besuchen nie aufgefallen war, faszinierte mich. War es echt und funktionsfähig? Oder nur ein weiteres Museumsstück, welches zu dem Flair des Capitols durchaus passen würde. Die Technik des Capitols war bestimmt auf dem neuesten Stand, beim Inventar wurde dagegen Wert darauf gelegt, die gemütliche Kinoatmosphäre nicht verblassen zu lassen.

Es juckte mich in den Fingern. Nur zu gern würde ich auf den schwarzen Knopf drücken.

So offen und für jedermann zugänglich, hätten doch bestimmt schon andere Besucher draufgedrückt, die dieses Geheimnis lüften wollten. Mein Gewissen gewann die Oberhand. Mensch, Reiner, wenn wegen dir die Feuerwehr ausrückt, dann schickt dich KPD endgültig zur Polizeipuppenbühne. Ich handelte mit meinem Gewissen einen Kompromiss aus: Ich würde Herrn Riehle fragen und dann entscheiden, ob ich den Knopf drückte.

Gerhard hatte längst an der Bar Platz genommen und sich über mein Verhalten gewundert.

»Du hast minutenlang auf die Wand gestarrt, als würdest du mit deinen Augen ein Loch reinbrennen wollen, Superman!«

Bevor ich eine Antwort geben konnte, kam im Hintergrund aus einer Tür, die mit ›Toilette‹ beschriftet war, ein Mann heraus.

»Sind Sie die Herren von der Polizei?«, fragte der freundlich wirkende Mann im besten Alter und zog ein schelmisches Grinsen auf: »Ich habe meine Steuererklärung längst abgegeben.«

»Alle Bürger sind kleine oder größere Steuersünder«, entgegnete ich. »Also jeder, mit Ausnahme von Polizeibeamten.«

»Ist schon klar. Darf ich Ihnen zwecks Bestechung etwas zu trinken anbieten? Ich bin übrigens Thorsten Riehle, das werden Sie sich bestimmt gedacht haben.« Er begrüßte uns mit einem festen Händedruck, während wir unsere Namen nannten. Dabei fiel mir eine Bandage an seinem linken Handgelenk auf. »Haben Sie sich verletzt?«, fragte ich neugierig.

»Nicht der Rede wert.« Inzwischen stand er hinter der Theke. »Was wollen Sie trinken?« Zuerst schaute er in Richtung Gerhard, der sich mit einem Mineralwasser bestechen ließ, dann zu mir. Er stutzte. »Kann es sein, dass ich Sie gestern auf Facebook gesehen habe? In der Gruppe ›Werbeanzeige des Jahres‹ wird gerade das Foto mit Ihrer Tochter diskutiert und gevotet. Im Moment liegt es auf Platz zwei. Nur die Anzeige des Alkoholikerverbandes mit dem Slogan ›Egal wie dicht man ist, Goethe war Dichter‹ läuft im Moment einen Hauch besser.«

Nachdem er mir eine Apfelsaftschorle auf die Theke gestellt hatte, war es Zeit, zum Thema zu kommen. »Sie wissen, warum wir hier sind?«

Riehle wischte mit einem Tuch den Saft auf, den ich beim ersten Abtrinken versehentlich verschüttet hatte. »Wegen Pako, ich weiß. Ihre Kollegin aus Schifferstadt hat bereits Bescheid gegeben, damit wir uns nicht wundern, wenn plötzlich pfälzisch sprechende Beamte auftauchen. Damit haben wir aber keine Probleme. Ich kenne einen Mannheimer Polizeibeamten, der ursprünglich aus der Gegend von Grünstadt kommt. Der hat mal einen wilden Dialekt drauf! Wenn der zwei oder drei Bier getrunken hat, dann versteht er sich wahrscheinlich selbst nicht mehr.«

Ich drehte mich um, weil ich gehört hatte, wie jemand vom Capitol-Personal die Eingangstür geöffnet hatte. Fröhlich pfeifend kam Dr. Metzger herein und gleich hinter ihm Claudius Stefanus und Daniela Westermann. Während Metzger sofort im Saal verschwand, winkten die beiden anderen Thorsten Riehle zu.

»Ah, die Kollegen aus dem Congressforum«, rief er ihnen entgegen. »Ihr kennt euch ja aus, ich komme später nach, wenn ich mit meiner Besprechung fertig bin.«

Auch die beiden verschwanden im Saal.

»Was wollen Westermann und Stefanus hier?«, fragte ich den Geschäftsführer.

»Sie kennen sie? Ach so, ja natürlich, die Sache mit Pako und dem Anschlag. Sehr bedauerlich, das Ganze. Bei uns ist so etwas aber nicht möglich. Zum einen gibt es keine Möglichkeit, unerkannt ins Gebäude zu kommen, zum anderen sind wir vom Platzangebot doch sehr beengt. Ich meine damit nicht den Saal, sondern die Nebenflächen. Ich kann Sie später gern kurz rumführen.«

»Das wäre super«, antwortete ich. »Beantwortet aber nicht meine Frage.«

»Claudius und Daniela kommen öfter zu Besuch. Claudius unterhält sich gern mit den Künstlern. Wenn sie gut sind, engagiert er sie manchmal für Frankenthal. Und Daniela taucht meistens auf, wenn Pako irgendwo auftritt. Ich weiß aber nicht, was dahintersteckt.«

Ich wechselte das Thema. Die beiden würde ich mir nachher vorknöpfen. »Kennen Sie eine Frau mit auffallend langen roten Haaren?«

»Wie meinen Sie das? Eine Besucherin oder eine Mitarbeiterin?«

Ich gab ihm zu verstehen, dass die Frage ohne Einschränkungen gemeint war.

»Eine Nichte von mir hat taillenlange rote Haare«, sagte Riehle nach kurzer Nachdenkpause. »Aber die werden Sie wohl kaum meinen. Sie wohnt in München. Mitarbeiterinnen, auf die Ihre Beschreibung zutrifft, haben wir nicht. Bei den Besuchern bin ich mir nicht sicher, aber zumindest bei unserem Stammpublikum ist mir das bisher nicht aufgefallen.«

Halbwegs zufrieden nickte ich. »Dann können wir also ausschließen, dass sich die Dame bereits im Gebäude aufhält. Wann öffnen Sie den Eingang?«

Riehle antwortete nach einem Blick auf die Uhr: »In zwei Stunden. Es handelt sich um eine geschlossene Firmenveranstaltung.«

»Dann wird sich unsere gesuchte Rothaarige wohl kaum einschmuggeln können.«

Der Geschäftsführer verzog das Gesicht. »So sicher ist das leider nicht. Es ist ein großes Unternehmen, und alle Plätze werden belegt sein. Ich gehe nicht davon aus, dass jeder jeden kennt.«

»Aber Sie haben doch bestimmt Einlasskontrollen, oder?«

»Selbstverständlich. Aber wenn jemand sagt, er hat seine Einladung zu Hause vergessen, darf er trotzdem rein. Es ist ja keine Hochsicherheitsveranstaltung.«

Klar, dachte ich, KPD fehlt. Laut sagte ich zu Gerhard: »Rufst du bitte bei Jutta an, sie soll drei oder vier Beamte vom Mannheimer Präsidium auf dem kleinen Dienstweg anfordern. Die sollen sich am Eingang postieren und alles vorläufig festnehmen, was lange, rote Haare hat.«

Während mein Kollege telefonierte, trank ich die Apfelsaftschorle aus. Es war keine saure, trotzdem war bei diesem nichtalkoholischen Lieblingsgetränk fast aller Kurpfälzer das aufsteigende Sodbrennen nur eine Frage der Zeit. Auch wenn mein Freund Jacques Bosco, der Erfinder, anderes behauptete: Der Auslöser des Röhrenbrennens war das Getränk. Glücklicherweise hatte ich meine N3-Packung gegen Sodbrennen dabei.

»Alles klar«, meldete Gerhard den Vollzug. »Die Mannheimer rücken in Bälde an.«

Als psychologisch geschulter Polizeibeamter sah ich Riehle deutlich an, dass er etwas auf dem Herzen hatte. Ich meine jetzt nicht direkt das Organ an sich, dazu hätte ich mir Dr. Metzgers Röntgenapparat ausleihen müssen, sondern die Redewendung.

Ich gab ihm eine kleine Hilfestellung. »Sie wollen mich was fragen, Herr Riehle?«

Er druckste kurz herum, bevor er antwortete: »Ja schon, das hat aber nichts mit Ihren Ermittlungen zu tun.«

»Für Steuersachen ist ein Steuerberater erste Wahl«, entgegnete ich und nahm damit den Druck von ihm.

Er lachte. »Ich meine etwas anderes. Sie sind doch nebenberuflich in der Werbebranche tätig, Herr Palzki. Ich will für unser Veranstaltungshaus seit Langem eine außergewöhnliche Kampagne starten, um das Capitol noch bekannter zu machen. Das Foto mit Ihrer Tochter bringt gewisse Sympathien rüber, so etwas könnte ich mir auch vorstellen. Können wir uns bei Gelegenheit über eine Plakatserie unterhalten? Natürlich mit Ihrer Tochter. Sonntags haben wir zum Beispiel regelmäßig ein Kindertheater, hinten im Casablanca-Saal.«

Er zeigte an das Ende des Foyers. Über einer Tür konnte ich den ›Casablanca‹-Schriftzug erkennen.

Gerhard verschluckte sich an den Resten seines Mineralwassers und ich war baff. Alle Welt kannte anscheinend bereits die Fotos von Lisa und mir und fand sie toll. Nur meine Frau würde mit Sicherheit anderer Meinung sein, wenn sie die Bilder oder das Video zum ersten Mal sehen würde. Auf der anderen Seite wäre das vielleicht die Chance, aus dem Alltagstrott auszubrechen. Man muss offen für Neues sein, las ich kürzlich in einem Buch über die Möglichkeiten, sein eigenes Charisma zu verbessern. Das Buch selbst war allerdings nicht so toll. Es beinhaltete nichts, was ich nicht sowieso schon wusste.

»Ich denke drüber nach«, sagte ich salomonisch. »Wissen Sie, ob der Künstler bereits im Haus ist?«

»Pako? Der ist vor ein paar Minuten gekommen. Heute hat er seine Freundin dabei, seine Managerin und sogar deren Mann.«

»Kreuzbergers sind auch schon hier?«

»Sie hat mir heute Morgen am Telefon fast eine halbe Stunde die Ohren vollgequasselt und mir 1000 Vorschläge gemacht, damit ihrem Schützling ja nichts passiert.«

Er zählte an den Fingern ab. »Ich soll den Backstage-Bereich abriegeln, die ersten fünf Sitzreihen leerlassen, alle Besucher durchsuchen – das waren noch die einfacheren Forderungen.«

»Und was setzen Sie davon um?«

»Nichts. Ich habe zwar alles abgenickt, aber das war nur rhetorisch. Pako scheint das Ganze selbst peinlich zu sein. Nach seinen Angaben weiß man bis jetzt nicht einmal, ob der Anschlag überhaupt ihm gegolten hat. Stimmt das?«

Ich bestätigte das. »So sieht es aus. Allerdings ermitteln wir in alle Richtungen. Sicher ist sicher.«

»Ich habe verstanden. Wie wollen wir weiter vorgehen?«

»Am besten wäre, wenn Sie uns eine kleine Führung durchs

Haus geben würden. Danach sollten wir mit dem Künstler sprechen.«

Thorsten Riehle kam hinter der Theke hervor. »Ich hoffe, Sie sind fit, körperlich, meine ich.«

Schon wieder diese Anspielung auf die Fitness. Wir waren doch in einem ehemaligen Kino und nicht in einem Fitnessstudio. Außerdem war das Gebäude zwischen anderen reingequetscht, folglich konnten auch keine kilometerlangen Märsche auf uns warten.

Die Realität war brutal.

Das Kino war der zentrale Raum des Capitols, der an seinem höchsten Punkt in einer gewaltigen Kuppel mündete. Vor dem Saal in Richtung Straße befand sich im Erdgeschoss das Foyer, im darüberliegenden Obergeschoss der Wandelgang, der fast rund um das Kino lief. Der Wandelgang war über breite Treppen zu erreichen, die an den Seiten des Foyers begannen. Vom Wandelgang aus konnte man die Ränge des Saals erreichen.

Damit war der Besucherteil des Capitol bereits beschrieben. Was sich aber links, rechts und hinter dem ehemaligen Kino auf kleinstem Raum und bis hin in schwindelerregender Höhe befand, war gnadenlos. Binnen kürzester Zeit waren meine Waden von den vielen Treppenstufen schwer wie Blei. Neben den beiden Haupttreppen im Foyer gab es noch mindestens drei weitere Treppenhäuser, wahrscheinlich sogar mehr, die alle irgendwo anders hinführten.

Riehle führte uns im rechten Bereich durch den Casablanca-Saal und durch ein Getränkelager in einen Hinterhof. Sämtliche Räume, die nicht für die Besucher gedacht waren, waren verwinkelt, klein und mit allem möglichen Zeug zugestellt. Der Geschäftsführer machte mehr als einmal deutlich, unter welch beengten Verhältnissen hier gearbeitet wurde. In dem Hinterhof befand sich die Gartenwirtschaft der benachbarten Kneipe. Riehle schloss an der Außenseite des Gebäudes eine Tür auf, und wir nahmen eine Treppe, die nicht mehr genutzt wurde. Oben angekommen, zeigte er auf eine von zwei Türen. »Dahinter befindet sich die oberste Sitzreihe der Ränge. Da dies ein Fluchtweg ist, kann die Tür aber nur von der anderen Seite geöffnet werden.«

Dafür öffnete er die zweite Tür, die ins Freie auf einen kleinen Balkon führte. Von diesem verlief ein baufällig aussehender Gittersteg an der Wand entlang und verschwand zehn Meter weiter hinter einem Mauervorsprung. Von hier oben, schätzungsweise 20 Meter, sah der Hinterhof weit verwinkelter aus. Gab es früher keine Architekten? Es schien, als hätte jeder nach Lust und Laune etwas angeflanscht. Hier ein kleines Räumchen und dort ein frei hängender Balkon, der bereits sehr verdächtig nach unten hing. Unser Führer deutete an die Stelle, wo der Gittersteg hinter dem Vorsprung verschwand. »Dort, wo sie direkt drauf schauen, ist das Treppenhaus des Nebenhauses. Die Räume oben links gehören wiederum zu uns. Es gibt keine klare Trennung der einzelnen Gebäude, wie man sie heutzutage kennt. Alles ist miteinander verzahnt. In den Räumen befinden sich unsere Betriebsbüros. Da müssen wir aber eine andere Treppe nehmen.«

Das hieß für uns: Treppe runter, rein ins Foyer, hoch in den Wandelgang, und eine weitere Treppe im nicht öffentlichen Bereich nach oben nehmen. Der kleine Büroraum nebst zwei winzigen Vorräumen bot keine Überraschungen. Die Straßenbahn, die ich durch das Fenster verfolgte, war winzigklein. Wir gingen wieder nach unten. Gerhard beobachtete meinen Gang in verdächtiger Weise. Ich gab mir keine Blöße, auch wenn ich vor lauter Beinschmerzen hätte schreien können. Selbst mein Brustkorb schmerzte wegen der ungewohnt heftigen Dehnungsvorgänge beim Atmen. Erfreulicherweise verlangte niemand von mir einen verbalen Beitrag.

»Jetzt kann ich Ihnen noch die Ränge zeigen«, meinte Riehle und schaute mich an.

Ich schüttelte den Kopf, aber Gerhard hatte mich durchschaut. »Gern, da oben muss es eine herrliche Sicht auf die Bühne geben.«

Und wieder ging es bergauf. Zuerst zum Wandelgang in das Obergeschoss, dann in den Saal hinein. Die beiden ließen es sich nicht nehmen, die steilen Sitzreihen der Ränge bis nach oben zu gehen. Um nicht ins Hintertreffen zu gelangen, stieg ich Riehle und Gerhard nach. Der Geschäftsführer zeigte auf eine Tür, die genauso schwarz war wie die umlaufende Wand. »Vorhin waren wir auf der anderen Seite gestanden. Sie können sich erinnern? Das war das Treppenhaus, das im Hinterhof beginnt.«

Ich war inzwischen froher Hoffnung, für heute die letzten Stufen bergauf gegangen zu sein. Leider erwies sich diese Hoffnung als trügerisch. Ich wollte von Riehle wissen, was sich hinter der Tür, die etwa fünf Meter links von der, vor der wir im Moment standen, befand.

»Gehts da noch höher?«, schnaufte ich stakkatoartig, und meine Pupillen verdrehten sich ohne mein Zutun.

»Was ist mit dir los?«, fragte Exfreund Gerhard. »Ist das für dich zu anstrengend? Möchtest du unten an der Bar warten?«

Riehle hatte die gehässige Bemerkung nicht mitbekommen. Er war zu der Tür gegangen und hatte sie aufgeschlossen. »Das ist nur ein kleiner Lagerraum«, meinte er.

Wir gingen zu ihm und schauten hinein. Gerhard genoss die Aussicht nach unten in Richtung Bühne. Dabei fiel ihm eine Frage ein. »Herr Riehle, wir waren vorhin in den Büros. Das kam mir alles ein wenig klein vor. Reicht das, um solch ein Haus zu führen?«

Der Geschäftsführer nickte voller Bewunderung. »Das

haben Sie gut bemerkt, Herr Steinbeißer. In den Büros sind nur die Räume für die Durchführung des Betriebs. Aus Platzgründen ist das Verwaltungsbüro auf der anderen Seite des Hauses. Da müssen wir aber eine andere Treppe nehmen. Die beiden Büros sind nicht verbunden, außerdem liegt die Verwaltung noch einen Tick höher.«

»Ich glaube, das können wir uns sparen«, meinte ich. »Büroräume sind langweilig.« Was der Unterschied zwischen Betriebsräumen und Verwaltungsräumen war, wusste ich nicht. Schließlich bin ich Polizeibeamter und kein Betriebs- oder Verwaltungswirt.

»Was ist das?«, rief auf einmal Gerhard laut auf und zeigte nach unten. »Wo sind die beiden auf einmal hergekommen?«

Wir blickten auf Dr. Metzger und seinen Halbbruder, die sich mitten auf der Bühne stehend stritten. Von hier oben konnten wir nur Wortfetzen verstehen. ›Bruderehre‹ und ›arme Mutter‹ konnte ich der wie immer hoch modulierten Stimme des Notarztes entnehmen, während sein Halbbruder wesentlich leiser argumentierte, dafür aber mit teils wilder Gestik. Ich nutzte die Gelegenheit, um mich in einen der bequemen Kinosessel zu fläzen. Die beiden anderen machten es mir nach. Gemeinsam verfolgten wir das Bühnenstück.

»Schade, dass die beiden nicht verkabelt sind«, meinte Gerhard. »Das wäre bestimmt interessant, was Pako mit seinem Halbbruder auszudiskutieren hat.«

»Dieser Kerl ist Pakos Bruder?«, fragte Riehle erstaunt.

»Und außerdem ein unfähiger Arzt«, ergänzte ich.

»Pako hatte mal erwähnt, dass er einen Bruder hat, den er zum Glück nur ganz selten sieht, weil er in seiner Art etwas komisch wäre.«

»Ist ja zu seinem Glück nur ein Halbbruder.«

Wir sahen, wie Pako seinem Gegenüber mit einer ausholenden Geste den Vogel zeigte, sich umdrehte und mit zwei, drei Schritten im dunklen Bühnenvorhang verschwand.

»Dort gibt's einen Durchgang zum Künstlerbereich«, klärte uns der Geschäftsführer auf.

Dr. Metzger stand ein paar Sekunden allein und ratlos auf der Bühne. Ich begann zu klatschen, was sich durch die gute Akustik wundersam vermehrte. Der Notarzt blickte nach oben und erkannte uns. Während er von der Bühne herabsprang und zum Ausgang lief, schrie er laut in den Saal: »Ich komme wieder, keine Frage!«

Riehle stand auf. »Kommen Sie, ich zeige Ihnen die Verwaltung. Und den Keller, der ist auch sehr interessant.«

Ich musste meine Beine zur Ordnung rufen, damit sie mir wieder einigermaßen gehorchten. Vielleicht hatte auch eine fremde Macht die Erdanziehungskraft verdoppelt, wer weiß.

Ich hatte es befürchtet, wir mussten runter bis ins Erdgeschoss. Riehle ging in den Saal und verließ ihn links neben der Bühne gleich wieder. Dr. Metzger war längst verschwunden. Wir kamen in einen für die beengten Verhältnisse breiten und kerzengeraden Flur, der im rechten Winkel zur Straße verlief. Am linken Ende konnte ich ein Hoftor erkennen.

Der Geschäftsführer erklärte: »Das war früher eine Einfahrt in den Hinterhof, die irgendwann mal überbaut wurde. Künstler können hier mit kleineren Transportern reinfahren und ihre Sachen entladen.« Er zeigte nach rechts. »Dort gehts zum Backstage-Bereich.«

Vom Hoftor kam eine jüngere Frau angelaufen.

»Thorsten, da hat schon wieder ein Idiot vor der Tür geparkt. Soll ich die Polizei rufen, damit er abgeschleppt wird?«

Riehle schüttelte fassungslos seinen Kopf. »Das passiert uns laufend, Herr Palzki und Herr Steinbeißer. Obwohl vor dem Hoftor ein großes Halteverbotsschild hängt mit dem Hinweis, dass es eine Feuerwehrzufahrt ist, gibt es Chaoten, die uns rigoros zuparken.«

Er zog ein Handy aus seiner Hosentasche. »Ich rufe die Polizei an.«

»Langsam!« Ich fiel ihm ins Wort. »Warum die Polizei rufen, wenn sie längst da ist. Ich mache Ihnen einen Vorschlag: Ich kümmere mich draußen um den Falschparker, während Sie Herrn Steinbeißer die Verwaltungsbüros zeigen.«

Damit konnte ich mich um eine erneute Besteigung drücken.

Mein Vorschlag wurde angenommen. Ich ging durch das Hoftor nach draußen und zog es hinter mir wieder zu. Zeugen waren nicht willkommen. Ich stieg in meinen Wagen und suchte einen Alternativparkplatz, was sich als recht kompliziert erwies. Na ja, vom Neuen Messplatz bis zum Capitol war es ja nicht so weit, und ebenerdig war der Weg ebenfalls.

Als ich nach einem Gewaltmarsch wieder durch das Hoftor im Inneren des Gebäudes ankam, traf ich zufälligerweise auf die gleiche Frau, die uns vorhin den Falschparker gemeldet hatte. Stolz berichtete ich ihr den Erfolg meiner Bemühungen. »Die Sache ist erledigt, die Feuerwehr hat wieder freien Zugang. Sind Herr Riehle und mein Kollege bereits hinten im Backstage-Bereich?«

Sie schüttelte ihre langen Haare. »Die sind noch oben in der Verwaltung.« Sie zeigte auf die einzige Tür, die sich zwischen Hoftor und Saalzugang befand. »Da durch und dann immer hoch«, meinte sie und grinste mit einem Blick auf meine Taille.

Ich landete zunächst in einem winzigen Hinterhof. Mehr als zehn Minuten Sonne täglich dürfte dieser Fleck, eingekesselt zwischen Saal, Foyer und Hofeinfahrt, nicht abbekommen haben und das auch nur im Sommer. Eine steile und alte Treppe führte nach unten, und eine weitere nach oben. Es war unglaublich, wie hoch früher gebaut wurde.

Die Nachwelt sollte niemals erfahren, wie ich mich diese Treppe hinaufquälte. Der Spruch ›auf dem Zahnfleisch gehen‹ war in meinem Fall gar nicht so weit von der Realität entfernt. Da mit Ausnahme einer Wurst alles ein Ende hat, erreichte ich mit meinen letzten mobilisierten Reserven die Verwaltungsbüros. Polternd ließ ich mich in den erstbesten Stuhl fallen. Aus dem Nebenraum kamen Riehle und Gerhard.

»Da bist du ja endlich«, sagte Gerhard und meinte sarkastisch: »Warum hast du so lang gebraucht? Hast du den Wagen selbst abgeschleppt?«

Ich war nicht in der Lage, eine Antwort zu geben.

»Komm, wir gehen wieder runter«, meinte Gerhard. »Wir haben nur auf dich gewartet. Übrigens, hier oben ist alles unspektakulär. Büros eben.«

Dafür werde ich mich rächen, dachte ich und stand, mich an der Lehne stützend, auf.

Riehle zeigte im Treppenhaus auf ein bodentiefes Fenster. Wir blickten direkt auf die Kuppel des Saals. »Da können Sie rings um die Kuppel laufen, wenn Sie möchten. Wollen Sie mal? Es können nur wenige Menschen behaupten, um die Kuppel des Capitols gelaufen zu sein.«

Gerhard folgte dem Geschäftsführer neugierig, während ich mich auf eine Stufe setzte.

»Einfach genial«, meinte Gerhard, als sie wieder reinkamen. »Du weißt gar nicht, was du dir da entgehen lässt.«

Ich wollte es auch nicht wissen.

SZENE 11 CAPITOLE SCHWIERIGKEITEN

Als ich, gerade noch lebend, unten ankam, fragte Riehle, ob er uns zum Abschluss die Kellerräume zeigen solle. Mit einem Blick auf meine Uhr rettete ich die Situation und mein Leben: »Oh, ist es schon so spät? Wir sollten zu Pako gehen, ich möchte ungern kurz vor dem Auftritt stören.«

Der Backstage-Bereich war klein. Er bestand eigentlich nur aus einem Vorraum sowie zwei Künstlerräumen, die übereinanderlagen. Zum einen musste man ein paar Stufen nach unten gehen, zum anderen nach oben. Riehle ging hoch.

»Packst du es noch?«, fragte Gerhard und blickte über die Schulter nach hinten zu mir. Ohne auf seine sarkastische Frage zu antworten, erklomm ich die Handvoll Stufen.

Der Künstler war nicht allein, Familie Kreuzberger spielte Bodyguard.

»Herr Palzki, da sind Sie ja endlich!«, begann Pakos Managerin ohne Begrüßung. »Wie wollen Sie Pakos Sicherheit gewährleisten, wenn hier jeder rein darf!«

»Das war doch nur mein Halbbruder«, unterbrach der Künstler, der ein Verlängerungskabel in der Hand hielt. »Matthias ist im Grunde genommen harmlos. Man darf ihn nur nicht um ärztliche Gefälligkeiten bitten.«

»Matthias soll harmlos sein?« Frau Kreuzberger schüttelte fassungslos ihre Mähne. »Im letzten Jahr wollte er meine Leber transplantieren, nur weil ich leichtes Kopfweh hatte.«

Fast war ich versucht, den Spruch von Ursache und Wirkung anzubringen, doch damit hätte ich nur weiteres Öl ins Feuer geschüttet. »Wir haben alles im Griff, Frau Kreuzberger. Durch die Eingangskontrolle schlüpft keine Maus unbemerkt, außerdem haben wir jeden Schlupfwinkel abgesucht. Es ist auszuschließen, dass es heute zu einem weiteren Attentat kommt.«

»Dann kann ich nur hoffen, dass Sie recht haben«, antwortete sie. »Ich gehe dann nach vorn.« Gemeinsam mit ihrem Mann, der keine Silbe gesagt hatte, zog sie ab.

Den Comedian schien das alles nicht weiter zu stören. Mit seinem Stromkabel suchte er die Wände ab.

»Was machen Sie da?«, fragte ich ihn.

»Ich suche eine Steckdose«, antwortete er.

Riehle reagierte, schob einen Sessel zur Seite und zeigte ihm den Stromanschluss.

Pako stöpselte das Kabel ein und verlegte es quer über den Boden zu einem Tisch. Daneben stand ein großer Karton, aus dem er eine Mikrowelle hob und auf den Tisch stellte.

»Mein Goldstück«, erklärte er uns. »Ein eigner Herd ist Goldes wert.«

Na prima, wusste ich es doch. Jeder, auch wenn er noch so berühmt war, hatte einen mehr oder weniger deutlichen Spleen. Im Leben käme ich nicht auf die Idee, ständig eine Mikrowelle mitzuschleppen. Es reichte, wenn ich meine Großpackung Tabletten gegen Sodbrennen stets mit mir führte.

»Brauchen Sie das Gerät für Ihren Auftritt?«, fragte Gerhard verwundert.

Pako stutzte einen Moment. »Woher denn, des liegt dodra, dass ich Vegetarier bin. Iwwerall wu ich hikumm, krieg ich Flesch higestellt.« Er schüttelte sich. »Ganz schlimm war es im Urlaub in Ungarn. Dort ist das Wort vegetarisch noch ein Fremdwort.«

Mir fiel die Kinnlade herunter. Nicht genug, dass ich bezüglich des Gemüsewahns ständig mit meiner Frau kämpfte, musste ich aktuell auch meinen Kollegen Gerhard davon abbringen, zur Grünzeugfraktion zu wechseln. Da kam mir natürlich äußerst ungelegen, dass nun auch der Künstler querschoss, zumal er männlich war. Ich kam mir vor wie der letzte Fleischesser der Welt.

»Aber warum das Gerät?«, fragte ich, weil ich den Zusammenhang nicht kapierte.

Pako zeigte auf einen geflochtenen Korb, in dem schreckliches Gemüse aller Art lag. »Ohne Mampf kein Kampf. Vor jedem Auftritt bereite ich meiner Freundin und mir ein leckeres Gericht zu. Kochen ist für mich ein toller Ausgleich und lenkt gleichzeitig vom Lampenfieber ab. Gut gess iss halwer gwunne. Dann flutscht es nochher wies Lottche.«

Gerhard, der Verräter, untersuchte die Zutaten im Korb. Nachdenklich meinte er: »Meine Freundin will, dass ich das auch mal versuche. Schmeckt das wirklich, so ohne Fleisch?«

Pako grinste. »Wisse se was? Ich schnippsel äfach ä bissel mehr, dann kenne se nochhert probiere. Vielleicht schreiw ich mol ä vegetarisch Kochbuch, so ganz ohne Fläsch.«

Irgendwie fühlte ich mich unwohl. Das lag allerdings nicht an dem Flair des Raumes, der mit seinem zusammengewürfelten Inventar aus längst vergangenen Kinozeiten sehr gemütlich wirkte, sondern an dem aktuellen Thema. Ich zog die thematische Notbremse.

»Wo ist eigentlich Ihre Freundin?«

»Die ist zum Auto, den Rest holen. Normalerweise fahren wir immer mit dem Wagen vor den Backstage-Bereich, heute hat aber irgendein Depp den Eingang zugeparkt. Deswegen musste ich die Mikrowelle fast 200 Meter weit schleppen. Wenn ich den Idioten zu fassen kriege, der vor dem Tor geparkt hat …«

Gerhard drehte sich zur Seite, damit niemand sein Grinsen sah.

»Ich habe mich bereits um den Verkehrssünder gekümmert«, sagte ich.

Das Handy des Geschäftsführers meldete sich. Riehle sprach ein paar Worte und meinte dann zu uns: »Ich muss nach vorn. Wenn Sie mich brauchen, finden Sie mich im Foyer.«

Jetzt waren Gerhard und ich mit dem Künstler allein.

»Haben Sie bereits Frau Westermann und Herrn Stefanus gesehen?«

Pako nickte. »Die waren beide kurz bei mir. Stefanus hat mir ein paar Unterlagen gebracht, obwohl er mir die auch hätte zuschicken können. Warum die Westermann dabei war, weiß ich nicht. Die taucht in letzter Zeit aber überall auf. Kann sein, dass sie mit meiner Freundin Henrike zum Auto ist.«

Ein Lautsprecher an der Zimmerdecke begann zu knarzen. ›Pako, würden Sie bitte vor zur Bühne kommen? Frau Steinbeißer vom SWR wäre soweit fürs Interview‹.

»Oh, meine Schwester ist da«, rutschte es Gerhard heraus.

Pako blickte verwirrt. »Doris Steinbeißer vom SWR 4 ist Ihre Schwester?«

Gerhard nickte stolz. »Wenigstens eine, die es in der Familie zu was gebracht hat.«

Und plötzlich ging alles ganz schnell. Zur Bühne hin gab es eine Metalltür, die halb offen stand. Direkt hinter der Tür ging eine kleine Treppe drei oder vier Stufen nach unten und endete unmittelbar hinter dem Bühnenvorhang. Durch eine Öffnung im Vorhang konnten die auftretenden Künstler wie aus dem Nichts auf die Bühne treten.

Der Künstler war im Begriff durch die offene Tür nach unten zu gehen. Im gleichen Moment sah ich den Stolperdraht im Licht blitzen.

»Halt!«, rief ich und stürzte Pako nach. Dieser hatte allerdings schon so viel Schwung, dass wir gemeinsam die Treppe hinuntersegelten, dabei die Tür streiften, die uns einen kurzen aber heftigen Elektroschock verpasste, und dass schließlich unsere restliche Bewegungsenergie in den Vorhang überging, der mit lautem Gepolter auf uns niedersauste.

Pako und ich hörten Schreie ringsherum, wir konnten aber nichts sehen. Es war dunkel. Mühsam befreiten wir uns aus dem Stoffhaufen des zentnerschweren Vorhangs. Ich wusste, die Gefahr war längst noch nicht gebannt. Gerhard hatte zwar den Draht ebenfalls zur Kenntnis genommen und passte darauf auf, dass niemand auch nur in seine Nähe kam. Doch etwas anderes war mindestens genauso schwerwiegend, und das wusste mein Kollege nicht, der nur Zentimeter vor der Tür stand.

»Pass auf«, stöhnte ich ihm entgegen, »die Tür steht unter Strom.«

Gerhard machte im Reflex einen Satz nach vorn.

»Alle von der Bühne runter«, schrie ich immer noch atemlos. Der Künstler starrte in den Riesenhaufen Vorhang, der bestimmt die halbe Bühne bedeckte. »Was ist passiert?«, stotterte er. »Sind Sie über mich gestolpert? Was war das für ein Stromschlag?«

Von allen Seiten kamen Menschen angelaufen. Riehle half uns von der Bühne runter, Gerhard schaffte es allein.

»Soll ich die Polizei rufen?«, fragte er bestürzt. »Was ist passiert?«

»Gleich«, antwortete ich, nach wie vor nach Luft schnappend. »Polizei brauchen wir nicht, die haben wir im Haus.«

Ich zeigte auf die Bühne, und alle folgten meiner Handbewegung.

»Jemand hat an der Tür zum Künstlerzimmer einen Draht gespannt. Pako sollte drüberstolpern und an die Tür fallen, die unter Strom gesetzt ist. Vermutlich löst der Draht noch weiteres Unheil aus.« Ich zeigte nach oben zu einer Reihe

Scheinwerfer. Wenn solch einer runterfiel, war das mit Sicherheit eine tödliche Angelegenheit.

Gerhard wagte es und untersuchte die Falle. Kurz darauf zog er ein Kabel aus einer Trommel. »Die Tür ist wieder entspannt«, berichtete er. »Der Draht geht nach oben, wo er endet, kann ich von hier nicht erkennen. Der Täter hat eine doppelte Falle gestellt.«

Der Künstler saß geschockt in der ersten Reihe. »Wer macht nur so etwas? Das gibt's doch gar nicht. Warum will mich jemand umbringen?«

Karin Kreuzberger kam und setzte sich neben ihren Schützling. »Das haben wir nur der unfähigen Polizei zu verdanken«, schimpfte sie, ohne zu respektieren, dass es gerade jemand von der Polizei war, der dem Künstler voraussichtlich das Leben gerettet hatte.

Mein Pulsschlag wollte sich immer noch nicht beruhigen. Die Anspannung zerriss mich beinahe. Dazu kam, dass ich mir beim Fallen den Knöchel angestoßen hatte. Und ein paar blaue Flecken dürfte die Aktion auch ergeben haben. Ich hinkte zu Riehle, der etwas abseits stand. Und in dem Moment sah ich sie. Spielte mir mein Gehirn einen Streich? Konnte man im Inneren von Gebäuden eine Fata Morgana sehen? Nein, ich war mir sicher, dass ich in der Tür, die in den Flur zwischen Hofeinfahrt und Backstage führte, die rothaarige Frau gesehen hatte. Nur für einen Augenblick, dann war sie wieder verschwunden. Dies war meine Chance, ich musste sie fassen. Ich biss sämtliche Zähne zusammen und humpelte zum Ausgang. Mindestens zehn Stellen meines Körpers schmerzten, dazu kam die mörderische Anspannung. Ich erreichte den Flur und schaute nach rechts. Zwei Mitarbeiter wuchteten gerade Getränkekisten auf einen Tisch.

»Rothaarige Frau?«, stöhnte ich ihnen entgegen. »Wohin?«

Einer der beiden lachte. »Wohl Not am Mann, oder? Die Dame ist nach vorn gerannt. Beeil dich, dann packst du sie noch.«

Trotz dieses Missverständnisses wurde meine Wahrnehmung durch diesen Kommentar bestätigt. Sie war also real. Und ich war ihr auf der Spur. Wie eine lahme Ente, wahrscheinlich sah es auch so aus, schlingerte ich nach vorn zur Hofeinfahrt. Ich schüttelte und rüttelte, doch es war abgeschlossen. Hier hatte sie nicht fliehen können, wenn sie nicht gerade einen Schlüssel hatte. Doch davon ging ich nicht aus. Jetzt blieb nur noch die Tür zu dem kleinen Innenhof. Wie gut, dass wir uns vorhin alles genaustens angeschaut hatten. Ich riss die Tür auf und blickte sofort auf den roten Stöckelschuh, der vor mir auf dem Boden lag. Die Jagd war so gut wie gewonnen. Um keine Zeit zu verlieren, ließ ich den Schuh zunächst liegen. Jetzt musste ich mich erstmal entscheiden. Nach unten in den mir unbekannten Keller, oder nach oben zur Verwaltung? Ich weiß nicht mehr warum, ich entschied mich für den Weg nach oben. Irgendwie hatte ich das Bild im Kopf, wie die Rothaarige auf einem einzelnen Pumps über das Kuppeldach des Capitols flüchtete. Doch wie sollte ich das in meinem Zustand schaffen? Sollte ich zurückgehen und Hilfe holen? Hatte Gerhard nicht mitbekommen, wie ich aus dem Saal rannte? War er vielleicht gleich da? Es half nichts, ich durfte die Spur nicht erkalten lassen. Mit übermenschlicher Kraft begann ich, das Treppenhaus zu besteigen. Ich hörte Schritte. Schritte, die näher kamen. Hatte ich die Frau in die Enge getrieben und sie wollte sich stellen? Meine Hoffnung erfüllte sich nicht. Theobald Kreuzberger kam um die Ecke des Treppenhauses und schaute mich verwundert an.

»Um Himmels willen, Herr Palzki, was ist denn mit Ihnen los? Ihre Hose ist ja zerrissen, und Sie sehen alles andere als gut aus.«

»Haben Sie eine Frau gesehen? Die mit den roten Haaren?«

Kreuzberger schüttelte verwirrt den Kopf. »Nein, ich war oben in der Verwaltung. Mir ist niemand entgegengekommen.«

Der Keller. Jetzt hatte ich sie. Hoffentlich gab es keinen zweiten Ausgang.

»Laufen Sie bitte in den Saal zu meinem Kollegen. Er soll so schnell es geht herkommen, Herr Riehle am besten auch.«

Ich schob ihn mit sanfter Gewalt zur Tür, da er etwas begriffsstutzig wirkte. Ohne auf die Verstärkung zu warten, nahm ich die ausgetretenen Stufen nach unten. Die Tür zum Keller stand sperrangelweit offen. Alles war zappenduster. Wenn die rothaarige Frau in den Keller gelaufen war, wo sollte sie auch sonst hin sein, musste sie eine Lampe dabei haben. Anders konnte man sich hier nicht orientieren. Ich fand sofort den Lichtschalter, und ein paar Funzeln erleuchteten einen modrigen Kellergang. Linkerhand erkannte ich eine Metalltür, die abgeschlossen war. Um keine Überraschung zu erleben, bewegte ich mich langsam in das mir unbekannte Terrain. Auch hier war alles vollgestellt. Die Gefahr, dass die Unbekannte etwas Schweres auf mich herabstürzen ließ, war nicht von der Hand zu weisen. Mein Knöchel pulsierte mit meinem Herzschlag um die Wette, doch es trieb mich weiter. Der Kellerflur endete in einem weitläufigen Raum, der durch die niedrige Deckenhöhe von nur knapp über zwei Meter unheimlich gedrungen und gefährlich wirkte. Ich musste mich direkt unter dem Saal des Capitols befinden. Auch dieser Raum wurde als Lager benutzt. Hier gab es unzählige Möglichkeiten, sich zu verstecken.

»Hände hoch!«, rief hinter mir eine laute Stimme.

»Ach so, du bists«, meinte Gerhard, als er mich erkannte. »Wo ist sie?«

Ich setzte mich auf eine Kiste. Die Anwesenheit meines Kollegen brachte mir spontan ein wenig Erleichterung. Die Schmerzen blieben, aber die Gefährlichkeit der Situation hatte abgenommen. Der Geschäftsführer und weitere Mitarbeiter des Capitols kamen nach.

»Hier irgendwo muss sie sich versteckt haben, es gibt keine andere Möglichkeit.«

»Geh hoch und hol Lassie«, meinte Riehle zu einem Mitarbeiter.

Gerhard setzte sich neben mich. »Ich sag dir lieber nicht, wie du aussiehst, Reiner. Ist es arg schlimm?«

»Nur wenn ich lache«, sagte ich erschöpft und fragte den Geschäftsführer: »Lassie, das ist wohl ein Hund, oder?«

Riehle nickte. »Der gehört einem der Nachbarn. Bei hartnäckigen Fällen leihen wir ihn manchmal aus. Lassie ist ein absolut harmloses Hündchen, kann aber knurren wie ein Löwe. Wenn sich jemand im Keller versteckt hat, dann findet Lassie die Person garantiert.«

»Hilf mir mal hoch, alter Knabe«, sagte ich zu Gerhard. »Wir gehen zurück in den Saal. Hier unten sind genug Leute, die aufpassen, dass unser Fräulein nicht türmt.«

Auf dem Weg zurück blieb ich plötzlich stehen und rief nach dem Geschäftsführer. »Herr Riehle, können Sie bitte mal kurz kommen?«

Neugierig kam er heran, und ich zeigte auf die verschlossene Metalltür. »Wo geht's da hin? Ist das eine Nebenausgang?«

»Der Keller hat nur diesen einen Zugang, Herr Palzki. Diese Tür haben wir erst vor zwei Jahren zufällig entdeckt. Da war natürlich keine Tür, sondern eine Bretterwand. Als wir die faulen Bretter entfernt hatten, entdeckten wir den Zugang. Da geht es ein paar Meter nach unten in einen Raum.«

»Und was ist da drin?«

»Da ist nichts drin und da war auch nichts«, erläuterte Riehle. »Vielleicht diente er im Krieg als Luftschutzkeller. Einen Schatz haben wir nicht gefunden, wenn sie das meinen.«

Als wir in den Saal zurückkamen, beziehungsweise stolperten, kam Theobald Kreuzberger mit seiner Frau auf mich zu. »Haben Sie die Frau gefunden?«, fragten beide gleichzeitig.

Ich schüttelte den Kopf und setzte mich. Mannheimer Kollegen waren bereits dabei, den Tatort zu sichern. Den Vorhang hatte man auf die Seite geschafft, und die Bühne sah, von dem fehlenden Vorhang abgesehen, wieder aus wie vorher.

Pako, noch sichtlich blass im Gesicht, setzte sich neben mich. »Ich will mich bei Ihnen bedanken, Herr Palzki. Sie haben mir das Leben gerettet.«

Ich schaute ihn an. »Erstens habe ich nur meine Pflicht getan, zweitens habe ich nur eine Tat verhindert. Vielleicht wäre auch so nichts passiert.«

Der Comedian hustete. »Das ist ziemlich unwahrscheinlich. Die Metalltür stand vollflächig unter Strom. Wir haben sie nur kurz gestreift, und das tat schon heftig weh. Und dann der Draht: Wenn ich da drübergestolpert wäre, hätte man mich unter dem großen Scheinwerfer einsammeln müssen.« Er zeigte nach oben.

»Wer könnte es auf Sie abgesehen haben?«, fragte ich den Künstler. Die Sache mit Tuflinsky und Morda konnten wir nun endgültig als falsche Fährten abschreiben. Es ging ganz allein um den Künstler. Sein Leben war in Gefahr. Eindeutig.

»Ich weiß es nicht, wirklich nicht.« Pako vergrub das Gesicht in seinen Händen. Dann blitzte er mich an. »Wenn wir das alles überstanden haben, Herr Palzki, dann lade ich Sie und Ihre Frau zu einem vegetarischen Festschmaus ein, das haben Sie sich verdient!«

Es schüttelte mich. Doch im Moment hatte ich größere Probleme. Wenn es an der Zeit war, konnte ich die Einladung bestimmt mit einer fadenscheinigen Ausrede ablehnen.

»Jetzt fällt leider zum zweiten Mal eine Vorstellung mit Ihnen aus.«

»Aber auf keinen Fall«, erwiderte er entrüstet. »Die Mannheimer Polizei ist auf Draht, danach wird die Bühne wieder freigegeben und der Saal für die Gäste geöffnet. Selbstverständlich ziehe ich heute mein Programm durch, auch wenn es zum Essenkochen nicht mehr reicht. Ich bin viel zu aufgeregt, um die Vorstellung platzen zu lassen. Außerdem wird mir die Ablenkung guttun. Werden Sie zuschauen?«

»Heute nicht. Meine Verfassung ist zurzeit nicht die beste.« Ich stand auf. »Dann wünsche ich Ihnen viel Glück und Erfolg. Ich denke, dass wir uns morgen wieder sehen.«

Nach der Verabschiedung ging Pako nach hinten, um vermutlich noch ein paar Karotten zu sich zu nehmen.

Zeitgleich kam Riehle in den Saal. »Tut mir leid, Herr Palzki. Im Keller ist niemand. Lassie hat nicht einmal angeschlagen. Sind Sie sicher, dass die Frau im Keller verschwunden ist?«

»Es gibt keine andere Möglichkeit«, erwiderte ich, und mir fiel der Schuh ein.

»Gerhard«, rief ich, da sich mein Kollege gerade mit einem Mannheimer Kollegen unterhielt. »Habt ihr den roten Pumps eingesammelt?«

»Wie bitte?«, fragte er zurück. »Von was redest du?«

»In dem kleinen Innenhof hat unsere Unbekannte einen roten Stöckelschuh verloren.«

»Ich hab nichts gesehen«, meinte er.

»Ich auch nicht«, sagte Riehle.

Niemand hatte ihn gesehen, wie sich kurz darauf herausstellte. Ich hatte keine Ahnung, wie die Rothaarige es geschafft hatte, an mir vorbeizuschleichen, ihren Schuh einzusammeln und von keinem anderen im Gebäude gesehen zu werden.

Mitten im Saal traf ich auf Gerhards Schwester Doris mit ihrem Team.

»Hallo, Reiner«, begrüßte sie mich. »Alles in Ordnung bei dir? Gerhard hat mir bereits alles erzählt. Bei euch erlebt man ja was. Wir wollten nur ein kleines Interview mit Pako machen, und ihr liefert uns eine astreine Show, die ein Stuntman nicht besser hingekriegt hätte. Das war schon gruslig, als ihr beiden von da oben runtergestürzt und in den Vorhang geflogen seid. Wir werden gleich nachher in den Nachrichten davon berichten.«

Besser als die Caravella-Video-Werbung, dachte ich. »Du, Doris, wenn du jetzt exklusiv von der Sache berichten darfst, könntest du deinem Bruder und mir einen kleinen Gefallen tun.«

Sie lachte herzhaft. »Du meinst bestimmt wegen eurem Chef, oder? Gerhard hat mich vorhin bereits bekniet, ich soll eine haarsträubende Story mit KPD über den Äther senden. Aber so einfach ist das nicht, wir senden nämlich nur Tatsachen.«

»Genau«, bestätigte ich ihr. »Es stimmt natürlich alles, was dir Gerhard über KPD erzählt hat. Der ist so verrückt, das kannst du uns schon glauben. Also KPD, meine ich.«

»Aber die Hörer werden es nicht glauben«, sagte Doris. »Ich habe mich vor ein paar Tagen mit diesem Dietmar Becker unterhalten. Das, was er sagt, scheint mir Hand und Fuß zu haben. Seine Krimis sind ja auch immer sehr realistisch geschrieben. Vielleicht bringen wir mit ihm eine Kurzkrimiserie. Das wäre im Radio mal was Neues.«

Ich gab auf. Da lief gerade etwas völlig aus dem Ruder. Nicht auszudenken, wenn Becker auch noch ein Sprachrohr im Radio erhalten würde. Ich verdrängte diesen Gedanken und verabschiedete mich von Doris.

Ein paar Minuten später kam Gerhard zu mir. »Es ist alles geklärt. Die Mannheimer Kollegen haben übernommen und gewährleisten den Schutz für Pako. Die Spurensicherung ist gerade im Keller. Das heißt, wir können Feierabend machen. Soll ich dich stützen?«

Ich streckte ihm die Zunge raus und stand auf. Es ging einigermaßen, der Knöchel tat zwar nach wie vor weh, aber es war auszuhalten, genauso wie die anderen diversen Druckstellen am Körper. Nach einer kurzen Verabschiedungszeremonie bei Herrn Riehle gingen wir ins Foyer. Ich blickte mich kurz um: Jetzt wollte ich es wissen. Ich drückte auf den Feuermelder und sprang sofort einen Meter zur Seite. Der Pausengong ertönte.

Ein Mitarbeiter des Capitols kam angerannt. »Waren Sie das?«, fragte er. »Wer da drauf drückt, muss eine Runde ausgeben.«

»Wir haben nichts gemacht«, beschieden wir ihn und baten gleichzeitig um Auslass. Vor dem Eingang standen bereits mehrere Dutzend Gäste.

»Sie dürfen gleich rein«, sagte ich zu ihnen.

»Wo hast du geparkt?«, wollte Gerhard wissen.

Mist, daran hatte ich nicht mehr gedacht. Wir mussten ja noch bis zum Neuen Messplatz gehen.

Die Welt drehte sich trotzdem weiter. Ich ließ es mir nicht einmal nehmen, selbst Auto zu fahren. Schließlich war es nur der linke Knöchel, der ein klein wenig lädiert war. Gerhard grinste jedes Mal schadenfroh, wenn ich die Kupplung treten musste und dabei meinen Mund verzog.

Ich setzte ihn vor der Dienststelle ab und meinte: »Ich geh nicht mehr mit rein. Wir sehen uns morgen früh, Kollege.«

SZENE 12 GEHEIMTREFFEN IM CONGRESSFORUM

»Papa, wenn Superkleber überall klebt – warum nicht auf der Innenseite der Tube?«

Meine angegriffene Gesundheit war auf diese Frage nur ungenügend vorbereitet. Ich taumelte ins Wohnzimmer in Richtung Couch und von hinten kam der nächste Schuss: »Warum feiern wir immer dann Weihnachten, wenn die Geschäfte so voll sind?«

Stefanie sah mich bestürzt an, als ich mich auf die Couch fallen ließ.

»Reiner, was ist passiert?«

Mehr konnte sie nicht machen, da zwei kleine Menschen an ihr hingen und um die Wette schrien.

»Nichts Schlimmes«, beruhigte ich sie. »Ich bin nur ziemlich erschöpft, und mein Knöchel tut weh.«

Da es noch früh am Tag war, konnte Stefanie ein kleines Zeitfenster auftun und meine Wunden versorgen. »Da hast du aber noch mal Glück gehabt, das hätte böse enden können. In deinem Alter bist du das doch nicht mehr gewohnt.«

»Was heißt da in meinem Alter?«, brauste ich auf. »Ich habe heute sportliche Höchstleistungen vollbracht.«

Stefanie blinzelte mich belustigt an. »Sag bloß, du hast dir allein deine Schuhe gebunden?«

Meine Frau hatte dennoch Verständnis für meinen Erschöpfungszustand und ließ mich früh zu Bett gehen.

»Schlaf du dich mal richtig aus«, meinte sie. »Damit wenigstens einer von uns beiden halbwegs fit ist.«

»Danke, Stefanie. Dafür fahren wir im Sommer in Urlaub. Wie wäre es mit Ungarn?«

Eine Antwort bekam ich nicht mehr mit, da ich sofort nach der Frage einschlief.

*

Nach der obligatorischen Weckaktion durch Paul, ich hatte gestern Abend vergessen, ihn mit einer Überlänge-DVD zu versorgen, quälte ich mich durch ein gesundes Frühstück.

»Reiner«, begann meine Frau mit ihrer zartestmöglichen Stimme, die das Schlimmste befürchten ließ, »deine Hosen sehen schlimm aus. Insbesondere der Wulst um deine Taille lässt dich zehn Jahre älter aussehen.«

Ups, bezüglich meines gefühlten Alters war ich ähnlich empfindlich wie Gerhard, wenn man ihn auf seine schwindenden Kopfhaare ansprach. Zunächst versuchte ich, die Angriffswelle meiner Frau ins Leere laufen zu lassen. »Na und? Dann schätzt man mich halt auf Mitte 30. Wo liegt da das Problem?«

»Zehn Jahre mehr, nicht weniger«, konterte sie bissig. »Neulich hat mich beim Einkaufen jemand angesprochen, weil er Paul mit seinem Opa in einer Imbissbude gesehen haben will.«

»Das war bestimmt ich –« Im gleichen Moment hatte ich die doppelte Falle bemerkt, in die ich gestolpert war. Ich musste meine Taktik ändern. »Und nun?«

»Ich sehe nur zwei Möglichkeiten«, meinte Stefanie, während sie mir eine dünne Schicht Margarine auf das Vollkornbrot schmierte. »Neue Hosen kaufen oder abnehmen.«

Pest oder Cholera, ich hatte die große Auswahl. Ich vermutete, dass es bereits Eheberatungen in größerer Anzahl gab, die sich ausschließlich auf den Problemkreis ›Gemeinsames Einkaufen von Kleidungsstücken mit dem Partner‹ spezialisiert hatten. Wenn nicht, wäre das bestimmt eine lohnende Marktlücke.

»Eine andere Möglichkeit gibt es nicht?«, suchte ich mit bewusst zittriger Stimme nach einem letzten Strohhalm.

Stefanie streichelte mir die Wange. »Du brauchst dich nicht gleich in eine Lebenskrise reinzusteigern, Reiner. Wie wäre es, wenn wir ganz langsam deine Nahrung umstellen?«

Mit einem letzten Witz versuchte ich, das bereits knapp über mir schwebende Damoklesschwert abzuwenden. »Au ja, dann stelle ich mir die Flasche Bier zum Abendessen in Zukunft auf die linke Seite statt auf die rechte.«

»Du kleiner Spinner.« Stefanie drohte mit ihrem Zeigefinger. »Wir sollten das ernst nehmen, immer mehr Menschen machen das.«

»Was?« Mit meiner Gesichtsfarbe hätten Profifotografen einen manuellen Weißabgleich durchführen können.

»Weniger Fleisch und Wurst essen, mein lieber Mann. Vegetarier an die Macht! Na ja, ganz so extrem muss es am Anfang nicht sein. Aber auch du könntest dich an Tofu und Soja gewöhnen.«

»Ich? An dieses geschmacksneutrale Zeug, das den Gaumen verklebt und den Hunger noch verstärkt? Nur Frauen sind Vegetarier. Wir Männer sind Jäger und Sammler.«

»Ja? Wann hast du das letzte Mammut nach Hause gebracht? Sieh es doch mal vernünftig. Dein Cholesterinspiegel und dein Blutdruck werden es dir danken.«

Oweia, jetzt kam sie mit medizinischen Argumenten. Das war gemein. Dabei fühlte ich mich rundherum wohl, trotz leicht erhöhtem Cholesterinspiegel und ebensolchem Blutdruck, die taten schließlich nicht weh.

Wenn überhaupt, hatte ich nur eine Chance, wenn es mir gelingen sollte, das schreckliche Thema zu vertagen. Ich blickte zur Wanduhr und spielte ein Erschrecken. »Mann, ist das spät geworden. Wie die Zeit vergeht, wenn man ins Quasseln kommt. Stefanie, wir unterhalten uns ein anderes

Mal weiter über diese wichtige Sache, okay? Was machst du übrigens zum Abendessen? Wie wäre es mit einem gemischten Salat, Kartoffeln, etwas Gemüse und …«

»Und was noch, Reiner?«

»Äh ja, ein Cordon bleu vielleicht? Zwei Schnitzel tuns im Notfall auch.«

Während ich aufstand, schüttelte meine Frau den Kopf. »Wenigstens die Kinder essen ab und zu noch Gemüse.«

Dass ich größte Zweifel hatte, dass die beiden es gern aßen, behielt ich für mich. Ich verabschiedete mich mit einem Kuss.

Das Leben war mit Überraschungen gepflastert. Die nächste erwartete mich, als ich versuchte, in meinen Wagen zu steigen.

»Hallo, Herr Palzki«, rief eine mir unwohlbekannte Stimme aus dem Nachbarhaus. Ich war verloren. Frau Ackermann, die schrecklichste Wortschleuder des Universums und wahrscheinlich darüber hinaus, hatte mich entdeckt. Bei etwa 1.200 Zeichen in der Minute lag der Weltrekord beim Schreibmaschinenschreiben, Frau Ackermann konnte mindestens das Fünffache pro Minute sprechen. Und das ohne jegliches Zeitlimit.

»Wie geht es Ihnen, Herr Palzki? Ich sehe Sie ja nur noch so selten, ja, ja, es gibt halt immer was zu tun. Bei uns ist es auch nicht anders. Zumindest bei mir ist es so. Mein Mann liegt nur noch faul auf der Couch rum, seit er frühpensioniert ist. Nicht einmal zum Einkaufen kann ich ihn schicken. Im Haushalt ist er auch keine Hilfe. Letzte Woche war der Staubsaugerbeutel voll. Was macht mein Mann? Der ruft den Kundendienst an, damit der den Beutel leert. Dann habe ich versucht, meinen Mann auf Diät zu setzen, der wird ja um den Bauch herum immer dicker, seit er nur noch rumliegt und fernsieht. Ich habe ihm sogar ein Gemüsebeet angelegt, damit er mal was zu tun hat. Am ersten Abend hat er noch freiwillig das Beet gegossen. Am nächsten Morgen war alles voller Schlamm. Angeblich aus Versehen hätte er vergessen, den Wasserhahn abzudrehen. Ich sage Ihnen was, Herr Palzki: Mit Absicht hat er das gemacht. Ich weiß auch nicht, was ich mit meinem Mann noch tun soll. Aber ich brauche ihn ja, weil er die Rente bekommt und mich damit absichert.«

»Kaufen Sie ihm eine Kuh«, schrie ich gegen die Druckschallwellen an. Damit brachte ich die Wortschleuder aus dem Konzept. »Wieso Kuh?«, fragte sie mit ihrem vermutlich kürzesten Satz seit Jahrzehnten.

»Dann hat Ihr Mann Bewegung, wenn er die Kuh Gassi führt.«

Während Frau Ackermann darüber nachdachte, stieg ich in meinen Wagen und fuhr los. Eine Kuh in der Nachbarschaft wäre eigentlich eine gute Sache. Ich könnte sie mir ab und an ausleihen und würde so das Rasenmähen sparen und gleichzeitig ein bisschen Milch für die Kinder schnorren, falls die Kuh bereits gekalbt hatte. Beim Nachdenken über weitere Verwendungsmöglichkeiten produzierte ich im Unterbewusstsein Magensäure.

Ohne KPD über die Füße zu stolpern, gelang es mir, Juttas Büro zu erreichen. Hier erwartete mich die dritte Überraschung des Tages oder war es bereits die vierte? Neben Gerhard und Jutta saß Dietmar Becker am Besprechungstisch.

Ich nickte meinen Kollegen zu und fragte den Studenten scheinheilig: »Wo waren Sie gestern? Sollte es was Spannenderes gegeben haben als unsere Verfolgungsjagd im Capitol? Wurde vielleicht sogar jemand ermordet, während Herr Steinbeißer und ich in Mannheim waren? Sie sind doch immer an vorderster Front, wenn es Tote gibt.«

Becker war ungewöhnlich einsilbig. »Ich hatte leider keine Zeit.«

»Soll das heißen, Sie geben endlich das Schreiben dieser verkorksten und unrealistischen Krimis auf? Das wäre mal eine gute Nachricht und eine Wohltat für die Bürger der Kurpfalz.«

Jutta schob mir eine Tasse Kaffee hin, die glücklicherweise nicht nach Sekundentod aussah. »Ich glaube, du bist auf dem falschen Dampfer, Reiner. Herr Becker hatte aus einem anderen Grund keine Zeit.«

Der Archäologiestudent nickte ihr dankend zu. »Ich weiß mir nicht mehr zu helfen. Sie sind meine letzte Zufluchtsstätte. Den ganzen Mittag musste ich gestern mit Ihrem Chef in der Nähe des Gräberfeldes den aufgeweichten Acker durchharken. ›Wir sind einem großen Ding auf der Spur‹ wiederholte er ständig, und dass ich die Exklusivrechte für die Story bekomme und diese dem Stern und dem Spiegel verkaufen könne, wenn ich ihn gebührend erwähne. Ich musste sogar Fotos von ihm machen, wie er auf dem Boden kniete und eine Wurzel aus dem Acker herauszog. Peinlich, sage ich Ihnen.«

»Selbst schuld«, beschied ich ihn. »Sie sind kein offizieller Untergebener von KPD. Er ist Ihnen gegenüber nicht weisungsbefugt. Gehen Sie doch einfach heim und lesen ein gutes Buch. ›Sofies Welt‹ kann ich Ihnen wärmstens empfehlen, man lernt sehr viel über sich selbst. Wenn Sie das gelesen haben, wissen Sie nicht mehr, ob Sie tatsächlich leben oder nur eine Romanfigur in einem Buch sind.«

»Das kann ich nicht, Herr Palzki.«

»Sind Sie Analphabet?«, fragte ich überrascht. »Das würde einiges erklären.«

»Ach was, ich meine doch nicht das Lesen. Wenn ich Diefenbach brüskiere, bekomme ich nie wieder von ihm Informationen aus erster Hand. Jetzt, wo ich soweit bin, dass er mich wie seinen persönlichen Polizeireporter behandelt, kann ich diesen Kontakt nicht einfach abbrechen. Ich denke strategisch, Herr Palzki. Nur das dazu notwendige Taktieren fällt mir schwer. Das liegt aber ausschließlich an dem seltsamen Gebaren Ihres Chefs.«

Ich versuchte, ihn zu trösten. »Es kommen auch mal wieder bessere Zeiten.«

Im gleichen Moment trat Diefenbach, der meinen letzten Satz gehört haben musste, durch den Türrahmen.

»Guten Morgen, Mannschaft, die besseren Zeiten kommen.«

Da er nicht allzu griesgrämig aussah, antwortete ich: »Guten Morgen, KPD, setzen Sie sich doch zu uns.«

Becker bekam eine Maulsperre. Diefenbachs Spitzname war ihm durchaus bekannt; dass ich meinen Chef damit ansprach, war für ihn ein Novum. Er blickte im schnellen Wechsel zwischen uns beiden hin und her. Anscheinend erwartete er ein Donnerwetter.

»Das haben Sie schön gesagt, Herr Palzki. Als KPD fühle ich mich sehr geehrt. Ich kann es nur wiederholen: Sie haben mir damit eine große Freude bereitet. Wenn wir beide unsere jeweiligen Ermittlungen abgeschlossen haben, genehmige ich Ihnen aus unserem Schwarzgeldetat einen kleinen Pizzabackofen, Na, ist das was?«

Der Student verstand die Welt nicht mehr. Hatte er vielleicht ›Sofies Welt‹ längst gelesen?

KPD sprach weiter. »Wie weit sind Sie eigentlich mit Ihrem Toten aus Frankenthal? Herr Becker und ich stehen kurz vor dem Abschluss unserer Sache, nicht wahr?« Er schaute den Studenten an, dem nichts anderes übrig blieb, als devot zu nicken und sich seinen Teil zu denken.

»Es hat ein paar unerwartete Schwierigkeiten gegeben, Herr Diefenbach. Gestern Mittag gab es ein weiteres Attentat auf Pako.«

Der zufriedene Gesichtsausdruck unseres Chefs verschwand. »Wer auch immer dieser Pako sein mag«, sagte Diefenbach und machte eine kurze Pause. »Es muss einen Grund geben, warum man ihm nach dem Leben trachtet. Fragen Sie ihn, so schwer kann das doch nicht sein. Sehen Sie, bei meinem nebulösen Fall habe ich niemanden, den ich befragen könnte. Das macht die Sache bei mir auch so verworren. Gut, dass ich mich selbst darum kümmere. Aber bei Ihnen, Herr Palzki, kann das nicht so wild sein. Eliminieren Sie einfach die falschen Spuren, und schon landen Sie automatisch beim Täter. Und denken Sie daran, eine Leiche genügt! Nicht, dass in der Bevölkerung wegen Ihrer diffusen Ermittlungsmethoden eine Panik ausbricht.«

Becker hatte während KPDs Rede einen Plan geschmiedet. »Herr Diefenbach, ich hätte da einen tollen Vorschlag, den Sie bestimmt gutheißen werden. Wahrscheinlich wollten Sie das sowieso gerade vorschlagen.«

Ob KPD auf diesen simplen rhetorischen Trick reinfallen würde?

»Dann lassen Sie mal hören, Herr Becker. Dann kann ich Ihnen sagen, ob meine Idee die gleiche ist.«

Wahnsinn, KPD hatte einwandfrei pariert. Das hätte ich ihm nicht zugetraut.

Becker ließ ein paar Sekunden verstreichen, um die Spannung zu erhöhen. »Sie, Herr Diefenbach, haben gerade gesagt, dass Sie kurz vor der Auflösung Ihres schwierigen Falles stehen. Bei Herrn Palzki dagegen sind Schwierigkeiten aufgetaucht und alles scheint etwas kompliziert zu sein. Unser Vorschlag wäre also –«, er schaute KPD an, der dem untergeschobenen Wörtchen ›unser‹ nicht widersprach, »– mich bei Herrn Palzki einzusetzen, damit ich den Fall als neutrale Person in Ihrem Interesse als Außenstehender beurteilen und vermitteln kann. Als Verbindungsmann werde ich Sie ständig auf dem Laufenden halten. Durch diese Konstellation können Sie Herrn Palzki und seine Kollegen wie mit einer Fernbedienung fernsteuern.«

Oh warte, das wirst du mir büßen, dachte ich und ballte unter dem Tisch wütend die Faust.

KPD schien an der Idee Gefallen zu finden. »Ja, so wollte ich es auch vorschlagen«, meinte er. »Dann kann ich beide Ermittlungsverfahren gleichzeitig führen. Sie rufen mich an, sobald es was Neues gibt, und ich diktiere dann die nächsten Schritte. So machen wir es.«

KPD stand auf und verließ, ein Lied summend, das Büro.

»Was war das jetzt?«, fragte Gerhard.

»Der kleine Zinnsoldat«, antwortete Jutta.

Wir schauten alle verwirrt zu Jutta.

»So heißt das Lied, das er gesummt hat.«

Für so etwas hatte ich im Moment keinen Nerv. »Was soll das, Herr Becker? Wollen Sie uns alle zum Affen machen? Wir sind doch nicht KPDs Zinnsoldaten, äh, Marionetten!«

Becker erblasste. »Entschuldigen Sie bitte, es war nicht so gemeint«, murmelte er. »Mir ist spontan nichts Besseres eingefallen.«

»Nichts Besseres?«, schrie ich ihn an. »Gehen Sie heim und lesen Sie ein Buch. Das habe ich Ihnen vorhin bereits vorgeschlagen.«

Verschämt blickte der Student zu Boden. »Ich will KPD ja überhaupt nicht informieren. Hauptsache, ich muss heute nicht mit ihm zum Gräberfeld.«

»Wie stellen Sie sich das vor? KPD wartet bestimmt viertelstündlich auf Ihre Anrufe.«

»Dann ist eben mein Handy-Akku leer«, sagte er trotzig. »Und alles, was ich ihm weitergebe, bespreche ich vorher mit Ihnen.«

Ich gab mich für den Moment geschlagen. »Jutta, haben wir heute überhaupt etwas zu tun?« Die Frage war eigentlich lächerlich, wenn man den hohen Papierstapel sah, der vor ihr auf dem Tisch lag.

»Kaum der Rede wert«, entgegnete Jutta und schmunzelte. »Mit Tuflinsky bin ich aus Zeitgründen nicht viel weitergekommen. Ob sein Tod mit seiner politischen Karriere zu tun hat, würde ich aus dem Bauch heraus verneinen. Da ich Bauchentscheidungen aber nicht in die Ermittlungsakte übernehmen kann, werden wir zu dieser Sache weiter recherchieren. Für die Überprüfung der vielen Chat-Bekanntschaften und der Erpressung von Tuflinsky wollte ich von KPD ein paar Mitarbeiter aus dem Betrugsdezernat ausleihen. Die Durchsicht der Log-Dateien und der ganzen E-Mails ist sehr zeitintensiv. Aber unser Chef sieht dafür keine Notwendigkeit. Herr Palzki soll sich auf den Mörder konzentrieren und nicht Computer spielen.«

»Dieser Tuflinsky, das ist doch der Tote aus dem Congressforum?«, fragte Becker.

Jutta nickte. »Herr Steinbeißer und Herr Palzki werden Ihnen nachher die Details zu den bisherigen Ermittlungen erzählen.«

Aber nur vielleicht, dachte ich gehässig. In dem Moment hatte ich eine gute Idee.

»Seinen Sohn werden wir ebenfalls näher untersuchen müssen. Dieser Guru wäre eine tolle Aufgabe für Sie, Herr Becker. Ideologisch hat Tuflinskys Sohn einiges zu bieten. Wenn Sie ihn überprüfen würden, kämen wir bestimmt einen Riesenschritt weiter.« Mit dem Riesenschritt meinte ich allerdings uns und nicht den Studenten.

Becker zierte sich. »Ich weiß nicht, so ganz allein… Am besten ist es, wir machen es, wie KPD vorhin vorgeschlagen hat: Ich bleibe ständig in Ihrer Nähe.«

»Sie haben das vorgeschlagen, nicht er«, antwortete ich sauer und wechselte das Thema. »Was macht die Sache im Capitol, Jutta?«

Meine Kollegin blickte ratlos. »Die Mannheimer Kollegen sind mit ihrem Latein am Ende. Bis die Akte bei uns landet, dauert es ein paar Tage. In Baden-Württemberg muss das alles erst durch die ganzen Hierarchie-Ebenen.«

»Die haben halt keinen Diefenbach«, lästerte ich. »Ich verspreche mir davon sowieso nichts. Wir haben keinen Anhaltspunkt, wer der Täter sein könnte. Nur diese ominöse rothaarige Frau, die ständig auftaucht und die niemand kennt.«

»Vielleicht ein roter Hering?«, fragte Becker.

»Frau, nicht Fisch«, stellte ich klar und machte vor meinem Gesicht eine Wischbewegung mit der Hand.

»Das ist mir klar«, sagte der Student. »In der Kriminalliteratur spricht man bei einer vom Autor gelegten falschen Spur von einem ›red herring‹.«

»Wir sind aber nicht in der Kriminalliteratur, Herr Becker, sondern stehen mitten im Leben. Ich habe schon länger den Eindruck, dass sich bei Ihnen Realität und Fiktion immer mehr vermischen. Das kann irgendwann mal in Schizophrenie enden. Lesen Sie möglichst bald ›Sofies Welt‹, sonst kann Ihnen niemand mehr helfen.«

Ich wandte mich wieder an Jutta.

»Was haben wir außerdem noch anliegen, Kollegin?«

»Ich habe im Congressforum anonym angerufen. Tomas Morda ist heute früh für einen Arbeitseinsatz eingetragen. Ob er tatsächlich kommen wird, weiß ich natürlich nicht.«

»Hast du auch offiziell in Frankenthal angerufen und einen Termin für uns vereinbart? Wir müssen ja noch das Sicherheitsgespräch für unseren lieben Chef hinter uns bringen.«

Jutta verneinte. »Ich dachte, es ist besser, wenn ihr unangemeldet auftaucht. Mit ein bisschen Glück könnt ihr den

Morda schnappen. Dann hätten wir einen Nebenkriegsschauplatz weniger.«

Gerhard meldete sich. »Könnte der Kerl nicht doch in der Sache drinhängen? Ihr wisst selbst, wie kompliziert manchmal die Ermittlungen sind.«

»Du hast recht, Kollege«, sagte ich. »Wir wissen bisher fast nichts von diesem Morda. Vielleicht gibt es eine Querverbindung zu Pako. Lasst uns nach Frankenthal fahren. Oder ist ein anderer Termin dringlicher, liebe Jutta?«

»Du planst das genau richtig, Reiner. Deswegen habe ich anonym im Congressforum angerufen. Wenn ihr wollt, könnt ihr euch gleich um die Sicherheitsaspekte für KPDs Auftritt kümmern, wenn man für euch Zeit hat.«

»Für die Polizei muss man immer Zeit haben«, entgegnete ich. »Was liegt heute noch an?«

»Frau Kreuzberger hat alle Hebel in Bewegung gesetzt. Sie scheint einflussreiche Politiker zu kennen. Vor einer halben Stunde haben der Landrat des Rhein-Pfalz-Kreises sowie der Landtagsabgeordnete des Wahlkreises Speyer-Schifferstadt in nur fünfminütigem Abstand angerufen. Die müssen von Frau Kreuzberger ganz schön unter Druck gesetzt worden sein.«

»Druck ist für Politiker nichts Ungewöhnliches«, lästerte ich. »Lass mich raten: Ihr Schützling soll rund um die Uhr bewacht werden. Am besten mit einem Dutzend gut ausgebildeter Personenschützer.«

»Woher weißt du das? Genau das waren die Forderungen.«

Für einen Moment war mir ein guter Einfall auf der Zunge gelegen, den ich aber sofort wieder verwerfen musste. Dietmar Becker hatte ja am Sonntag bereits den Kontakt zum Künstler gesucht. Mit dieser Argumentation könnte es gelingen, den Studenten eine Zeit lang loszuwerden und als Bodyguard bei Pako zu parken. Da es aber überall, wo Becker auftauchte, von Leichen geradezu wimmelte, wäre das fatal gewesen. Wie ich Becker kannte, würde er als Augenzeuge den Fall zwar lösen, aber der Künstler wäre dann nicht mehr am Leben.

»Ich werde mit Frau Kreuzberger darüber reden«, murmelte ich. »Wie und wann kann ich sie erreichen?«

»Genau das wollte ich auch vorschlagen. Pako wird heute Abend im Ludwigshafener Pfalzbau auftreten. Seine Managerin wird ihn begleiten.«

»Schon wieder ein Auftritt?«, fragte ich verwundert.

Jutta nickte. »Er ist in der Kurpfalz ziemlich beliebt. Ich habe ihn mal in Neustadt erlebt. Wie er mit dem hiesigen Dialekt umgeht und die Mentalität der Kurpfälzer auf die Schippe nimmt, ist richtig genial. Er scheint ein genauer Beobachter zu sein.«

»Dann wäre er bei der Polizei. Komm Gerhard, ja, Sie auch, Herr Becker. Wir schnappen uns erst mal den Morda, dann sehen wir weiter.«

Während wir aufstanden, fiel mir noch etwas ein. »Jutta, wenn du ein bisschen Zeit hast: Würdest du bitte nach Claudius Stefanus recherchieren? Er ist im Congressforum für das Veranstaltungsmanagement zuständig. Aber irgendwie ist mir der Kerl nicht ganz hasenrein. In Mannheim ist er gestern auch aufgetaucht und dabei benahm er sich ziemlich verdächtig.«

»Hast du irgendwelche Anhaltspunkte, wobei er sich verdächtig gemacht hat?«

Ich klatschte zwei- oder dreimal auf meinen Bauch. »Der da hats mir zugeflüstert. In der Vergangenheit hat er sich manchmal als kluges Köpfchen erwiesen.«

Becker fragte verdattert: »Ihr Bauch ist ein kluger Kopf?«

»Ja und? Ist das ungewöhnlich? Bei Ihnen läuft ja auch die Nase und Ihre Füße riechen.«

Gerhard und Jutta brüllten vor Lachen. Becker benötigte einen Augenblick für die Auflösung des Wortspiels.

Während der Fahrt löcherte uns der Student mit 1000 Fragen. Wer Morda sei, was bei Tuflinskys Hausdurchsuchung herausgekommen war und vor allem, was gestern im Capitol passiert war. Widerwillig gaben Gerhard und ich zumindest bruchstückhaft Antwort. Sollte er sich den Rest doch selbst zusammenreimen.

Da wir wie immer in Zivil waren und Tomas Morda uns bisher im wahrsten Sinne des Wortes nur flüchtig gesehen hatte, konnten wir das Risiko eingehen, offiziell am Verwaltungseingang zu klingeln. Die Stimme, die aus der Sprechanlage kam, fragte nach unserem Begehr, und ich antwortete dem Kasten in neutraler Formulierung: »Polizei. Wir hätten ein paar Fragen.«

Der Türöffner summte und die blecherne Sprechanlagenstimme wies uns den bekannten Weg.

An der Theke in dem schmalen Flur begrüßte uns eine unbekannte Frau mit extrem asymmetrischer Frisur, was mich einen Augenblick lang irritierte. Ich schätzte sie auf Anfang 40.

»Guten Tag, sind Sie wirklich von der Polizei? Dürfte ich bitte Ihren Ausweis sehen?«

Ich befriedigte ihre Bedürfnisse und zog meinen Dienstausweis hervor. Sie nickte zufrieden. »Ich habe Sie heute Morgen im Internet gesehen, Herr Palzki. Die kleine Fotoserie ist wirklich sehr gut gelungen. Als Hobbyfotografin kann ich mir da ein Urteil erlauben. Aber deswegen sind Sie wohl nicht gekommen. Womit kann ich Ihnen helfen?«

Während Becker ratlos dreinschaute, plusterte Gerhard seine Backen auf.

»Wir wollen zu Herrn Stefanus oder hockt der gerade auf dem Klo?«

Die Dame schaute verlegen zu Boden. »Nein, um diese Uhrzeit hat er die Bildzeitung längst gelesen. Er sitzt zusammen mit Frau Westermann und Herrn und Frau Kreuzberger in Künstlerzimmer 7. Es ist eine kurzfristig einberufene Besprechung.«

Gerhard fischte sich einen Bonbon aus dem Kugelglas auf der Theke. Becker tat es ihm nach, wodurch es beinahe auf dem Boden zerschellt wäre.

»Warum in Künstlerzimmer 7?«, wollte ich wissen. »Ist der Comedian auch hier?«

»Nicht, dass ich wüsste«, antwortete sie. »Das Künstlerzimmer benutzen wir regelmäßig für Besprechungen, weil hier oben in der Verwaltung die Räumlichkeiten mehr als begrenzt sind.«

»Um was es dabei geht, wissen Sie nicht zufällig?«

Sie hob schützend beide Hände in Kopfhöhe. »Keine Ahnung. Ich bin nur für die Buchhaltung zuständig.«

Wir verabschiedeten uns. »Dann lassen wir Sie jetzt weiter Bücher halten. Wir finden den Weg zum Künstlerzimmer allein, haben Sie vielen Dank für die Informationen.«

Als wir unten im Eingangsbereich ankamen und rechts in den Flur zu den Künstlerzimmern abbiegen wollten, rannte uns Theobald Kreuzberger fast über den Haufen.

Atemlos entschuldigte er sich. »Hallo, Herr Palzki, hallo, Herr Steinbeißer.« Dietmar Becker nickte er kurz zu. Er zeigte auf eine dicke Mappe in seiner Hand. »Die hat meine Frau im Wagen liegen lassen. Ich wusste gar nicht, dass Sie auch zu unserer Besprechung hinzustoßen.«

»Man kann nicht immer alles wissen«, antwortete ich lapidar und deutete ihm mit einer Handbewegung an, vorzugehen.

Claudius Stefanus wurde aschfahl, als er uns sah. Auch Daniela Westermann bekam für einen Augenblick Stielaugen. Nur Karin Kreuzberger schien sich über unser Kommen zu freuen. Sie riss ihrem Mann ungeduldig die Mappe aus der Hand, murmelte ein fast unhörbares und kaltes ›danke‹ und streckte mir die Hand entgegen.

»Sie kommen wie gerufen, Herr Palzki. Ich wollte Sie von Anfang an bei unserem Treffen dabeihaben, doch mit dieser Meinung war ich allein. –Vielleicht von Henrike Reichlinger abgesehen«, ergänzte sie und zeigte auf eine zierliche Frau, die am unteren Ende des Tisches saß und etwas ängstlich wirkte. Sie stand auf und ich bewunderte die dichten und langen, schwarzen Haare, die ihren Rücken komplett bedeckten.

»Pako ist mein Lebensgefährte«, säuselte sie mit einer angenehmen Stimme. »Ich mache mir große Sorgen um ihn.«

»Das kann ich Ihnen nicht verdenken, nehmen Sie doch bitte wieder Platz.« Gerhard und Becker hatten bereits einen zweiten Tisch, der unbenutzt an der Wand stand, an den ersten angeschoben. Für die acht Personen, die sich jetzt im Raum befanden, reichte der Platz somit prima aus.

»Ich hoffe, wir sind nicht zu spät.« Ich fand, dies war ein guter Einstieg für die Moderation des Gesprächs, die ich mir nicht aus der Hand nehmen lassen wollte.

»Wir sitzen erst seit wenigen Minuten zusammen«, erklärte Stefanus.

»Und was sind die Ziele, die Sie mit Ihrer Zusammenkunft erreichen wollen?«

Daniela Westermann antwortete: »Ist Ihnen das nicht klar? Wir haben einen Ruf als erstklassiges Veranstaltungshaus zu verlieren. Durch diesen blöden Unfall bekommen wir unnötigerweise eine schlechte Presse.«

Pakos Managerin mischte sich mit ungewohnt lauter Stimme ein. »Das ist aber wohl nur Ihr Problem! Außerdem war es kein Unfall, sondern Mord. Ich muss dafür Sorge tragen, dass Pako nichts zustößt. Aus diesem Grund habe ich Henrike mitgebracht. Wir müssen Ursachenforschung betreiben. Dann können wir vielleicht auch verstehen, was gestern im Capitol passierte und warum. Auch wenn Sie es verneinen, Herr Stefanus: Ich bin davon überzeugt, dass die eigentliche Ursache für die ganze Misere hier im Congressforum liegt.«

Oha, dachte ich. Die Parteien waren sich alles andere, nur nicht einig.

Frau Westermann versuchte, die in Rage geratene Managerin zu beruhigen. »Wenn Sie uns nur ein klitzekleines Indiz für Ihre Behauptung nennen könnten? Dann würden wir der Sache selbstverständlich sofort nachgehen. Es gibt nicht den winzigsten Anhaltspunkt für Ihre These, Frau Kreuzberger.«

»Und was ist mit der rothaarigen Frau?«, fragte diese harsch zurück. »Diese ist doch hier in Frankenthal das erste Mal aufgefallen!«

»Sowie gestern in Mannheim«, antwortete Stefanus. »Niemand kennt sie. Wahrscheinlich ist sie die Stalkerin, von der Sie uns berichteten. Es ist sehr unwahrscheinlich, dass sie für den Tod von Tuflinsky verantwortlich zeichnet.«

Mir war klar, wo die Diskussion hinführte, auch wenn sie, was in solchen Situationen regelmäßig passierte, noch Stunden andauern würde: ins Nichts. Beide Parteien hatten ihre Meinung, von der sie trotz Mangel an Beweisen keinen Millimeter abrückten. Diese Diskussionen, bei denen es regelmäßig nur ums Prinzip ging, waren mir zuwider. Um meine Lebenszeit nicht unnötig zu verschwenden, kam ich auf den Hauptgrund unseres Hierseins. Schließlich waren auch wir Partei, und wenn es um Morda ging, ging es nicht nur ums Prinzip, sondern um Mord.

»Wenn ich Ihre Diskussion kurz unterbrechen dürfte«, sagte ich in einer Stimmlage, die keinen Widerspruch duldete, »wir suchen Tomas Morda, er soll heute hier sein.«

»Morda?«, fragte Stefanus überrascht. »Ja sicher ist er da. Im Moment muss er Tuflinskys Job übernehmen, bis wir einen Nachfolger gefunden haben. Was wollen Sie von ihm?«

»Nichts Wichtiges, nur eine kurze Befragung. Würden Sie uns bitte zeigen, wo wir ihn finden?«

SZENE 13
NICHTS ALS STÜHLE UND TÜREN

Stefanus sah man die Unlust deutlich an. Er blickte zu Daniela Westermann, doch diese hatte den Braten gerochen und sich mit gestellt abwesendem Blick in ihre Tasse Kaffee vertieft. Umständlich und sichtlich verärgert stand er auf. »Ich bin gleich wieder zurück.«

Er ging mit uns den Flur vor den Künstlerzimmern entlang, bis wir am Verwaltungseingang standen. Rechts ging es zum Culinarium, vor uns befand sich der große Lager- und Vorbereitungsraum, der sich hinter der Bühne des Spiegelsaals befand.

»Wo ist der Tom?«, rief er einem Arbeiter zu, der sich gerade an einem Stapler zu schaffen machte.

»Den habe ich vorhin unten im Stuhllager gesehen, der große Saal muss bestuhlt werden«, rief dieser zurück.

Stefanus rollte die Augen. »Stimmt, ja. Jetzt müssen wir auch noch in den Keller.«

Gerhard hielt mich an den Schultern fest. »Wenn der Kerl uns sieht, rennt er wieder weg. Sollen wir vorher das Gebäude umstellen lassen?«

»Weißt du, wie lang das dauert? Wenn wir ihn heute nicht kriegen, schreiben wir ihn zur Fahndung aus, dann erledigen das die Kollegen für uns.«

Gerhard schien mit meinem Plan einverstanden. Dietmar Becker musste natürlich wieder einmal dazwischenquatschen.

»Ist der Keller sehr groß? Hat er mehr als einen Zugang, Herr Stefanus?«

Dem Leiter des Veranstaltungsmanagements blieb die Luft

weg. »Groß? Das gesamte Gebäude ist unterkellert. Was denken Sie, was wir alles zwischenlagern müssen? Und dann die ganze Technik. Allein die beiden Lüftungsanlagen sind im Grundriss so groß wie Einfamilienhäuser. In unseren Katakomben kann teilweise mit einem Stapler gefahren werden. Ich kenne da unten Verstecke, da können Sie mit einer Hundertschaft Bereitschaftspolizisten anrücken, sie würden mich nicht finden.«

Becker gab sich mit dieser Auskunft zufrieden. Eine Nachfrage bezüglich weiterer Zugänge hielt ich bei der Größe der Keller für überflüssig. Stefanus nahm die Treppe am Verwaltungseingang nach unten. Dann standen wir vor einer Tür mit einem unbeweglichen Türknauf. Unser Führer schloss auf.

»Nur mit dem passenden Schlüssel kommt man rein.«

Vom Fußpunkt der Treppe gingen im rechten Winkel zwei staplertaugliche Flure ab. Ein schweres Brummen lag in der Luft.

»Die Lüftungsanlage«, sagte unser Führer knapp. Im gleichen Moment blieb er abrupt stehen. »Was soll das denn jetzt?«

Wir schauten in die gleiche Richtung wie er. Ein paar Meter vor uns befand sich auf der rechten Seite eine Metalltür, die mit einem Holzkeil gegen ein vollständiges Schließen gesichert war.

»Das ist hier unten überhaupt nicht zulässig«, motzte er lautstark. »Sämtliche Türen im Keller sind mit Schnappschlössern bestückt, die automatisch schließen. Das muss aus Sicherheitsgründen zwingend so sein.«

»Vielleicht wird da gerade gearbeitet«, entgegnete ich und dachte an die Einsatzzentrale der Schutzpolizei im Untergeschoss bei uns im Waldspitzweg. Der linke Bereich mit der Zentrale war besonders gesichert und konnte im Ernstfall vom Rest des Gebäudes hermetisch abgeriegelt werden.

Auch hier gab es eine nur von innen zu öffnende Tür mit einem großen Warnschild, das das Blockieren selbiger verbot. Ich hatte diese Tür noch nie geschlossen und ohne Keil gesehen. Die zwei oder drei ständig anwesenden Mitarbeiter in der Zentrale würden wahnsinnig werden, wenn sie jedem Beamten, der rein wollte, um etwas zu erledigen, die Tür öffnen müssten.

»Natürlich wird da gearbeitet.« Stefanus war sauer. »Der große Saal muss bis heute Mittag komplett bestuhlt werden. Das ist aber kein Grund, die Tür aufzulassen.«

Stefanus öffnete die Tür komplett. Ich war mir sicher: Morda hatte uns längst gehört und war getürmt.

Dass wir in ein Stuhllager kommen würden, darauf waren wir vorbereitet. Allerdings hatte ich noch nie so viele Sitzgelegenheiten auf einmal gesehen. Fassungslos bestaunten wir die riesigen Stapel, die scheinbar kreuz und quer in der Gegend herumstanden. Kaum zu glauben, dass dahinter ein System stecken sollte.

»Warum brauchen Sie so viele Stühle?«, fragte ich Stefanus. »Damit können Sie ja die Frankenthaler Fußgängerzone komplett bestuhlen.«

»Soviel sind das auch wieder nicht«, bekam ich zur Antwort. »Wir haben immerhin zwei Säle und ein paar Kongressräume. Und alle Räumlichkeiten können unterschiedlich bestuhlt werden, je nach Anforderung. Wir sind da äußerst flexibel, müssen aber dafür halt das ganze Equipment vorhalten. Aber wo ist denn jetzt der Tom, verflixt noch mal.«

Stefanus schaute zum anderen Ende des Lagers, an dem sich eine weitere Tür befand. »Tom? Wo bist du? Warum steht noch alles hier unten? In zwei Stunden musst du fertig sein.«

Keine Antwort, das war mir klar.

»Der ist bestimmt auf der Flucht«, sagte ich zu Stefanus. Dieser reagierte verwirrt.

»Warum sollte er? – Hat er was mit Tuflinskys Tod zu tun?«, hakte er nach.

»Er wurde von ihm erpresst«, klärte ich ihn auf, obwohl ihn das eigentlich nichts anging.

»Erpresst? Jetzt verstehe ich langsam.«

Aber ich verstand nicht. »Klären Sie mich bitte auf?«

Stefanus ordnete zunächst seine Gedanken. »Na ja, die beiden verhielten sich in letzter Zeit wie Hund und Katz. Noch vor ein paar Monaten waren sie die dicksten Kumpel. Aber deswegen gleich jemand umbringen?«

»Da sitzt jemand.«

Wir blickten zu Becker, der ein paar Meter in Richtung Lagermitte gegangen war. Während wir zu ihm aufschlossen, deutete der Student nach vorn. Unzweifelhaft saß in der Nähe des zweiten Ausgangs auf einem einzelnen Stuhl eine Person, die uns den Rücken zukehrte.

Stefanus erkannte diese Person. »Da bist du ja, Tom. Warum meldest du dich denn nicht?« Er lief zu ihm hin und tätschelte ihm den Rücken. Wie in Zeitlupe rutschte Morda nach links. Sekunden später hatte sein Oberkörper den eigenen Schwerpunkt überwunden und knallte auf den Boden.

Sein Gesicht sah ähnlich aus, wie am Samstag Tuflinskys: Es war nicht mehr vorhanden. Die offensichtliche Tatwaffe lag unweit des Opfers. Der U-Stahlträger hatte eine Kantenlänge von etwa fünf Zentimetern und war gut einen Meter lang. Wer dieses Stahlstück mit Wucht mitten in die Zentrale seiner meisten Sinnesorgane geschlagen bekam, musste sich um kosmetische Schönheitsoperationen keine Gedanken mehr machen.

Stefanus wurde bei dem Anblick kreidebleich. Gerhard fühlte sicherheitshalber den Puls. Den von Morda.

Die große Blutlache vor dem Stuhl war recht frisch. Meiner Laienmeinung nach lag der Zeitpunkt des Verbrechens höchstens eine Stunde zurück.

Dieser Zeitpunkt und die Tat an sich erlaubten spontan zwei Feststellungen: Das gestrige Attentat im Capitol auf Pako war entweder ein Ablenkungsmanöver oder von der Ermittlungssache Tuflinsky und jetzt auch Morda völlig unabhängig. Was die Leiche betraf, die vor mir auf dem Boden lag, gab es viele Möglichkeiten: Alle Personen, die sich in Künstlerzimmer 7 getroffen hatten, kamen als potenzielle Täter in Betracht. Damit war der Täterkreis aber nicht abgeschlossen. Ich dachte auch an Guru, die rothaarige Frau und sogar an den Künstler selbst. Ja, vielleicht steckte Pako selbst hinter alledem, weil er mit den beiden Ermordeten eine Rechnung offen hatte.

Gerhard tat das Vernünftigste: Er rief mit seinem Handy die Frankenthaler Kollegen an.

»Sollen die sich um die Hauptarbeit kümmern«, meinte er trocken. »Wir bauen dann die Resultate in unsere Ermittlung ein.«

Nicht schlecht, dachte ich. Diese Vorgehensweise würde uns viel Zeit ersparen, die wir mit eigenen Befragungen ausfüllen konnten. Außerdem wartete später der Pfalzbau in Ludwigshafen auf uns.

»Geht es Ihnen wieder besser?«, fragte ich Stefanus. Nach einem Nicken schickte ich ihn zu den anderen. »Gehen Sie bitte wieder hoch ins Künstlerzimmer. Alle Anwesenden sollen warten, bis sie befragt werden.«

Stefanus reagierte zwar langsam, aber er reagierte: »Befragung? Warum? Wir haben da oben überhaupt nichts mitgekriegt.«

»Eben drum«, erklärte ich ihm. »Grundsätzlich sind alle Personen, die sich in den letzten beiden Stunden im Gebäude aufgehalten haben, erst mal verdächtig. Daher müssen wir im Ausschlussprinzip die Unschuldigen aussieben.«

Hoffentlich bemerkte er nicht, welchen Stuss ich da von mir gab.

»Ferner hat vielleicht jemand von Ihnen etwas gesehen oder gehört, die Sache aber nicht richtig gedeutet. Das kann alles sehr wichtig für uns sein.«

Er gab sich damit zufrieden und verließ uns.

»Lassen Sie den Keil bitte in der Tür«, rief ich ihm nach. »Damit meine Kollegen den Weg besser finden.«

Die Frankenthaler Kripo war schnell. Im Nullkommanichts wuselte es von Beamten. Becker nutzte die Gelegenheit und drängte sich fast schon aufdringlich in die erste Reihe. Irgendwann reichte es einem der Beamten. »Was wollen Sie hier überhaupt?«, fuhr er den Studenten an und schob ihn grob zur Seite.

Becker war auf die Frage gut vorbereitet: »Ich bin Chefbeauftragter von Herrn Diefenbach, dem Leiter der Schifferstadter Kriminalinspektion und verantwortlich für die Aufklärung der Kapitalverbrechen im Congressforum.«

»Diefenbach? Schifferstadt? Was soll der Scheiß?«

Ein ranghöherer Kollege klärte die Situation auf: »Lass mal, dieser Diefenbach ist ein Spezi von unserem Chef. Da der Peter in Urlaub ist, hat er das Ermittlungsverfahren nach Schifferstadt ausgelagert.«

Damit vergrößerte er nur die Verwirrung. »Und warum? Können wir nicht ohne unseren heiligen Vorgesetzten ein Kapitalverbrechen aufklären?«

»Doch, schon«, erhielt er zur Antwort. »Das ist aber alles so kompliziert.« Er blickte zu mir. »Herr Palzki, wir haben uns ja bereits am Samstag kennengelernt.«

Ich nickte, hatte aber nicht die geringste Erinnerung an den Beamten.

»Wir machen es wie gehabt. Nachdem wir alles aufgenommen haben, geht die Akte direkt nach Schifferstadt. Wie weit sind Sie übrigens?«

»Nur noch eine Frage von Stunden«, antwortete ich

ohne rot zu werden, denn es war ja nicht einmal gelogen.

»Dann beeilen Sie sich mal lieber. Sonst gehen Ihnen die Verdächtigen aus, wenn noch mehr ermordet werden.« Er zeigte auf den toten Morda.

Ich revanchierte mich: »Vergessen Sie mal lieber nicht die Fingerabdrücke auf der Tatwaffe. Ach ja, dem Keil, der da vorn in der Tür steckt, sollten Sie auch besondere Aufmerksamkeit widmen. Er hat dort nämlich normalerweise nichts zu suchen.«

»Und für was ist ein Keil sonst gut?«

Ich lächelte geheimnisvoll und ließ ihn stehen.

»Kommen Sie, Herr Becker, sonst wird man Sie fesseln und knebeln, wenn Sie weiter im Weg herumstehen.« Geflissentlich übersah ich, dass er mit seinem Handy jedes erdenkliche Detail fotografierte, was eigentlich nicht erlaubt war. Aber ein Mord war ja schließlich auch nicht legal.

Da der Eingang des Kellers, den wir benutzt hatten, versperrt war, nahmen Gerhard, Becker und ich die andere Tür des Lagers. Das hätten wir lieber sein lassen. Wir kamen in Gänge und verwinkelte Räume und Räumchen, die allesamt mit irgendwelchen Gerätschaften vollgestellt waren. Das Tückische an diesem Irrgarten war, dass es, in welchem Flur oder Raum wir uns auch befanden, fast immer nur eine einzige Tür mit Türklinke gab. Alle anderen Türen hatten einen feststehenden Knauf und konnten folglich nur mit einem passenden Schlüssel geöffnet werden. So war gewährleistet, dass jedermann auch ohne Schlüssel zumindest theoretisch aus den verwirrenden Katakomben entfliehen, aber kein Unbefugter hineinkommen konnte.

Soviel zur Theorie. Ohne Kompass oder Sonnenstand war eine Orientierung schlicht und ergreifend unmöglich. Auch wenn die möglichen Wege, die zugleich Fluchtwege waren, bestimmt zum kürzest möglichen Ausgang führten, bei uns war dies nicht der Fall. Vielleicht gab es den einen oder anderen Fehler in dem Schließplan, der noch unentdeckt war. So lernten wir die riesige Lüftungszentrale kennen, einen bestimmt 20 Meter langen Schaltraum mit Dutzenden armdicken Kabeln, sowie unzählige Requisiten, wie eine englische Telefonzelle, die, wie ich mich spontan erinnern konnte, während des 20-jährigen Jubiläums des Congressforums im Foyer des großen Saals stand. Eine Sackgasse blieb uns erspart. Dennoch begann mein Knöchel, den ich mir gestern im Capitol geprellt hatte, wieder zu pochen. Ich mutete ihm eindeutig zu viel zu, war er doch schon im gesunden Zustand solche Dauerbelastungen nicht gewohnt. Müde erreichten wir nach längerer Wanderung die mir vom letzten Ermittlungsverfahren bekannte Toilettenanlage unterhalb des Restaurants Culinarium. Eine Treppe nach oben, und wir sahen Tageslicht. Ohne uns erneut zu verlaufen, fanden wir den Bereich der Künstlerzimmer.

Die fünf Rauminsassen redeten gleichzeitig auf uns ein, als wir die Tür öffneten.

Die Stimmstärkste, es war Frau Kreuzberger, setzte sich durch. »Schon wieder ein Mord! Pako muss seinen Auftritt heute Abend sofort absagen! Ich habe eben versucht, ihn telefonisch zu erreichen, aber er nimmt nicht ab. Herr Palzki, Pakos Leben steht auf dem Spiel!«

Ihre Logik und die Interpretation der Todesfälle waren in meinen Augen sehr abenteuerlich. Ich musste etwas Luft aus dem Thema nehmen.

»So wie die Ermittlungslage aussieht, Frau Kreuzberger, müssen wir uns eher um die Bühnenarbeiter im Pfalzbau Gedanken machen. Die scheinen mir mehr gefährdet als Ihr Klient.«

Die Dame schnappte nach Luft, spritzte von ihrem Stuhl

auf und bekam einen roten Kopf. »Theobald, was sagst du dazu? Die Polizei will Pako nicht schützen!«

»Langsam, meine Dame! Das habe ich nicht gesagt. Ich werde dafür sorgen, dass heute kein Unbefugter in den Pfalzbau kommt.«

»Und die Besucher?« Frau Kreuzberger war hartnäckig.

»Kein Problem, ich lasse gleich einen Nacktscanner vom Frankfurter Flughafen anliefern.«

Die Anwesenden wirkten über meine Aussage sehr überrascht.

»Das wollen Sie wirklich machen?«, fragte Pakos Managerin. Ich war mir nicht sicher, ob sie von der Idee begeistert war oder nicht.

»Das geht auf keinen Fall«, entrüstete sich Stefanus. »Auf dem Flughafen mag das okay sein, aber nicht in einem Konzertsaal. Außerdem habe ich für Pakos Auftritt ebenfalls eine Karte. Und ich lasse mich garantiert nicht scannen.«

»Haben Sie etwas zu verbergen?«, provozierte ich weiter. Mit dieser Frage konnte man jeden Befürworter des Datenschutzes bis zur Weißglut ärgern.

»Natürlich nicht, Sie werden trotzdem keine Genehmigung des Pfalzbaus dafür erhalten. Und von uns auch nicht, wenn Ihr Chef am Donnerstag seinen lebenswichtigen Vortrag halten wird.«

Ich war wohl ein wenig zu weit gegangen. »Das machen wir auch nicht, Herr Stefanus. Das war nur ein kleiner Scherz meinerseits. Aber auch ohne Nacktscanner werden wir im Pfalzbau genügend Beamte haben, um die Besucher im Blick zu behalten. Falls die mysteriöse rothaarige Dame auftaucht, wird sie keine zehn Meter weit kommen.«

»Wenn sie überhaupt mit den Todesfällen etwas zu tun hat«, ergänzte mein Kollege Gerhard.

Ich grinste ihn an. »Selbstverständlich. Rothaarig zu sein, ist allein gesehen noch kein richtiges Verbrechen.«

»Das sag mal nachher Jutta«, meinte Gerhard.

Ich bemerkte die fragenden Gesichter und kam zum Thema zurück. »Der Auftritt von Pako ist also gesichert. Nun würde ich gern von Ihnen wissen, was Sie mir zu Herrn Morda erzählen können.«

»Wir kannten den überhaupt nicht«, erklärte Theobald Kreuzberger. Seine Frau und Pakos Freundin nickten synchron.

»Wir schon«, sagte Daniela Westermann und zeigte zu ihrem Kollegen. »Er arbeitete bei uns, kam aber so gut wie nie hoch in die Verwaltung.«

»Ich sah ihn öfter«, meinte Stefanus. »Aber viel mehr als ich Ihnen bereits erzählt habe, weiß ich auch nicht. Er arbeitete nur stundenweise für unser Haus.«

So kamen wir nicht weiter. »Ist jemandem von Ihnen etwas Ungewöhnliches aufgefallen, von dem Zeitpunkt an gerechnet, als Sie heute das Congressforum betreten haben?«

Alle schauten sich betreten gegenseitig an, aber niemand meldete sich.

»Keine Angst«, ergänzte ich. »Sie sind für uns nur Zeugen. Ich verdächtige keinen von Ihnen.«

Wenn die wüssten, dachte ich.

»Es gab da einen kleinen Streit«, flüsterte auf einmal Pakos Freundin. »Ich habe aber keine Menschenseele gesehen.«

»Und was genau haben Sie gehört, wenn Sie nichts gesehen haben?«

Henrike Reichlinger überlegte einen Moment. »Zwei männliche Stimmen, die mir nicht bekannt vorkamen, haben im Lager gestritten, als ich am Verwaltungseingang reinkam. Eine Person schien mir sehr erregt, die andere versuchte zu beschwichtigen. Um was es ging, habe ich nicht verstanden.

Ein paar Sekunden später war ich ja auch schon hier im Zimmer.«

Ich wandte mich an die anderen Personen im Raum. »Und Sie haben von dem Streit nichts mitbekommen?«

»Wir waren alle längst hier«, erklärte Daniela Westermann. »Frau Reichlinger war die Letzte, die kam.«

»Von uns abgesehen«, ergänzte ich und wandte mich wieder an Pakos Freundin. »Können Sie sich wenigstens an ein paar Worte erinnern? Denken Sie ganz scharf nach.«

Sie schüttelte ihre langen Haare und überlegte. »Es gab da ein Wort, das in der kurzen Zeit zwei- oder dreimal gefallen ist. Aber ich habe es bestimmt nur falsch verstanden.«

»Und welches Wort meinen Sie?« Warum musste man manchen Leuten immer erst alles aus der Nase beziehungsweise dem Mund ziehen?

»Irgendwas wie Guru«, meinte sie schließlich und versetzte Gerhard und mir damit einen kleinen Schock.

Trotzdem bemerkte ich, wie Frau Westermann zusammenzuckte. »Sie kennen Guru?«, nahm ich sie mir frontal vor.

»Nein, natürlich nicht«, antwortete sie verlegen. Sie war eine schlechte Lügnerin.

»Ich glaube Ihnen nicht.« Ich versuchte, sie in die Enge zu treiben und fixierte zu diesem Zweck Stefanus. »Sie kennen Guru auch, stimmt's?«

Er wechselte einen schnellen Blick mit seiner Kollegin, dann bejahte er. »Guru ist Tuflinskys Sohn. Er war ein paarmal hier und wollte schnorren. Sein Vater hat ihn reingelassen und wir haben ihn immer wieder rausgeworfen, wenn wir ihn gesehen haben. Tuflinsky hat dafür sogar mal eine Abmahnung kassiert.«

»Da sind wir ja schon einen Riesenschritt weiter. Jetzt verraten Sie mir beide noch, wann Sie Guru das letzte Mal gesehen haben.«

»Am Samstag«, antwortete Daniela Westermann, ohne zu überlegen. »Heute auf keinen Fall. Ich wüsste auch gar nicht, wie er reinkommen sollte ohne seinen Vater.«

Stefanus verfiel in ein Dauernicken. »Am Samstag habe ich ihn persönlich rausgeschmissen. Das war aber lang vor der Sache im Spiegelsaal.«

»Wissen Sie, warum er hier war?«

»Dieser Rotzlöffel von Guru wollte mal wieder von seinem Vater Geld schnorren. Wahrscheinlich hat er sogar welches bekommen. Tuflinsky war in dieser Hinsicht ein ziemliches Weichei.« Er bemerkte, wie die anderen ihn für seine pietätlose Bemerkung tadelnd anschauten. »Ja, es war aber so«, verteidigte er sich. »Wenn das mein Sohn wäre, ich hätte ihn längst an die Luft gesetzt, diesen Taugenichts.«

Während seiner Rede fiel mir ein, dass Tuflinskys Sohn am Sonntag behauptet hatte, von einem Konzert zu kommen und vom Tod seines Vaters nichts zu wissen. Theoretisch konnte das stimmen: Er kam her, um Geld für den Konzertbesuch zu erbetteln, und war danach abgezogen. Vielleicht war alles aber auch ganz anders. Jedenfalls hatte sich der Verdächtigenkreis erweitert.

Die weitere Befragung ergab keine neuen Erkenntnisse. Daher verabschiedete ich mich mit einer letzten Frage. »Gehe ich richtig in der Annahme, dass wir uns heute Abend allesamt im Pfalzbau wiedersehen?«

»Ich lasse doch meinen Schützling in diesen gefährlichen Zeiten nicht allein!«, entrüstete sich Pakos Managerin.

»Und warum kommen Sie heute Abend, Herr Stefanus?«

Er druckste eine Weile herum. »Ich habe was mit Pako zu besprechen. Etwas streng Vertrauliches.«

Oha, noch einer, der mit dem Künstler sprechen wollte.

»Was wollen Sie eigentlich von ihm?«, fragte Frau Kreuzberger. »Das können Sie auch mit mir besprechen.«

Er schüttelte den Kopf. »Ist streng vertraulich.«

»Und Sie, Frau Westermann?«

Da sie genügend Zeit zum Überlegen gehabt hatte, antwortete sie sofort: »Ich bin ein Fan von Pako. Ich kann ihn nicht oft genug hören. Reicht Ihnen das als Begründung, Herr Palzki?«

»Im Moment schon«, hielt ich dagegen und fixierte sie misstrauisch.

Nach einer kurzen und nicht sehr herzlichen Verabschiedung verließen wir die Mitglieder des ehemaligen Geheimtreffens.

»Wollen wir noch mal kurz runter gehen?«, fragte Becker. »Vielleicht haben die Frankenthaler Kollegen inzwischen neue Erkenntnisse?«

»Sind Sie verrückt? Wollen Sie ein zweites Mal durch den Kellerirrgarten? Ich kann keine Türen mehr sehen. Außerdem arbeiten die Frankenthaler sehr schnell und effizient. Wahrscheinlich bringen die heute noch die Akte nach Schifferstadt.«

Becker fügte sich.

»Ich habe einen Vorschlag«, sagte ich zu dem Studenten, als wir im Auto saßen. »Sie kümmern sich um den Guru und versuchen, ihm die Morde anzuhängen. Mit ein bisschen Fantasie kriegen Sie das schon hin, Herr Becker. Mein Kollege und ich kümmern uns in der Zeit um den Pfalzbau. Was sagen Sie dazu? Das ist doch ein supertoller Plan, der könnte fast von KPD stammen.«

»Das geht nicht, Herr Palzki. Ich bin schließlich kein Beamter und habe keine Ermittlungsbefugnisse. Es dürfte besser sein, wenn wir bei Herrn Diefenbachs Plan bleiben, und ich Sie beide in den Pfalzbau begleitete. Vielleicht kann ich dann auch mit Pako reden, ich hatte ja bisher keine Gelegenheit dazu.«

»Um was geht es da eigentlich?«, fragte ich möglichst neutral.

»Das ist leider streng vertraulich«, antwortete Becker und ließ sich auch durch eine weitere geschickte Befragung meinerseits nichts entlocken.

Kurz vor dem Waldspitzweg ereilte mich der nächste Schock des Tages. In Sichtweite der Kriminalinspektion begann der Waldspitzweg mit einem Kreisel an der Salierstraße. Keine 100 Meter weiter teilte sich die Salierstraße in die Rehhofstraße und die Waldseer Straße. Neben diesem kurzen Stück befand sich ein Lebensmitteldiscounter. Dies war an sich okay, was auch für die großen Werbeplakate galt, die die Parkplätze säumten. Nicht okay fand ich dagegen ein Plakat, auf dem uns meine Tochter und ich in DIN A Riesengroß anstarrten. In gewaltigen Buchstaben stand darunter: ›Der 1. FCK gehört in die Bundesliga‹. Und eine Zeile tiefer lasen wir: ›Fan-Initiative Imbiss Caravella aus Schifferstadt‹.

SZENE 14 BÜRO, BÜRO

Gerhard feixte, Becker schnappte nach Luft als würde er ersticken, und ich setzte die Klärung dieser Angelegenheit in meiner persönlichen Prioritätenliste ganz weit nach oben. Wenn das Stefanie spitzkriegen würde, dann dürften sich Paul und Melanie mitsamt ihren Geschwistern auf einen Umzug gefasst machen. Vermutlich nach Neuseeland oder noch weiter weg.

Der Fußweg vom Parkplatz der Inspektion am Empfang vorbei zu Juttas Büro war der reinste Spießrutenlauf.

»Da kommt ja der neue Pfälzer Fußballheld«, hieß es oder »Wie geht's denn unserem Werbepromi Palzki? Was steht als Nächstes an, das Dschungelcamp?«

Ich ließ die Kommentare der Neider unbeantwortet. Jutta saß in ihrem Büro und tippte fleißig auf der Computertastatur herum.

»Da seid ihr ja endlich«, meinte sie, als wir bei ihr hineinschneiten. Sie stand auf. »Wir sollen gleich zu KPD kommen, er wartet bereits sehnsüchtig auf euch.« Sie blickte zu dem Studenten. »Auf Sie auch, Herr Becker.«

»Tut mir leid, wenn wir uns etwas verspätet haben, aber Tomas Morda wurde kurz vor unserer Ankunft ebenfalls ermordet.«

»Ja, ja, das weiß ich längst«, meinte Jutta lässig, während wir den Flur entlanggingen. »Die Frankenthaler haben einen ersten Zwischenbericht gefaxt.«

Kurz bevor wir KPDs offenstehende Tür erreichten, blieb Jutta abrupt stehen. Deutlich hörten wir unseren Chef singen:

»Ein Jäger aus Kurpfalz,
Der reitet durch den grünen Wald,

Er schießt das Wild daher,
Gleich wie es ihm gefällt.«

Um uns vor einem Gehörschaden zu bewahren, hüstelte ich und trat in KPDs Thronsaal. Dieser bemerkte uns und winkte uns zu. Den Refrain sang er dabei noch fertig.

Als wir vor ihm standen und er seine Sangeslust abgebrochen hatte, blickte KPD auf seine Armbanduhr. »Wo bleiben Sie denn so lang? Diese Herumtrödelei muss ein Ende haben. Ich werde demnächst Arbeitsnachweise und ein persönliches Fahrtenbuch für jeden Mitarbeiter einführen müssen. Bei Ihren Außendiensttterminen müssen Sie sich dann von Ihren Zeugen die Zeiten unterschreiben lassen, damit ich das besser kontrollieren kann. Ein effektives Controlling ist das A und O jeder Kriminalpolizei.«

Au Backe, wieder mal einer, der Kontrolle und Controlling verwechselte.

Bei der Polizei hatten Leute wie KPD in den letzten Jahren viele ›Management-Instrumente‹ aus der freien Wirtschaft eingeführt. Man beschäftigte sich schon fast mehr mit ›Zielen‹, ›Leitbildern‹ und ›Controlling‹ als mit der Polizeiarbeit an sich. Ich erinnerte mich daran, wie KPD vor Kurzem einen Betriebswirt vernehmen musste und dabei dachte, es wäre der Kantinenchef eines Unternehmens. Mit den Rezepten, die er von dem Betriebswirt bei der Befragung als Legitimation seiner Ausbildung verlangte, dürfte er wenig Spaß gehabt haben.

Bevor wir zu einer Verteidigung ansetzen konnten, zeigte er auf seinen Monitor. »Ein schönes Video ist das geworden, Herr Palzki. Haben Sie sich die Nebentätigkeit für Werbefilme eigentlich genehmigen lassen?«

In voller Bildschirmgröße musste ich das Video bestaunen, das Lisa und mich beim Pommes Essen zeigte. Dieser Gauner, dachte ich, hat mich total unvorteilhaft von der

Seite her aufgenommen. In dieser Profilaufnahme könnte ein Zuschauer, der mich nicht kannte, zu dem Schluss kommen, ich hätte ein paar Kilogrämmchen zu viel in der Taillengegend. Jutta wirkte bestürzt, Gerhard und Becker grinsten. Ich fand das Video potenziell lustig, wie Lisa eifrig an der Mayonnaise und dem Ketchup schleckte. Sie schien Freude daran zu haben. Nur meine Frau dürfte an dem Video weniger Gefallen finden.

KPD blendete den Film aus und wandte sich an seinen Hilfssheriff. »Herr Becker, unsere Kommunikation ist noch schwer verbesserungsbedürftig. Warum haben Sie sich nicht gemeldet, wie wir es vereinbart hatten?«

Der Student bekam einen knallroten Kopf. Diese Frage musste doch kommen, warum hatte er sich nicht darauf vorbereitet? Ich half ihm aus der Bredouille.

»Herr Becker wollte Sie nur nicht mit Belanglosigkeiten belästigen. Sie stehen mit Ihren alten Knochen zurzeit selbst unter enormem Stress. Da müssen wir nicht mit jeder kleinen Aktennotiz dazwischenfunken und Sie von der Hauptsache ablenken.«

KPD schien mit dieser Auskunft zufrieden, die Doppeldeutigkeit mit den alten Knochen hatte er nicht kapiert. »Haben Sie Ihren Mörder gefunden?«

»Noch nicht ganz, Herr Diefenbach. Leider gab es in Frankenthal heute Morgen ein weiteres tödliches Verbrechen.«

Bevor unser Chef reagieren konnte, fuhr ich fort: »Keine Angst, die Frankenthaler kümmern sich um den Fall. Wir konnten bisher keinen Anhaltspunkt finden, der diese Sache mit dem Attentat auf den Kurpfälzer Comedian in Verbindung bringt. Da wir mit unseren Ermittlungen aber sowieso schon weit sind, haben wir den Frankenthalern versprochen, uns nebenbei auch um die neue Sache zu kümmern. Allein kommen die ja bestimmt nicht zurecht.«

KPD nickte. »Ja, da dürften Sie recht haben, der Peter ist schließlich in Urlaub.« Er öffnete auf seinem Computer eine Tabelle. »Dann erhöhe ich unter der Spalte ›Mordfälle-Ist-2013‹ unter heutigem Tag die Jahressumme. Wenn ich jetzt die Hochrechnung aufrufe –«, er drückte eine Taste und machte sofort einen glücklichen Eindruck, »dann kommen wir in diesem Jahr, wenn es so weiterläuft wie bisher, auf mehr Morde als in den drei Vorjahren. Wenn wir die alle aufklären, und davon bin ich überzeugt, ziehen wir mit unserer Statistik sogar an der Kriminalpolizei Karlsruhe vorbei, die im letzten Jahr die meisten Taten gegen das Leben registrierte.«

Um noch ein bisschen mehr von unserer Sache abzulenken, fragte ich ihn: »Wie weit sind Sie mit Ihrer Knochengeschichte? Haben Sie die auch in Ihrer mörderischen Statistik berücksichtigt?«

KPD zeigte auf einen großen roten Balken auf dem Bildschirm. »Aber sicher doch. Solang die Ermittlung diffus in der Luft hängt, habe ich die Knochen als fünf Taten registriert. Wer weiß, was noch alles auf mich zukommt. Dann bin ich bestimmt froh, wenn ich etwas Reserve in der Statistik habe.«

»Steht das Alter der Funde inzwischen fest?«, fragte ich scheinheilig und schadenfroh zugleich. »Man munkelt, dass die Knochen schon mehrere 100 Jahre auf dem Feld gelegen haben sollen.«

»Immer diese blöden Gerüchte«, schimpfte KPD. »Selbst wenn die Knochen 1000 Jahre alt sein sollten, ein Mord verjährt nie!«

Jetzt nahm er eine dünne Akte, die neben der Tastatur lag, und öffnete sie. »Die Knochen gehören zu einer weiblichen Person und lagen höchstens ein Jahr auf dem Acker. Sind Sie jetzt zufrieden?«

Dies war ein herber Schlag für uns. Bisher dachten wir,

unser Chef wäre mit Harmlosigkeiten beschäftigt. Nun war daraus Ernst geworden. Ein vermutlicher Mordfall auf Schifferstadter beziehungsweise Dannstadter Gemarkung bedeutete für uns weitere Arbeit. Sobald wir die Todesfälle in Frankenthal geklärt hatten, würde KPD uns mit Sicherheit die Knochensache übertragen, damit er sich ungestört der Restrukturierung seiner Dienststelle widmen konnte.

»Was macht eigentlich das Sicherheitskonzept im Congressforum?«, hakte er nach. »Ist wenigstens meine und die Sicherheit der Besucher gewährleistet, wenn ich dort übermorgen referiere?«

»Wir sind fast durch«, log ich. »Es sind nur noch ein paar Feinheiten, wie die Anzahl der Hubschrauber, abzustimmen.«

Mir brannte ein weiteres Thema unter den Fingernägeln. »Herr Diefenbach, könnten wir unser für morgen geplantes Treffen verlegen? Es haben sich leider ein paar Terminüberschneidungen ergeben.«

»Welches Treffen?«, fragte er erstaunt, doch es fiel ihm sofort wieder ein. »Ja, ja, natürlich, ich bin mit meiner Sache auch noch nicht so weit. Die ist aber schließlich viel vertrackter als Ihre.«

»Danke«, sagte ich. »Dann wollen wir Sie mal nicht weiter stören bei Ihren Ermittlungen.«

KPD registrierte dies wahrscheinlich nicht mehr vollständig. Er war längst wieder in seine Statistik vertieft. Nachdem er mit der Maus einen Balken über die halbe Bildschirmseite gezogen hatte, schüttelte er den Kopf und verringerte die Größe des Balkens marginal. Wir schlichen uns aus seinem Büro.

In Juttas Büro angekommen, knurrte mein Magen. Kein Wunder, kalorienmäßig gesehen stand ich längst auf Reserve. Meine Kollegin hatte Erbarmen und stellte eine Dose Kekse auf den Tisch.

»Einen Fasttag kann ich dir wirklich nicht zumuten«, meinte sie mit einem gemeinen Lächeln. »Im Pfalzbau gibts bestimmt nur Sachen, die deiner Lebensphilosophie nicht entsprechen.«

Dankbar griff ich zu und schwieg. Mit vollem Mund blieb mir auch nichts anderes übrig.

Eine Beamtin kam herein, lachte bei meinem Anblick und übergab Jutta ein Blatt Papier. Sekunden später war sie wieder verschwunden.

»Kennst du die?«, fragte Gerhard.

»Noch nie gesehen«, antwortete ich, nachdem mein Mund leer war.

»Schade«, kommentierte mein Kollege.

»Das ist ein Fax«, unterbrach Jutta unsere Konversation. »Es wurde vor ein paar Minuten aus Frankenthal geschickt.«

»Bestimmt die Ermittlungsergebnisse zum Fall Morda«, meinte ich. »Da hat wohl eine Seite gereicht.«

»Von wegen, Reiner. Das Fax ist von Theobald Kreuzberger.«

»Wie bitte?« Ich riss ihr das Fax aus den Händen. »Was will der denn von uns?«

»Nicht von uns, von dir, Reiner.«

Ich las das maschinengeschriebene Fax laut vor:

»Sehr geehrter Herr Palzki, entschuldigen Sie bitte diese Art der Kontaktaufnahme. Ich habe leider im Moment keinen eigenen PC, um Ihnen eine E-Mail zu schicken. Das Fax war die einfachste und schnellste Möglichkeit, mit Ihnen Verbindung aufzunehmen. Ich habe eine wichtige Information für Sie im Zusammenhang mit Pako. Es würde mich freuen, wenn wir uns nachher im Pfalzbau kurz unter vier Augen sehen könnten. Ich schlage vor, wir treffen uns gegen 16 Uhr im Kammersaal des Pfalzbaus. Der Kammersaal ist eine Verlängerung des Konzertsaals, in dem heute Abend Pako auftritt. Der Kammersaal wird bei seinem Auftritt nicht benötigt und ist daher mit einer Schiebewand abgetrennt. Dort können wir uns ungestört unterhalten. Bitte tun Sie so, als wüssten Sie von nichts, falls Sie mich vorher zusammen mit anderen Personen, insbesondere meiner Frau, antreffen. Die Informationen, die ich habe, sind sehr heikel. Mit freundlichen Grüßen T. Kreuzberger.«

Ich musste den Text ein zweites Mal lesen. Das könnte einen Durchbruch in der Ermittlungssache bedeuten. Vorausgesetzt, das Fax war authentisch. Ich gab das Blatt an Jutta zurück. »Kann man den Absender verifizieren? Wurde das wirklich aus dem Congressforum geschickt?«

Sie schüttelte den Kopf. »Da muss ich dich enttäuschen. Ich habe mal an einer Fortbildung teilgenommen. Absenderangaben lassen sich bei der Faxübertragung leicht verfälschen. Ich gebe das gleich runter, vielleicht findet man trotzdem etwas raus. Eine letzte Sicherheit hast du nur, wenn du nach Frankenthal fährst und das Faxprotokoll beim Sendegerät identische Angaben zeigt. Dann weißt du aber immer noch nicht, wer das Ding geschickt hat, falls mehrere Personen das Fax nutzen können.«

»Das können wir immer noch machen, Jutta. Würdest du bitte Tuflinskys Sohn, den Guru, auf deine Überprüfungsliste setzen? Er hat am Samstag seinen Vater an seinem Arbeitsplatz besucht und mit einiger Wahrscheinlichkeit war er heute Morgen erneut im Congressforum.«

»Aber sein Vater lebt doch nicht mehr«, unterbrach mich Jutta.

»Genau das macht ihn verdächtig. Er hatte wohl zu einer anderen Person Kontakt. Im einfachsten Fall war dies Tomas Morda.«

»Dann hätten wir unseren Täter bereits identifiziert«,

schlussfolgerte Becker, der die ganze Zeit wie wild mitschrieb.

»Die Realität ist niemals so einfach wie die trivialen Fälle in Ihren sogenannten Krimis, Herr Becker.«

Und zu Jutta sagte ich: »Den Guru schnappen wir uns morgen. Wenn er bis dahin noch lebt«, ergänzte ich.

»Befürchtest du, dass er dann nicht mehr unter uns weilt?«

»Das war nur ein Scherz über das Gesetz der Serie. Jutta, hast du was über diesen Stefanus rausgekriegt?«

»Jürgen ist krank, aber die gängigen Datenquellen kenne ich auch. Claudius Stefanus arbeitet seit fünf Jahren als Leiter des Veranstaltungsmanagements im Congressforum. Vor wenigen Wochen hat er ein kleines Büro in Worms in der Nähe des Doms angemietet.«

»Ein Büro?«, fragte ich überrascht. »Hat er dort Personal? Weiß man, was er vorhat?«

Jutta zuckte die Schultern. »Mehr weiß ich bis jetzt noch nicht. Vielleicht hat er nebenher ein paar Geschäfte in eigener Sache laufen?«

»Das klären wir morgen. Oder noch besser: Ich frage ihn nachher einfach. Die ganze Clique will ja in den Pfalzbau kommen.«

Nachdem mich Jutta verständnislos angeschaut hatte, fiel mir ein, dass sie von dem Geheimtreffen im Congressforum noch nichts wusste. Ich klärte sie im Schnelldurchgang auf.

Sie begriff schnell. »Dann wäre aller Wahrscheinlichkeit nach eine dieser fünf Personen unser Täter.«

»Vergiss den Guru nicht«, ergänzte ich.

»Der hat wohl aber keine Gelegenheit gehabt, ein Fax aus dem Congressforum zu schicken.«

»So einfach ist die Sache nicht, Jutta. Erstens wissen wir nicht, was Kreuzberger überhaupt von mir will. Es kann sich um etwas völlig anderes handeln. Und du selbst hast vor ein paar Minuten gesagt, dass nicht feststeht, wo das Fax herkommt.«

»Ja, ich weiß, die Sache ist mal wieder sehr kompliziert. Die ominöse rothaarige Frau ist auch noch nicht gefunden.«

Gerhard grinste und schaute mich an. »Sag mal zu Jutta, was du vorhin über rothaarige Frauen gesagt hast.«

»Spinn nicht in der Gegend rum«, verteidigte ich mich, ohne auf das Thema einzugehen. »Such du lieber die Stalkerin, die hinter unserem Comedian her ist.«

»He, vielleicht ist es das, was dir dieser Kreuzberger sagen will. Ich wette, diese Stalkerin gibt es überhaupt nicht, weil sie eine Erfindung von Pakos Managerin ist.«

»Was will sie damit bezwecken?«, fragte ich meinen Kollegen. »Ach, ist ja erstmal egal. Jedenfalls haben wir im Moment genügend Verdächtige. Es kann ja durchaus sein, dass wir den Täter bisher überhaupt nicht in unserem Fokus haben. Vielleicht waren es Sie, Herr Becker!«

»Ich?«, schrie der Student erschrocken auf. »Wie kommen Sie ausgerechnet auf mich? Ich habe überhaupt kein Motiv.«

»Oh doch, das haben Sie. Jutta, ruf doch mal bitte bei Herrn Beckers Verlag an. Lass dir den Abgabetermin für das Manuskript seines nächsten Romans geben. Ich glaube, der liegt gar nicht mehr so weit in der Zukunft.«

Becker kam ins Stottern. »Wa …, was …, hat da …, hat das mit den Morden zu tun?«

»Ganz einfach«, erklärte ich ihm. »Sie müssen in wenigen Wochen den nächsten Krimi abliefern, sonst sind Sie aus dem Rennen, stimmt's?«

Nachdem er keine verbale Reaktion zeigte, setzte ich nach: »Sie stehen unter Zeitdruck und außerdem haben Sie eine Schreibblockade.«

Schon lang nicht mehr hatte ich dermaßen ins Blaue hinein fantasiert.

»Dummerweise gab es zurzeit bei uns keinen wirklich interessanten Fall, über den Sie schreiben konnten. Aus dem Grund haben Sie die Knochen versteckt. Wo haben Sie die eigentlich her? Ist auch egal. Dann sind Sie in Ihrer Eigenschaft als Journalist ins Congressforum gefahren und haben die tödliche Falle aufgebaut. Das würde einen Roman geben: Der regional bekannte Künstler Pako stirbt während eines Auftritts auf offener Bühne. Zufällig wären Sie unter den Besuchern gewesen und hätten als Erster entdeckt, dass ein Mord vorliegt. Damit hätten Sie KPD überzeugt und würden uns bei den Ermittlungen stören. Haben Sie sich bereits einen Titel für Ihre selbst provozierte Geschichte ausgedacht? Wie wäre es mit ›Künstlerpech‹? Nur dumm, dass dieses Mal der ermittelnde Kommissar, der in Ihren Büchern immer so hilflos agiert, die Wahrheit förmlich riecht. Habe ich recht, Herr Becker?«

Eingeschüchtert saß er auf seinem Platz. Jutta und Gerhard wussten nicht, ob sie meine Anschuldigung für bare Münze nehmen sollten.

»Herr Palzki, Sie irren sich«, flüsterte der Archäologiestudent nach einer längeren Funkstille.

»Nein, ich irre nie«, antwortete ich. »Das, was ich Ihnen eben erzählt habe, ist nämlich Quatsch. Ich bin mir sicher, dass Sie für die Morde nicht verantwortlich zeichnen. Dafür sind Sie viel zu sensibel und fantasielos. Aber Sie müssen zugeben, dass dies für einen Kriminalroman eine tolle Auflösung wäre. Darauf würde mit Sicherheit keiner Ihrer drei oder vier Leser kommen.«

Becker hatte sich wieder beruhigt. »Weil das auch extrem unrealistisch wäre, Herr Palzki. Niemals würden die Leser glauben, dass ich jemanden umbringe, nur um ein Buch schreiben zu können.«

Fast erstickte ich an meinem Lachen. »Dass Sie sich trauen, von Realität zu sprechen!«

Jutta klatschte in die Hände. »So, jetzt werden wir mal wieder ernst. Reiner, wie viele Beamte soll ich für die Sicherung des Pfalzbaus abstellen? Der Landrat sprach von einer Hundertschaft.«

»Das ist völlig übertrieben«, winkte ich ab. »Lass die Bepos in Ruhe, die haben genug Anderes und Wichtigeres zu tun. Gerhard und ich, ja, Herr Becker, Sie auch, das reicht vollkommen. Wir wollen schließlich, dass sich die Besucher wohlfühlen und außer dem Künstler nicht nur Polizeibeamte sehen.«

»Das können wir nicht bringen!« Jutta war außer sich.

Ich schnappte mir die restlichen Kekse aus der Dose. Bevor ich sie mir in den Mund stopfte, machte ich einen Kompromissvorschlag: »Höchstens fünf Beamte in Zivil, mehr muss wirklich nicht sein.«

»Und der Nacktscanner?«, fragte Becker, der vorhin wohl nicht verstanden hatte, dass ich diesbezüglich einen Scherz gemacht hatte.

»Der bleibt in Frankfurt«, beschied ich ihn, nachdem ich die Kekse verschlungen hatte. Jutta blickte verwirrt, Gerhard klärte sie auf.

»Ach, übrigens«, meinte unsere Kollegin zum Abschluss und öffnete eine Mappe. »Es gibt Fotos von unserer rothaarigen Schönen aus dem Capitol. Vor dem Backstage-Bereich hängt aus Sicherheitsgründen eine Kamera. Ich werde die Aufnahmen an die Beamten verteilen.«

»Das ist eine sehr gute Idee«, lobte ich und betrachtete mir zusammen mit Gerhard und Becker die Unbekannte. »Ich bin immer mehr der Meinung, dass diese Dame mit einem unserer Verdächtigen in Verbindung steht.«

Ich stand auf. »Los gehts, wir fahren.«

Becker schaute auf die Uhr. »Warum so zeitig, Herr Palzki? Gewöhnlich kommen Sie doch immer erst auf den letzten Drücker.«

»So ist das vielleicht bei dem Kommissar in Ihren Büchern. Bei uns geht es stets zack zack. Wir müssen uns vorher die Räumlichkeiten anschauen und mit dem Personal reden. Und um 16 Uhr habe ich dann mein Gespräch mit Herrn Kreuzberger.«

SZENE 15 PAKO IM PFALZBAU

Becker musste wieder in den Fond steigen. »Wie ich dich kenne, passiert dir heute bestimmt wieder irgendwas. Heute bin ich mit dem Fahren dran«, meinte Gerhard.

»Danke für das Vertrauen, Ex-Kollege«, antwortete ich und kam sogleich auf ein privates Anliegen: »Wir sind ja zeitlich recht früh, da könnten wir doch noch schnell einen Abstecher zum Caravella machen.«

»Nichts da, schau dir mal deine Taille an.«

»Was hat meine Taille damit zu tun«, brauste ich auf. Der Caravellabesuch sollte eigentlich primär dazu dienen, meinen Werbevertrag fristlos zu kündigen. Klar, eine Kleinigkeit hätten wir dann essen können, wenn wir schon mal dort gewesen wären.

Becker meinte, ebenfalls seinen Senf dazugeben zu müssen. »Als ich gestern mit Diefenbach unterwegs war, sagte er mir, dass er Herrn Palzki mal zur Kur schicken müsste. Nach der Besprechung am Montag mit der Unternehmensberatung hatte er festgestellt, dass der Besucherstuhl, auf dem Herr Palzki saß, in Mitleidenschaft gezogen worden war.«

»Der war bereits vorher kaputt«, rief ich erbost. »KPD ist viel schwerer als wie ich.«

Das ›als wie‹ ist eine Pfälzer Eigenart. Sie dient als Platzhalter für eines der beiden Wörter, dessen korrekte Benutzung ein richtiger Pfälzer so gut wie nie in die Reihe bekommt. In der Pfalz ist halt vieles annerschter als wie woannerscht.

Ich ignorierte den letzten Dialog. »Fahren wir jetzt kurz ins Caravella oder ja?«

Gerhard schüttelte den Kopf. »Du hast gerade eine dreiviertel Dose Kekse verschlungen, so viele Kalorien nehme ich in einer ganzen Woche nicht zu mir.«

»So siehst du auch aus, nur Haut und Knochen.«

Meine Feststellung half nichts, er fuhr in Richtung Ludwigshafen.

Der Pfalzbau, der unter anderem aus dem Theatersaal und dem Konzertsaal besteht, liegt recht zentral im Stadtteil Mitte. Im Konzertsaal war ich öfter, gerade vor ein paar Monaten das letzte Mal beim Puhdys-Konzert. Die Puhdys riefen immer Erinnerungen an einen Jugendtreff mit dem Namen ›Kohlenkeller‹ hervor, in dem ich mich damals regelmäßig aufgehalten hatte.

Gerhard fuhr in die Tiefgarage unter dem Theaterplatz.

Als wir ins Foyer traten, sahen wir Frau Kreuzberger energisch auf einen freundlich nickenden Mann einreden. Dieser schien die Ruhe in Person zu sein. Geduldig ließ er den Wortschwall über sich ergehen. Kurz bevor Pakos Managerin uns entdeckte, hörten wir, wie der Mann zu ihr sagte: »Selbstverständlich werde ich mich sofort darum kümmern. Wir haben schon ganz andere Probleme gelöst.«

»Dürfen wir bei der Problemlösung helfen?«, unterbrach ich die beiden.

Frau Kreuzberger wirbelte herum. »Da sind Sie ja endlich, Herr Palzki. Pako und ich sind vor einer halben Stunde angekommen und ich kann keinen einzigen Personenschützer finden.«

Das konnte lustig werden, dachte ich und deeskalierte: »Selbstverständlich sind die alle in Zivil. Wir arbeiten bei gefährlichen Aufträgen immer under cover. Wo ist eigentlich Ihr Mann?«

»Hinten bei Pako«, antwortete sie. »Und genau da gehe ich jetzt auch wieder hin.« Sie drehte sich auf dem Absatz um und ging die breite Treppe nach oben.

Der mir unbekannte Mann grinste: »Das wird ein spannender Abend.«

Um das Kennenlernen abzukürzen, streckte ich ihm meinen Dienstausweis entgegen.

»Herzlich willkommen. Frau Kreuzberger hat Sie bereits angekündigt. Mein Name ist Helmut Weilacher, ich bin der technische Leiter des Pfalzbaus.«

»Angenehm, und was wollte sie von Ihnen?«

»Was ganz Komisches. Ich soll fünf Minuten vor Saalöffnung die Bühne und den Aufbau kontrollieren und dann bis zum Auftritt des Künstlers niemanden auf die Bühne lassen. Vielleicht hat sie Angst wegen der Vorkommnisse in Frankenthal und Mannheim. Dabei gibt es heute nur einen Barhocker und einen Stehtisch, alles absolut ungefährlich.«

»Und wenn etwas von oben runterfällt? Ein Scheinwerfer oder so?«

Er zog einen schweren Schlüsselbund aus seiner Hosentasche. »Sie kennen sich im Pfalzbau nicht so richtig aus? Kommen Sie mal mit.«

Zu viert gingen wir die Treppe nach oben, die in einem weiteren Foyer mündete. Deckenhohe Fensterfronten an zwei Seiten ließen einen freien Blick nach draußen zu und vergrößerten optisch das Foyer.

Weilacher nahm den breiten, offen stehenden Eingang zum Konzertsaal. Die Beleuchtung im Saal war spärlich.

»Im Moment ist nur das Putzlicht eingeschaltet«, erklärte der technische Leiter und ging mit uns nach vorn zur Bühne. Auf dieser standen, wie angekündigt, ein Barhocker und ein Stehtisch. Auf dem Tisch bemerkte ich ein leeres Dubbeglas.

Wir erklommen die wenigen Stufen zur Bühne und schauten uns um. Ich fand, es gab gefährlichere Orte auf dieser Welt, zum Beispiel ein vegetarisches Restaurant. Klar, man konnte volltrunken die Bühne runterfallen. Ein realistisches Unfallszenario war dies sicherlich nicht.

Dietmar Becker wollte es genau wissen, auch wenn die Frage in ähnlicher Form ursprünglich von mir stammte. »Wie kommt man an die Scheinwerfer da oben?«

Etwa an der Vorderbühnenkante befanden sich parallel zu dieser an der Decke einige Scheinwerfer, deren Mündung auf die Bühne zeigte.

»Das ist die sogenannte Z-Brücke«, erklärte Weilacher. »Der Beleuchtungszug wird von da hinten gesteuert.« Er zeigte an das hintere Ende des Konzertsaals, wo wir an der Wand fast unterhalb der Decke mehrere Fensterscheiben erkennen konnten. »Dort werden der Ton und das Licht gesteuert. Für besondere Einstellungen kann man über den Dachboden zur Z-Brücke gelangen.«

Beckers blühende Fantasie ging mal wieder mit ihm durch. »Und wenn sich dort ein Scharfschütze positioniert?«

»Ein was?« Weilacher schnappte nach Luft. »Da kommt außer den Technikern niemand hoch. Die Türen sind stets verschlossen, außerdem weiß sonst niemand, wie man da hinkommt.«

»Das sollten wir überprüfen, Herr Palzki.« Der Student ließ nicht locker.

»Wissen Sie, wie hoch das ist? Von der Tiefgarage bis zum Konzertsaal waren es schon genug Stufen. Da oben hat nur Fachpersonal Zugang, Sie haben es doch gehört.« Um von dem Thema abzulenken, schließlich tat mein Knöchel immer noch weh, fragte ich den technischen Leiter: »Wo finden wir den Künstler?«

»Der wird im Künstlerbereich sein. Er bereitet sich auf seinen Auftritt vor.«

»Jetzt schon?«

Weilacher zuckte mit den Achseln. »Er ist halt sehr gewissenhaft. Außerdem haben viele Künstler ihre Rituale.«

»Ja, ja, die Mikrowelle, ich weiß schon.«

Helmut Weilacher lachte. »Das hat sich wohl schon herumgesprochen.«

Auf der linken Bühnenseite befand sich ein kleiner Ausgang. Es folgte ein etwas verwinkelter Flur, und kurz darauf klopfte unser Führer an eine Tür.

Pakos Freundin Henrike Reichlinger öffnete uns. »Hallo, da sind Sie ja schon.« Sie ließ uns mit einem fröhlichen Lächeln eintreten.

Die Situation war bizarr. Pako trug eine Küchenschürze und schälte Kartoffeln.

»Hallo, Herr Palzki«, begrüßte er mich. Gerhard und Becker nickte er zu. »Alla hopp, soll ich ein paar Grumbeere mehr schälen?«

Als geborener Pfälzer wusste ich, dass er damit Kartoffeln meinte.

»Brauchen Sie die für Ihren Auftritt?«

Er schmunzelte. »Damit ich was zum Zurückwerfen habe, falls das Publikum Eier wirft? Nein, das ist natürlich Quatsch. Ich mach Henrike un mir ä Grumbeersupp. Die ess ich meischtens, bevors drausse losgeht.« Er zeigte auf einen kleinen Elektrogrill, der neben der mir bereits bekannten Mikrowelle stand. »Dodezu bruzzel ich frische Zucchini.«

Sein scheinbar willkürlicher Wechsel zwischen dem Hochdeutschen und dem Pfälzer Dialekt veranlasste mich, es ihm gleich zu tun.

»Do gheren Brootwerscht dezu, sunscht schmeckt des net richtisch.«

Pako schielte kurz auf meinen Taillenbereich, vielleicht hatte Gerhard ihm gestern den Tipp gegeben, und meinte dann: »Ich hab kä Luscht, ähn große Wampe durch die Geschend zu schiewe, als Vegetarier lew ich gsinder.«

»Awer net so grindlich un enspannt«, setzte ich nach, weil ich mich über die Anspielung ärgerte. Aber wegen seiner Essgewohnheiten waren wir schließlich nicht hergekommen. Ich bemerkte bereits die ganze Zeit, wie Dietmar Becker sich bei dem Künstler bemerkbar machen wollte, sich aber nicht traute.

»Wo ist eigentlich das Ehepaar Kreuzberger? Ihre Managerin hat mir vor wenigen Minuten gesagt, dass sie zu Ihnen gehen will.«

»Die war kurz hier, aber ihr Mann war auf dem Klo. Da ist sie ihn suchen gegangen.«

»Auf dem Klo?«

»Jo«, antwortete er. »Do wu ma higeht, wenn ma mol muss.«

»Das mein ich doch nicht. Warum suchte Frau Kreuzberger ihren Mann?«

Er zog die Schultern hoch. »Das weiß ich doch nicht. Vielleicht braucht er Hilfe? Bei denen scheint es zurzeit sowieso zu kriseln. Aber da mischen wir uns nicht ein, gell, Henrike?«

Er schaute mich wieder an. »Übrigens, gestern Abend ging im Capitol alles glatt. Es gab keine weiteren Anschläge. Aber das wissen Sie ja bestimmt längst.«

Da die anderen sich bereits gesetzt hatten, machte ich es ihnen nach. Vor mir stand die Schüssel mit den Grumbeerschalen. Aus Gedankenlosigkeit nahm ich eine der Schalen und hob sie gegen das Fenster. Sie war so dünn und gleichmäßig, dass das Licht durchscheinen konnte.

»Mein Schweizer Küchenmesser schneidet wies Lottche«, erklärte Pako. »Das hat mir vor Kurzem ein anonymer Fan zugeschickt.«

Ich horchte auf. »Lag dem Messer ein Drohbrief bei?«

»Ach was, der Fan wusste bestimmt, dass ich gern koche, und wollte mir damit eine Freude bereiten. Herr Palzki, kann es sein, dass Sie Gespenster sehen? Nicht alles auf dieser Welt ist kriminell.«

»Aber fast«, konterte ich. »Gerade heute Morgen hat es den nächsten Todesfall gegeben. Berührt Sie das nicht? Haben Sie keine Angst, der Nächste zu sein?«

Er schaute mir lang direkt in die Augen. »Ich habe keine Angst, sondern Lebensfreude. Die Sache mit diesem Morda finde ich natürlich schlimm und hoffe, dass Sie seinen Mörder finden. Aber weder kenne ich das Opfer noch war ich heute in Frankenthal, sondern den ganzen Vormittag zu Hause. Stimmt's, Henrike?«

Ein Gedankenblitz durchzuckte mich. Manchmal passierte es, dass sich ein Täter dadurch verriet, dass er ungefragt ein Alibi präsentierte, obwohl er als Zeuge überhaupt nicht danach gefragt wurde. Käme dieser Künstler zumindest theoretisch in Betracht? Das Bühnenbild in Frankenthal könnte er bei der Probe manipuliert haben und die Sache im Capitol hätte ein Ablenkungsmanöver sein können. Aber was hatte es mit der seltsamen rothaarigen Frau auf sich? Nein, so richtig rund war dieser Verdacht bisher nicht.

»Ihre Managerin sieht die Sache aber anders, und der Anschlag im Capitol hat ebenfalls eine andere Sprache gesprochen.«

Nachdem ich vergeblich auf eine Fortsetzung des Dialogs gewartet hatte, ergänzte ich: »Heute Abend sind Sie jedenfalls sicher, wir haben wahrscheinlich mehr Polizeibeamte als Besucher im Gebäude.«

Pako seufzte. »Das sagte mir bereits Karin, sie hat wohl beim Landrat und weiteren Politikern interveniert. Ich finde den Aufwand total übertrieben. Wenn es schon sein muss, hätten es eine Handvoll Zivilbeamte auch getan.«

Gerhard feixte im Hintergrund und drohte mit dem Zeigefinger dem Studenten, der wohl drauf und dran war, dem Künstler die Wahrheit über die Anzahl der anwesenden Beamten zu verraten.

Ein Blick auf die Uhr zeigte mir, dass mein Termin mit Herrn Kreuzberger in Kürze anstand. Wahrscheinlich war er dabei, seine Frau abzuschütteln, damit er ungestört mit mir plaudern konnte.

Ich stand schwerfällig auf, blinzelte Gerhard zu und sagte in die Runde: »Ich schau mich mal vorsichtshalber ein bisschen im Saal um, das kann nicht schaden. Gerhard, bleibst du bitte solang mit Herrn Becker hier?«

Damit wollte ich vermeiden, dass der Student in der Zwischenzeit auf eigene Faust ermittelte und sich vielleicht noch verirrte.

Becker nutzte die Gelegenheit in eigener Sache und wandte sich an meinen Kollegen: »Herr Steinbeißer, Sie können gern mit Herrn Palzki gehen. Ich wollte sowieso noch etwas mit Pako besprechen.«

»Ich bleibe hier«, sagte Gerhard, ohne auf den Wunsch Beckers einzugehen.

Pako mischte sich ein. »Sie können gern bleiben. Ich möchte nur einwenden, dass ich nachher noch mal weg muss. Der Riesling liegt noch in meinem Wagen und muss bis zum Auftritt auf die richtige Temperatur gebracht werden.«

»Den kann ich doch für dich holen«, meinte seine Freundin.

»Auf keinen Fall«, erwiderte der Künstler. »Das mach ich allein.«

»Dann helfe ich Ihnen beim Tragen«, meinte Becker und wähnte sich am Ziel.

»Niemand wird mir helfen, ich komme allein klar. Und Polizeischutz benötige ich nicht, um ein paar Flaschen Wein aus meinem Wagen in der Tiefgarage zu holen.«

Dass da etwas im Busch war, konnte man sogar ohne psychologische Grundausbildung erkennen. Meine These war, dass er irgendjemanden treffen, dies aber geheim halten wollte. Ich beschloss, einen Zivilbeamten auf ihn anzusetzen, falls ich einen fand, beziehungsweise erkannte. Dummerweise hatte ich selbst eine Verabredung.

»Soll ich mit Ihnen gehen?«, fragte mich der technische Leiter, der von meinem Treffen mit Kreuzberger nichts wusste. »Im Backstage-Bereich kann man sich sehr leicht verlaufen. Wir haben im Pfalzbau wahrscheinlich mehr Türen als die Justizvollzugsanstalt in Frankenthal.«

»Danke, Herr Weilacher, Ihre Hilfe wird nicht nötig sein. Ich habe mir vorhin alles genau eingeprägt. Orientierungsmäßig bin ich als geschulter Polizeibeamter ein Ass.«

Gerhard hustete, Becker spuckte ein Stück Karotte aus, das er sich gerade in den Mund gesteckt hatte.

Ich ließ einen verwirrten Helmut Weilacher zurück.

SZENE 16 FLUCHT IM PFALZBAU

Da ich mich schon mal im Backstage-Bereich befand und mit Kreuzberger erst in ein paar Minuten verabredet war, schaute ich mir prophylaktisch oder neugierig, je nach Auslegung, ein paar weitere Räume an, von denen es verdammt viele gab. Alles war unauffällig, und ich beschloss schließlich, zum Konzertsaal zu gehen.

Auch wenn der Trivialautor Becker eines Tages in schriftlicher Form anderes behaupten wird, ich habe mich nicht ein einziges Mal verlaufen. Das muss einfach mal gesagt werden.

Nach wie vor war im Saal das Putzlicht eingeschaltet. Kaum zu glauben, dass hier bald der Bär steppen sollte. Ich ging, allerdings bereits mit flauem Gefühl, zur Trennwand, die den Kammersaal vom Konzertsaal trennte. Seltsam, vor wenigen Minuten war ich die Ruhe in Person, und jetzt? Was sollte mir persönlich groß passieren? Es war auszuschließen, dass die Sache mit Kreuzberger eine Finte war. Warum sollte mir jemand eine Falle stellen? Ich hatte ja nicht einmal die leiseste Ahnung bezüglich eines Motivs. Oder war ich, möglicherweise unbewusst, in den Ermittlungen weiter als vermutet? Nein, nein, ich bügelte meine kuriosen Gedanken ab. Mein Selbstwertgefühl spielte mir bestimmt nur einen dummen Streich, es wollte mich auf die Probe stellen. Doch warum? Theobald Kreuzberger wollte mich unter vier Augen sprechen. Punkt. Ohne das Wissen seiner Frau und anderer Personen. Doppelpunkt. Er hatte einen Verdacht, den er mir mitteilen wollte. Höhepunkt. Ich öffnete die in der Trennwand eingelassene Tür und zog sie ganz langsam auf. Auch im Kammersaal brannte das trübe Putzlicht. Erneut überkamen mich meine Gedanken. Warum hatte Kreuzberger seine Vermutung nicht einfach in das Fax geschrieben? Gab es etwas, das er mir zeigen musste und wenn ja, warum gerade im Pfalzbau? Warum überhaupt er? Kannte der Ehemann der Managerin die unheilvolle Verbindung zwischen Tuflinsky, Morda und Pako? In einem Kriminalroman würde Kreuzberger, der vordergründig unverdächtig Erscheinende, am Ende der Täter sein. Kein Leser würde vor der letzten Seite auf diesen Verdacht kommen. Doch wenn es in diesem Buch, das Sie gerade lesen, so passieren würde, müsste ich mich vor Dietmar Beckers Raffinesse verbeugen. Und das kann ja wirklich niemand von mir verlangen. – Verdammt, ich glaube, der Student hat mir mal wieder ein paar Worte in den Mund gelegt. Wo bleibt meine Selbstbestimmung?

Die Ruhe des Raums, der weit über 100 Personen aufnehmen konnte, machte mich unruhig. Im Gegensatz zum Konzertsaal war er unbestuhlt. Die kleine Bühne war leer, nur ein paar Kabel lagen wie vergessen wirr auf dem Boden herum. Ich konnte keine Verstecke oder tödliche Fallen entdecken. Hirngespinste, redete ich mir ein und stellte mich mutig mitten in den Raum. Gleich würde Kreuzberger kommen und sich mit mir unterhalten. Nicht mehr und nicht weniger. Dummerweise glaubte ich inzwischen selbst nicht mehr so richtig daran. Wenigstens blieb im Moment noch die Hoffnung. Seltsame Fragen schossen mir durch den Kopf, sie könnten fast von Paul stammen: Was war eigentlich der Unterschied zwischen Glaube und Hoffnung? Ich wusste es nicht. Falls Becker darüber schreiben sollte, konnte er ja das Lektorat seines Verlags danach fragen.

Ein Quietschen ließ mich zusammenzucken. Ich drehte mich zur Geräuschquelle um. Der Eingang zum Foyer stand offen. Vor einer Minute war er noch geschlossen. Es gab eine weitere Änderung: Im Türrahmen stand die rothaarige Unbekannte. Sie schien von meiner Anwesenheit ebenso überrascht wie ich von ihrer. Einen kurzen Moment stand sie mit steinerner Miene erstarrt da. Wo kam sie her? Warum hat sie bisher keiner entdeckt? Lag es daran, dass Pakos Auftritt erst in drei Stunden begann und das Gebäude zu dieser frühen Stunde ungesichert war?

Vorsichtig ging ich auf die Frau zu. Ich musste mich mit ihr unterhalten. Frauen, die sprechen, töten nicht. Deswegen gab es so wenige weibliche Mörder.

»Darf ich Ihnen ein paar Fragen stellen?«, begann ich möglichst harmlos. Bewegung kam in die Rothaarige. Sie drehte sich blitzschnell um ihre Achse und knallte die Tür zu. Beinahe hätte sich ihr rotes Kleid, das sie heute trug, im Türrahmen verfangen. Ich rannte ihr nach, riss die Tür auf und sprang hinaus. Um mir einen Überblick zu verschaffen, lief ich ein paar Meter ins Zentrum des Foyers. Von links hörte ich ihre klackernden Schritte. Ich konnte gerade noch erkennen, wie sie rechts neben dem Haupteingang des Konzertsaals in einer schmalen unscheinbaren Tür verschwand. Wo ging es dort hin? Der Vorsprung an der Wand zum Konzertsaal war so klein wie eine Abstellkammer. Die Frau war darin gefangen. In wenigen Sekunden hatte ich den kleinen Vorbau von allen Seiten betrachtet, ich lugte sogar kurz in den Saal hinein und schaute, ob es dort eventuell einen zweiten Ausgang gab. Doch vergeblich: Die kleine Tür war der einzige Zugang. Jetzt hatte ich sie. Gleich würde ich das Geheimnis der Dame lüften und Becker beweisen, dass sie kein red herring war. Ohne weitere Vorsichtsmaßnahmen drückte ich den Türgriff. Nicht einmal abgeschlossen hatte sie. Woher sollte sie auch einen Schlüssel haben? Ich stieß die Tür auf und erkannte im gleichen Moment das Geheimnis dieses Kabuffs. Es war ein Treppenhaus. Keine große Treppe wie draußen im Foyer für Hunderte von Menschen, sondern eine kleine eiserne und sicherlich nicht für die Gäste des Pfalzbaus gedacht. Selbst für einen Fluchtweg war sie viel zu schmal. Welchen Sinn konnte die Treppe haben? Ich schaute nach unten und anschließend nach oben. In keiner Richtung konnte ich ein Ende ausmachen, da es viel zu dunkel war. Nur eine spärliche Notbeleuchtung tauchte das Treppenhaus in ein grünlich-mystisches Licht. Ich musste mich entscheiden: Hoch oder runter, das war hier die Frage. Nach kurzer Überlegung entschied ich mich trotz meines lädierten Knöchels für die Treppe nach oben. Dies war die richtige und zugleich die falsche Entscheidung, wie sich bald herausstellen sollte.

Zweimal umrundete ich schnaufend das trostlos wirkende Treppenhaus, dann ging seitlich eine Tür ab. Eigentlich wollte ich sofort weiter nach oben, nur aus Gewohnheit drückte ich die Klinke. Die Tür sprang auf, und ich vernahm eine Unterhaltung.

Zwei Männer starrten mich an. Der eine, er trug eine Brille mit einem auffällig pinkfarbenen Gestell, saß an einem Mischpult. Am Ende des lang gezogenen Raumes stand ein höchstens Zwanzigjähriger mit schulterlangen Haaren an einem Spot-Scheinwerfer. Ich bemerkte eine Glasfront, die eine der langen Seiten des Raumes abschloss. Ein flüchtiger Blick zeigte mir, dass man von hier aus eine herrliche Aussicht in den Konzertsaal hatte. Inzwischen hatte ich wieder genügend Sauerstoff in den Lungen, um die beiden Personen ansprechen zu können.

»Haben Sie eine Frau gesehen«, schnaufte ich ihnen staccatomäßig entgegen. »Gerade eben?«

Der Brillenträger zog einen Regler zurück und stand auf. »Was ist denn heute hier los? Ich kenne Sie nicht, haben Sie eine Erlaubnis, hier hochkommen zu dürfen?«

Ich ging zwei Schritte auf ihn zu und hielt ihm meinen

Dienstausweis entgegen. »Was ist nun? Hatten Sie Damenbesuch oder nicht?«

Der Jüngere am Scheinwerfer wurde schlagartig rot, vielleicht hatte ich ja ein Geheimnis erraten.

»Meinen Sie die mit den roten langen Haaren?«

»Ja, genau die. Wo ist sie?«

Mein Gesprächspartner zuckte mit den Schultern. »Das wissen wir doch nicht. Vor nicht mal einer Minute kam sie zur Tür hereingerannt. Als sie uns sah, ist sie sofort wieder verschwunden.«

Mist, damit hatte ich wertvolle Sekunden verloren. Ich hob meine Hand zum Abschied und lief wieder ins Treppenhaus. Ich hoffte, dass ich mich nicht in einem Hochhaus befand.

Das Glück war zunächst mit mir. Bereits ein Stockwerk höher endete die Treppe. Sprachlos stand ich am Eingang einer Halle von gigantischen Ausmaßen. Ich befand mich im Speicher über dem Konzertsaal. Hier sah es aus wie in einem Science-Fiction-Film. Der sicherlich fünf Meter hohe Raum in der gefühlten Größe eines Fußballfeldes war vollgestopft mit meterdicken Lüftungskanälen, die wie Schlangen in einem Nest kreuz und quer und anscheinend keinem System folgend dalagen. Dazwischen Hunderte dünnere Rohrleitungen, Stromkabel, die in unendlich langen Kabelbetten mündeten, und unüberschaubar viel technisches Equipment, das ich nicht ansatzweise deuten konnte. Die dunstige Beleuchtung tat ihr Übriges: Dieser Saal war nicht von dieser Welt. Jeden Moment würde das außerirdische Raumschiff abheben. Meine Fantasie ging mit mir durch: Hatte mich die Frau in eine Falle gelockt? Hier konnte sich eine ganze Kompanie verstecken, und man würde Wochen brauchen, um alle zu finden. Um mir ein klein wenig Sicherheit einzubilden, duckte ich mich hinter eine der zahlreichen Säulen.

Machte es Sinn, die Frau hier oben zu verfolgen? Anhand ihres kurzen Besuchs bei den beiden Technikern vermutete ich, dass sie sich hier ebenfalls nicht auskannte. Sollte ich Verstärkung holen? In der Zeit würde sie wahrscheinlich längst über alle Berge sein. Mein Verstand sagte mir, dass es mindestens einen weiteren Zugang zu dem Speicher geben musste. Wie hätte man sonst die riesigen Teile transportieren sollen? Das enge Treppenhaus war hierzu denkbar ungeeignet. Je mehr sich meine Augen an das schwache Licht gewöhnten, desto mehr Rohre und Leitungen nahm ich wahr. Den Gitterrost, der sich als Laufweg kerzengerade durch den Irrgarten zog, hatte ich längst entdeckt. Während ich überlegte, ob die Rothaarige diesen Weg genommen oder sich in die Büsche, das heißt, hinter irgendwelche Lüftungsrohre geschlagen hatte, hörte ich vom Ende des Speichers ein metallisches Knarren. Ich nahm meinen ganzen Mut zusammen und schlich den Gitterrost entlang. Kaum vorzustellen, wie hier jemand mit Stöckelschuhen gehen konnte. Hinter jeder Säule, hinter jedem horizontalen Rohr konnte die Unbekannte stecken. Ich ging zwar davon aus, dass sie unbewaffnet war, doch was, wenn sie eine fiese Falle aufgebaut hatte? Ich dachte an das zusammengestürzte Bühnenbild im Congressforum und die Stolperfalle im Capitol. Im Reflex suchte ich den Boden nach einem Draht ab. Nach einer Weile machte der Gitterrostweg einen 90-Grad-Knick nach links. Ich entdeckte neben dem Weg mehrere Scheinwerfer. Als ich durch einen breiten Schlitz die Bühne sah, wusste ich, dass ich mich auf der Z-Brücke befand. Eigentlich ein idealer Ort für einen Scharfschützen, wenn er sein Opfer auf der Bühne wähnte. Vielleicht war die Idee von Frau Kreuzberger mit der Hundertschaft Polizeibeamten doch nicht so abwegig. Ich schlich den Weg weiter. Vermutlich würde er an einem zweiten Treppenhaus enden, an dem ich wieder nach unten könnte. Meinem Ortssinn zufolge müsste das in der Ecke sein, wo sich auch die Künstlerzimmer befanden.

Meine Vermutung stellte sich als falsch heraus. Am Ende der Z-Brücke gingen drei oder vier Stufen hoch zu einer Metalltür. Ich war mehr als neugierig, was sich dahinter verbarg. Nachdem ich die Stufen erklommen hatte, drehte ich mich um und überblickte zur Sicherheit aus dieser Perspektive den Speicher, konnte aber keine menschlichen Aktivitäten ausmachen. Ich konzentrierte mich auf die Tür. Sollte ich oder nicht? Meine Neugier gewann, und ich öffnete sie. Grelles Tageslicht blendete mich. Vor der Tür befand sich, ebenfalls aus Gitterrosten gebaut, ein Podest. Ich blickte auf eine Perspektive des Pfalzbaus, die man nur aus der Luft haben konnte: An das Podest schloss sich eine Treppe an, die zwei Stockwerke tiefer auf dem Dach der Vorderfront des Pfalzbaus endete. In 50 Metern Entfernung begrenzte der mächtige Theatersaal den Horizont. Mir wurde das erste Mal bewusst, dass die beiden Säle durch wesentlich niedrigere Gebäudeteile verbunden waren. Im Mittelteil, direkt hinter der Vorderfront, war der Gebäudekomplex noch mal ein Stockwerk niedriger. Der Gitterrostweg, an dessen Anfang ich stand, lief nach der Treppe zunächst einige Meter auf dem flachen Vorderdach entlang, um dann erneut mittels einer Treppe in dem niedrigen Mittelteil zu münden. Was sich dort befand, konnte man, wie vorhin den Speicher, am besten mit einer Science-Fiction-Szene beschreiben: Es sah aus wie eine wissenschaftliche Versuchsstation auf dem Mond. In Wahrheit waren es wahrscheinlich Transformatorenhäuschen sowie die Außeneinheiten der Klimageräte.

Ich konnte fast alles überblicken. Hier draußen würde sich die Unbekannte weit schwieriger verstecken können als drinnen auf dem Dachboden des Konzertsaals. Ich beschloss, umzukehren. Und das war mein Fehler. Ich öffnete die Tür, und im gleichen Moment sauste etwas auf mich zu und mir wurde schwarz vor Augen.

*

»Hallo, können Sie mich hören?«

Die Stimme kam aus der Unendlichkeit. Wer war es? Wer war ich? Wo war ich überhaupt? Meine zentnerschweren Augenlider ließen sich zunächst nur einen oder zwei Millimeter öffnen. Wie durch eine Nebelwand erkannte ich schemenhaft einen Menschen, der sich über mich beugte.

»Ich glaube, er kommt zu sich«, sprach das Gesicht.

»Der Sanitäter ist unterwegs«, sagte eine andere Person, die sich außerhalb meines begrenzten Blickwinkels aufhielt.

Mein Schädel war dem Platzen nahe, ein unsichtbares Monster hämmerte mit einem Vorschlaghammer auf meinen Schläfen herum. Weitere Schmerzquellen konnte ich mit bestimmten Körperregionen in Verbindung bringen: Mein kompletter Rücken brannte wie Feuer, insbesondere an den Stellen, an denen ich mir gestern blaue Flecken eingehandelt hatte. Jemand wischte mir mit einem Taschentuch über die Augen, es fühlte sich warm und klebrig an.

»Bleiben Sie liegen, die Platzwunde an Ihrer Stirn ist nicht von schlechten Eltern.«

Meine Umwelt klarte sich optisch auf, ich sah in das grübelnde Gesicht des pinkfarbenen Brillenträgers. »Na, alles klar? Wer hat Ihnen denn eins übergezogen?«

Mit seiner Frage konnte ich wenig anfangen. Zunächst wollte ich mich um mein zweitwichtigstes Problem kümmern. Ich lag rücklings auf dem Gitterrostpodest, und dessen Metallkanten drückten dutzendfach wie ein Nagelbrett in Rücken und Beine.

»Helfen Sie mir.« Meine Aussprache empfand ich wider Erwarten als recht deutlich und ich streckte meine Arme nach oben. »Ich will mich aufsetzen.«

»Ob das eine gute Idee ist?«, meinte der Brillenträger skeptisch und zog sanft an meinen Armen. Ein Mundvoll Mageninhalt schwappte über und tropfte durch den Rost nach unten auf das Flachdach.

»Danke«, sagte ich, als ich die Sitzposition erreicht hatte. »Mir geht's schon viel besser.«

»Das mag ich bezweifeln«, antwortete mein Ersthelfer. »Hoffentlich ist Ihre Schädeldecke noch heil.«

Das hoffte ich auch. Den Schmerzen nach zu urteilen, würde es eine Weile dauern, bis das verheilt war. Mein Humorzentrum schien unverletzt, und ich beschloss, es zu testen. »Bei meinem Dickschädel kann das nur ein Kratzer sein. Deswegen bin ich sogar beim Motorradfahren von der Helmpflicht befreit.«

»Dann ist ja alles bestens. Übrigens, mein Name ist Michael Schermer, ist bin stellvertretender technischer Leiter. Und das ist –«, er zeigte auf die zweite Person, in dem ich nun den Jüngeren widererkannte, der vorhin am Spot-Scheinwerfer gestanden war, »Heiko Raubach, zuständig für Licht und Ton.«

»Prima«, sagte ich. »Jetzt brauchen wir nur noch den Zuständigen für Leib und Seele.«

Raubach missverstand mich. »Sie wollen einen Pfarrer? Geht es Ihnen so schlecht?«

»Nein, einen Arzt meine ich. Aber keinen Metzger.«

Aus meinen Augenwinkeln heraus bemerkte ich, wie die beiden sich zuzwinkerten. Für sie musste ich wohl im Delirium reden. Bestimmt hatten sie noch nie mit Dr. Metzger zu tun gehabt.

Nun vernahm ich eine Stimme, die ich kannte. Gerhard beugte sich zu mir runter. »Wie hast du das jetzt wieder geschafft?«, sagte er vorwurfsvoll. »Gut, dass ich gefahren bin, sonst müssten wir heute Abend ein Taxi nehmen.«

Ich hielt ihm zugute, dass er mich damit nur aufmuntern wollte.

»Ist es arg schlimm?«, fragte er zur Sicherheit nach.

Ich schüttelte leicht den Kopf. »Nur ein kleines Schlägchen auf die Stirn. Die Frau hat nicht richtig getroffen, wahrscheinlich konnte sie in der engen Tür nicht weit genug ausholen.«

»Welche Frau?«, fragte Gerhard überrascht. »Meinst du die Rothaarige?«

»Genau die. Statt Kreuzberger kam unsere Unbekannte. Ich habe sie bis auf den Speicher des Konzertsaals verfolgt und dann aus den Augen verloren.« Ich wandte mich an Schermer und Raubach. »Ist Ihnen die Frau noch mal begegnet?«

Während ein Sanitäter zu uns auf das Podest trat und es dadurch recht eng wurde, antwortete der stellvertretende technische Leiter: »Nein, nur das eine Mal, kurz bevor Sie bei uns reinschauten. Als Sie wieder verschwunden waren, haben wir bei Herrn Weilacher angerufen. Der hat gesagt, wir sollen Ihnen folgen und schauen, was los ist. Kurz darauf haben wir Sie gefunden.«

Ich zuckte zusammen. Irgendetwas drückte mir der Sanitäter auf die Stirn. Er hätte das wenigstens vorher ankündigen können.

»Das muss genäht werden«, sagte er. »Sonst sehen Sie in ein paar Tagen aus wie Quasimodo. Das Beste wird sowieso sein, Sie direkt ins Krankenhaus zur Beobachtung zu bringen. Es war zwar nur ein Streifschlag, aber bei solchen Fällen weiß man nie, wie sich das entwickelt. Erst denkt man, es ist alles in Ordnung, dann fangen Sie plötzlich an, Unsinn zu reden, und dann geht es sehr schnell.« Seiner Mimik nach lag ich in den letzten Zügen.

Toll, dachte ich. Mir ging es fast wieder gut, wenn nur dieses blöde Pochen in der Schläfe nicht wäre. Und die Rückenschmerzen. Und die verklebten Augen. All dies hatte ich einer Frau zu verdanken, die mich in Stöckelschuhen auf einem Gitterroststeg abgehängt hatte. Der Sanitäter hatte wohl recht: Den Helden raushängen zu lassen, könnte gefährlich werden. Doch bevor mich Gerhard in die Klinik fuhr, musste ich mit Theobald Kreuzberger reden.

Gerhard stützte mich und ich versuchte, aufzustehen. Es ging leichter als gedacht. Vielleicht hatte ich Glück und es war wirklich nur eine Platzwunde. Der Sanitäter hatte meinen Schädel großzügig eingebunden. Mit einer Mullbinde, nicht mit Polizeiabsperrband.

Die Tür zum Speicher ging auf, und Claudius Stefanus und eine weitere mir unbekannte Person kamen heraus, was das Platzangebot auf dem Podest weiter verringerte.

»Da sind Sie ja«, sagte Stefanus und meinte damit vermutlich mich. »Im ganzen Haus hat sich herumgesprochen, dass hier oben ein Polizeibeamter lebensgefährlich verletzt wurde.« Er zeigte auf einen Metallpfosten, den er in der Hand hielt. »Das Teil habe ich drinnen neben einem Scheinwerfer liegen sehen. Erst dachte ich, dass da rote Farbe dranklebt. Als ich es in der Hand hielt, erkannte ich, dass es Blut ist.«

»Ich wollte ihn noch daran hindern, das Teil aufzuheben«, meinte die zweite Person. »Mein Name ist übrigens Peter Früauf. Ich bin ein Kollege von Michael Schermer und Heiko Raubach.«

Gerhard zog einen Einweghandschuh aus der Tasche und nahm ihm den Pfosten ab, der wohl inzwischen mit Stefanus' Fingerabdrücken übersät war. Mit dieser Aktion stieg Stefanus automatisch um einige Stufen in meiner Tätervermutungshierarchie hinauf. Wer war die Frau, mit der er zusammenarbeitete? Warum war er ständig in der Nähe, wenn es Tote oder Verletzte gab? Dieses ständige Auftauchen machte ihn so übertrieben verdächtig, dass es absurd wäre, wenn er sich am Ende als Täter herausstellen würde. In einem Kriminalroman würde so ein Schluss überhaupt nicht funktionieren, in der Realität war so etwas allerdings nie ganz auszuschließen. Wir hatten mal einen Fall, da hatte ein Mann Selbstmord verübt und diesen als Mord getarnt, nur um seine Frau zu ärgern und sie lebenslänglich ins Gefängnis zu bringen. Der Hass auf seine Gattin muss wohl richtig heftig gewesen sein. Zum Glück konnten wir die Sache aufklären. Die Frau landete allerdings trotzdem lebenslänglich im Kittchen, da wir im Zusammenhang mit den Ermittlungen zufällig herausfanden, dass sie Monate vorher ihre Schwiegermutter vergiftet hatte.

»Wie kommen Sie hierher?«, fragte ich Stefanus und strengte mich an, dabei möglichst böse zu wirken.

Er verstand nicht, was ich meinte. Verwirrt antwortete er: »Auf dem gleichen Weg wie alle hier.«

»Ich meine doch, wie Sie den Weg gefunden haben. Sie arbeiten schließlich im Congressforum und nicht im Pfalzbau.«

»Ach so, das meinen Sie. Ein wenig kenne ich mich hier aus – so wie in anderen Veranstaltungshäusern auch«, ergänzte er. »Das ist nichts Ungewöhnliches, Herr Palzki.«

»Warum sind Sie eigentlich so früh hier? Der Künstler tritt erst in ungefähr zwei Stunden auf.«

Stefanus wirkte etwas verlegen. »Ich habe mit Pako etwas zu besprechen. Leider hatte er in den letzten Tagen wenig Zeit, daher wollte ich die Gelegenheit nutzen, ihn heute vor dem Auftritt zu sprechen.«

»Und dabei haben Sie zufällig erfahren, dass es auf dem Dachboden des Konzertsaals einen Verletzten gibt.«

»Einen verletzten Polizisten, ja«, bestätigte er. »Ich habe gleich an Sie gedacht, Herr Palzki.«

Mein Kollege Gerhard unterbrach den Dialog und zeigte mir den Metallpfosten, den er in der behandschuhten Hand hielt. »Der muss gleich ins Labor. In der Mitte sind deutlich rote Faserspuren zu erkennen. Hast du eigentlich die Frau erkannt, als sie dir den Prügel überzog?«

Das war in der Tat eine gute Frage. Ich überlegte und ließ den Anschlag noch mal vor meinem geistigen Auge Revue passieren. Es ging alles so schnell. Ohne richtig hinzuschauen, hatte ich die Tür zum Speicher geöffnet, und da kam auch schon der Pfosten angeflogen.

»Ich habe niemanden erkannt, sie hat den Überraschungseffekt voll ausgenutzt.«

»Du kannst also nicht mit Gewissheit sagen, dass es die rothaarige Unbekannte war, oder?«

»Wer soll es denn sonst gewesen sein? Außer mir war sie hier oben die Einzige, außerdem sind die Faserspuren wohl Beweis genug.«

»Hoffentlich hast du recht«, meinte Gerhard. »Wir sollten davon ausgehen, dass die Schöne einen Komplizen hat. Sonst könnte sie uns niemals so lang an der Nase herumführen.«

Okay, Gerhard hatte natürlich recht. Für die Ermittlungen war dies aber wenig hilfreich. Nach wie vor hatten wir keinen richtigen Anhaltspunkt. Wir wussten nicht einmal, ob der Künstler im Vordergrund der Taten stand oder die ermordeten Tuflinsky und Morda.

»Lasst uns nach unten gehen«, entschied ich für alle. »Die Spurensicherung kann den Rest machen.«

Der Sanitäter gab mir ein paar Zettel und verschwand, nicht ohne mir eindringlich zu empfehlen, unverzüglich ein Krankenhaus aufzusuchen.

Gerhard lief beim Gehen über die Gitterroste dicht neben

mir. Bis auf das nach wie vor heftige Schläfenpochen ging es mir wieder einigermaßen gut, sogar mein Knöchel hatte sich beruhigt. Ich hatte keinen Schwindel und Blödsinn redete ich auch nicht. Das hatte ich ja schließlich noch nie gemacht.

Als wir das enge Treppenhaus erreicht hatten, kamen uns Daniela Westermann und Helmut Weilacher entgegen.

»Alles in Ordnung mit Ihnen, Herr Palzki? Ich konnte leider nicht früher nachkommen.« Er zeigte auf die Frau an seiner Seite. »Frau Westermann sagte, sie würde Sie kennen.«

Ich nickte. »Alles halb so schlimm, es war nur ein Streifschlag. Wir suchen eine Frau mit auffällig langen roten Haaren und einem roten Kleid. Können Sie uns dabei helfen?«

»Kein Problem, wir lassen alle Ausgänge bewachen.« Er drehte sich um und ging nach unten. Seine Begleiterin war dabei, es ihm nachzumachen.

»Frau Westermann, womit verdiene ich die Ehre? Mit Ihnen haben wir im Moment noch nicht gerechnet.«

»Ich war mit Herrn Stefanus verabredet. Während ich ihn suchte, traf ich auf Herrn Weilacher.«

»Den Sie natürlich kennen«, ergänzte ich.

»Ja.«

»Dann lassen Sie uns mal wieder nach unten gehen. Das Ambiente in diesem Treppenhaus kann mit dem Rest des Pfalzbaus nicht mithalten.«

Ich wunderte mich, dass Dietmar Becker bisher nicht aufgetaucht war. Ein unbestimmtes Gefühl sagte mir, dass da etwas nicht stimmte.

»Herr Weilacher«, sagte ich, als wir im Foyer angekommen waren. »Ich muss den Mann von Pakos Managerin dringend sprechen.«

»Den habe ich vorhin vor dem Kammersaal gesehen. Er war auf dem Weg zu den Künstlerzimmern.«

»Das kläre ich«, meinte Gerhard. »Aber zuerst fahre ich dich ins Krankenhaus.«

»Gleich, Kollege. Zuerst muss ich selbst mit Kreuzberger sprechen.« Ich lief durch den Konzertsaal in Richtung Künstlerzimmer. Der Comedian war abwesend, im Raum befanden sich nur seine Lebensgefährtin und das Ehepaar Kreuzberger, das sich gerade mal wieder zoffte.

Frau Kreuzberger unterbrach den Disput und wandte sich mir zu: »Um Gottes willen, was ist denn mit Ihnen passiert?« Ohne eine Antwort abzuwarten, sprach sie weiter: »Pako ist ganz allein im Haus unterwegs, und vermutlich ist niemand bei ihm. Das ist ein Skandal! Was da alles passieren kann, nicht auszudenken.«

Mir schoss schon wieder eine neue Idee durch den Kopf. Ist vielleicht sie unsere Täterin? War ihr Gehabe nur ein geschickt gesteuertes Ablenkungsmanöver? Doch warum sollte sie ihren Schützling ermorden wollen? Egal, zunächst musste ich mich um ihren Mann kümmern.

»Herr Kreuzberger, warum sind Sie nicht zu unserem Treffen gekommen?«

Er schaute mich komisch an. »Welches Treffen? Habe ich etwas verpasst?«

»Sie haben mir doch ein Fax geschickt, weil Sie mich um 16 Uhr im Kammersaal treffen wollten.«

Kreuzberger schienen die Augäpfel herauszufallen. »Ich Ihnen ein Fax geschickt? Es ist Monate her, dass ich das letzte Mal etwas gefaxt habe. Nein, Herr Palzki, da muss eine Verwechslung vorliegen.«

Das war ja unglaublich. Irgendjemand hatte mir ganz bewusst diese Falle gestellt. Ob es sich um die rothaarige Frau handelte oder ein Komplize im Spiel war, harrte allerdings noch der Aufklärung. Ein anderer Gedanke kam mir in den Sinn: Verleugnete Kreuzberger sich selbst, weil seine

Frau anwesend war? Zumindest diesen Punkt konnte und wollte ich gleich ausschließen.

»Wo ist eigentlich Ihr Freund?«, fragte ich Henrike Reichlinger.

»Der wollte den Wein aus seinem Wagen holen«, antwortete sie mit ihrer zuckersüßen Stimme. »Ich mache mir aber langsam Gedanken, weil er schon so lang unterwegs ist.«

Ich nutzte die Gelegenheit. »Gerhard, du bleibst hier, Herr Weilacher, Sie auch.« Ich deutete auf Theobald Kreuzberger. »Sie kommen bitte mit.«

Er gehorchte und folgte mir. Auf dem Weg zur Bühne des Konzertsaals fragte ich ihn erneut, dieses Mal unter vier Augen: »Jetzt sind wir allein. Haben Sie mir das Fax geschickt?«

»Aber nein, nie im Leben. Was soll ich Ihnen überhaupt geschrieben haben?«

Ich hatte den Eindruck, als würde er die Wahrheit sagen.

»Dann gehen Sie bitte wieder zu den anderen zurück.«

»Warum wollten Sie dann, dass ich mit Ihnen mitgehe?«

»Weil ich Sie unter vier Augen sprechen wollte.«

Kreuzberger verstand. »Ich habe keine Geheimnisse vor meiner Frau.«

Ich ließ ihn stehen. Pako war im Moment wichtiger. Dieser kam mir wenige Sekunden später entgegen. In seinen Armen trug er einen Karton.

»Man sucht Sie schon.«

»Ich wurde aufgehalten«, setzte er dagegen. »Was ist denn passiert? Wer hot Ihne uff de Deetz gekloppt?«

»Nur ein kleiner Unfall«, bagatellisierte ich. »Von wem wurden Sie denn aufgehalten?«

Er lächelte verschmitzt. »Polizisten sind ja immer sehr neugierig. Ich weiß, Sie haben zwei Mordfälle aufzuklären. Daher will ich Ihnen sagen, was ich gerade erlebt habe.«

Der Comedian setzte den Karton, der schwer sein musste, auf dem Boden ab.

»Dieser Dietmar Becker wars. Ich hab's ja schon die ganze Zeit bemerkt, dass er mir etwas sagen möchte. Und dann war es doch wieder das Gleiche.«

»Das Gleiche? Wie muss ich das verstehen?«

»Weil ich ständig Angebote von Leuten erhalte, die meinen, sie müssten für mich als Gagschreiber tätig werden. Jeder, der eine Handvoll Witze auswendig gelernt hat, meint, dass er damit die Comedy-Bühnen dieser Welt begeistern kann. Ich kann es nicht mehr hören: Pako, wie gefällt Ihnen dieser Gag oder jenes Wortspiel? Meistens sind die Dinger schon so alt, dass sie einen Bart haben.«

»Das wollte Ihnen Herr Becker anbieten?« Ich überlegte. »Prädestiniert dafür wäre er. Seine angeblichen Krimis, die er schreibt, sind so schräg, dass man nicht weiß, ob man darüber lachen oder weinen soll.«

Pako schüttelte seinen Kopf. »Darum geht es überhaupt nicht. Ich schreibe meine Texte nämlich selbst. Und zwar komplett alle. Ich brauche keinen Gagschreiber, meine Fantasie ist mindestens grenzenlos.«

Ich verstand. Dietmar Becker wollte sich ein paar zusätzliche Einnahmen sichern. Ich konnte nur hoffen, dass der Student niemals auf die Idee kam, als Comedian auftreten zu wollen.

»Okay, dann wäre dieser Punkt geklärt. Was will eigentlich Claudius Stefanus von Ihnen?«

Er seufzte. »Noch so einer, der von mir profitieren möchte.« Er schaute mich verschwörerisch an. »Das muss aber unter uns bleiben, Herr Palzki. Das habe ich Claudius versprochen. Schließlich hat es ja nichts mit den Morden zu tun.«

»Dann schießen Sie mal los. Ich bin mehr als gespannt.«

»Claudius Stefanus will sich mit einer Künstleragentur selbstständig machen. Das darf aber sein Arbeitgeber noch nicht erfahren. Im Moment versucht er, alle möglichen Künstler dazu zu überreden, zu ihm zu wechseln.«

Oha, dies war eine interessante Information. Ob die Sache wirklich nichts mit den Morden zu tun hatte? Ich hakte nach: »Und Sie? Werden Sie Ihr Management wechseln?«

»Warum denn? Ich bin mit Karin mehr als zufrieden. Stefanus hat zwar ein vielversprechendes Angebot vorgelegt, ich werde trotzdem Karin Kreuzberger treu bleiben.«

Er bückte sich und hob seinen Karton auf.

»Haben Sie noch etwas auf dem Herzen? Dann müssten Sie mit ins Zimmer kommen, sonst kommt der Wein nicht mehr rechtzeitig auf seine Idealtemperatur. Un ähn läppsche Woi will ich heit owend net trinke.«

»Das wär's im Moment, Herr Pako, äh, Herr äh.«

»Bleiben Sie bei Pako, Herr Palzki. Des is mei Spitzname, un alle Welt nennt mich so.«

»Wie Sie möchten«, entgegnete ich. »Sind Sie morgen früh zu Hause erreichbar? Bis dahin liegen ein paar wichtige Ermittlungsergebnisse vor, die ich gern mit Ihnen besprechen möchte.«

Ich hatte zwar keine Ahnung, ob das stimmte, es klang aber gut und machte neugierig.

Pako überlegte kurz. »Ja, ich habe erst wieder am Wochenende einen Auftritt.«

»Aber dann wahrscheinlich auch erst am Abend. Was macht eigentlich ein Künstler wie Sie den ganzen Tag? Reichen die zwei Stunden Arbeit alle paar Tage aus, um den Lebensunterhalt zu sichern?«

Pako lachte schallend. »Haben Sie eine Ahnung! Ich habe Ihnen ja gerade erzählt, dass ich meine Texte komplett selbst schreibe.«

»Ja, aber das machen Sie doch nur einmal, oder? Auf der Bühne erzählen Sie doch immer dasselbe.«

»Das Gleiche, Herr Palzki. Und nicht einmal das. Ich denke, ich werde Ihnen bei Gelegenheit ein paar Freikarten besorgen, dann können Sie sich das Programm in Ruhe anhören.«

Da er etwas angesäuert klang, schob ich beruhigend nach: »Meine Frau ist ein Fan von Ihnen, sie hat alle Ihre DVDs gekauft.«

»Ach, Ihre Frau war das«, antwortete der Künstler schlagfertig und schien wieder guter Laune. Schnell ergänzte er: »Das war ein Witz, Herr Palzki.«

»Hab's schon verstanden. Dann also bis morgen früh. Machen Sie sich bis dahin Gedanken, wer diese Stalkerin sein könnte, die Sie in der letzten Zeit belästigt.«

SZENE 17 KPD STELLT EIN ULTIMATUM

Im Foyer traf ich auf den wartenden Gerhard und Herrn Weilacher. Im Schnelldurchgang erstattete ich meinem Kollegen Bericht.

Dann war Gerhard an der Reihe: »Ich habe in der Zwischenzeit bei Jutta angerufen und etwa zwei Dutzend zusätzliche Beamte angefordert. Zum einen für die Sicherheit Pakos, zum anderen, um die ominöse Rothaarige aufzuspüren.«

»Die wird sich irgendwo im Gebäude versteckt haben und erst wieder rauskommen, wenn die Luft rein ist«, meinte ich.

»Dann wird sie schlechte Karten haben«, bemerkte der technische Leiter. »Wenn wir nach Veranstaltungsende die Alarmanlage einschalten, sind automatisch alle Bewegungsmelder aktiv. Dann kann man sich zwar unbemerkt in einem Technikraum aufhalten, diesen aber nicht heimlich verlassen.«

Gerhard freute sich. »Das ist prima, irgendwann wird sie wohl aus ihrem Versteck kommen, wenn sie nicht verdursten will.«

Wir verabschiedeten uns von Helmut Weilacher. Zufällig kam der Student Becker aus irgendeinem Winkel des Pfalzbaus angelaufen. Er schaute wenig glücklich aus der Wäsche.

In der Tiefgarage suchte Gerhard verzweifelt nach Kleingeld, weshalb ich mir einen Kommentar nicht verkneifen konnte: »Hättest du oben geparkt, müsstest du jetzt nicht nach Geld suchen.«

»Oben? Meinst du, in der Feuerwehrzufahrt?«

Zu einem Streitgespräch hatte ich momentan keine Lust. Becker und ich stiegen in Gerhards Wagen. Als unser Fahrer nachkam, meinte dieser: »Krankenkasse oder privat?«

Ich schaute zuerst verblüfft nach hinten zum Studenten, weil ich die Frage nicht auf mich bezog.

»Doch, doch, ich meine dich. Wenn du über die Krankenkasse abrechnen willst, fahre ich in die Klinik, ansonsten auf den Campingplatz ›Auf der Au‹. Dr. Metzger würde sich freuen, dich zu seiner Stammkundschaft zählen zu dürfen. Ich habe ihn vorhin auf dem Handy erreicht. Er war gerade mitten in einer komplizierten Operation.«

Mit dem Notarzt hatte ich so meine eigenen Erfahrungen gemacht. An Fasnacht hatte er, als ich gegenüber des Schifferstadter Hauptbahnhofs ebenfalls niedergestreckt wurde, mit einer grauen Secondhand-Mullbinde meine Kopfwunde verbunden. Ich bekam immer noch Schüttelfrost, wenn ich daran dachte.

Die Szene im Krankenhaus ist nur einer kurzen Erwähnung würdig.

Gerhard nutzte eifrig die Gelegenheit, seinen weiblichen Bekanntenkreis zu erweitern und sammelte Telefonnummern und E-Mail-Adressen in einer Vielfalt ein wie ich als Junge Sportlerbilder für meine vielen Klebealben.

Dietmar Becker versuchte, mich während der Wartezeit zu beruhigen, indem er mir seine 200 allerbesten Blondinenwitze erzählte. Selbst der Hinweis auf die Haarfarbe meiner Ehefrau brachte ihn nicht zum Schweigen. Wahrscheinlich überkompensierte er seine Absage als Pakos Gagschreiber. Fast war ich versucht, ihn von einer Karriere als Comedian zu überzeugen, wenn er im Gegenzug das Schreiben dieser verrückten Kriminalgeschichten unterlassen würde. Rechtzeitig kam mir aber der Gedanke, dass der Student ja auch beides machen könnte, was die Qualität der Krimis mit Sicherheit weiter verschlechtern würde. Ich nahm mir bestimmt zum hundertsten Mal vor, bei Gelegenheit selbst einen Krimi zu schreiben, aber mit einem richtigen und kompetenten Kommissar. Dann könnte ich sogar den einen oder anderen meiner eigenen durchwegs positiven Charakterzüge einbauen.

Das Nähen der Platzwunde tat verdammt weh. Glücklicherweise war der Knochen unter der Haut heil, was der Arzt mittels einer ebenfalls schmerzhaften Prozedur feststellte. Zum Abschluss verpasste er mir zusammen mit Besserungswünschen eine Portion Tetanusimpfstoff.

»Keine Angst, es tut nicht weh. Die Nadel ist ganz stumpf«, sagte er gehässig.

In der Cafeteria fand ich Dietmar Becker und Gerhard. Letzterer hatte sich eine gerötete Wange eingefangen, weil er versehentlich eine Krankenschwester anbaggerte, mit der er vor einiger Zeit liiert gewesen war, diese aber nicht wiedererkannt hatte.

»Man kann sich nicht alles merken«, meinte er lapidar. »Ich glaube, damals hatte sie die Haare länger.«

Kurz vor Schifferstadt wandte ich mich an unseren Gast. »Na, Herr Becker, wollen Sie morgen nicht mal einen freien Tag einlegen? Sie haben es ja heute erlebt, nichts als langweilige Routinearbeit.«

»Wie bitte?« Beckers Stimme überschlug sich fast. »Es gab einen Toten und beinahe mit Ihnen einen zweiten.«

»Routine, sagte ich bereits.«

Gerhard grinste und Dietmar Becker konnte es nicht fassen. »Selbstverständlich bin ich morgen mit von der Partie. Ich habe inzwischen meine Gedanken vorsortiert: Gleich heute Abend schreibe ich ein Exposé für einen neuen Krimi. Ich weiß auch schon, wer der Täter sein wird. Da kommt bestimmt niemand drauf.«

Bestimmt wird der Autor der Mörder sein, dachte ich, obwohl ich ihn mir angesichts der Qualität seiner Werke als Opfer wünschte.

»Halten Sie eigentlich KPD auf dem Laufenden?«

»Ach herrje, das habe ich ja ganz vergessen.« Er schlug sich mit der flachen Hand auf die Stirn, ohne sich wehzutun. »Das mache ich am besten gleich. Vielleicht kann ich ein paar vertrauliche Informationen bei Diefenbach abgreifen.«

»Ich wäre Ihnen sehr verbunden, wenn Sie mich in Ihrem Bericht nicht erwähnen würden«, gab ich Becker zu verstehen.

»Keine Angst, ich werde so tun, als wären Sie heute überhaupt nicht dabei gewesen, Herr Palzki.«

Gerhard war gründlich und übergab mich persönlich meiner Frau.

»Pass ein bisschen auf deinen Mann auf, der hat einen kleinen Dachschaden«, sagte er zu Stefanie und zwinkerte ihr zu.

Nachdem ich ihr versichert hatte, dass es nur eine kleine Platzwunde war, verabschiedete sich mein Kollege und Stefanie sagte: »Leg dich ein paar Minuten auf die Couch, ich mache dir zur Stärkung eine Kartoffelsuppe mit Zucchini. Das Rezept habe ich vorhin in einem Buch von Pako gelesen. Wieso bist du eigentlich so früh zu Hause? Pakos Auftritt fängt doch jetzt erst an. Ist deine Wunde schlimmer, als du mir erzählt hast?«

»Nein«, stritt ich ab. »Es pocht nur etwas an der Schläfe. Mit dem Kopfweh wollte ich aber nicht den ganzen Abend Witze hören.«

»Wieso? Pako ist sehr amüsant. Ich höre ihn gern und habe ja auch ein Buch von ihm. Wie ist er eigentlich so als Mensch?«

Was war das jetzt für eine Frage? Ich bin doch Polizist und kein studierter Philosoph. »Er ist schon in Ordnung«, sagte ich. »So als Mensch, meine ich. Sein Gemüsefimmel ist vielleicht etwas übertrieben. Also für einen Mann, meine ich.«

»Ich würde gern mal wieder eine Veranstaltung von

ihm besuchen. Das neue Programm habe ich noch nicht gehört.«

Ich nahm meine Frau in den Arm. »Gleich morgen früh frage ich ihn, ob er ein paar Freikarten für uns hat.«

Stefanie lächelte und mir fiel etwas auf. Es war ruhig im Haus. Verdammt ruhig für diese Uhrzeit.

»Um Himmels willen, was ist mit den Zwillingen? Sag schon!«

»Lisa schläft bereits seit einer halben Stunde und Lars ist vor zehn Minuten eingeschlafen. Ich hoffe, dass es ihr erster Nachtschlaf ist.«

Zur Erklärung muss man sagen, dass das Wort *Nachtschlaf* bei uns ein Synonym für die Zeitspanne von 60 bis maximal 100 Minuten war.

»Und was ist mit Melanie und Paul?«

Die Frage nach Melanie hatte sich im gleichen Moment erledigt. Sie kam ins Wohnzimmer.

»Hi, Daddy. Schau mal, was ich heute gekriegt habe!« Sie überreichte mir ein DIN A 3 großes Blatt, das durch Trennlinien in kleine Rechtecke perforiert war. »Das sind alles kostenlose Gutscheine fürs Caravella. Der Besitzer meinte, wir würden so was jetzt jede Woche bekommen, solang der Vertrag läuft.«

Für einen Moment hörte sogar mein Schläfenpochen auf. Irgendwie musste ich mich aus dieser Situation rausmogeln und alles möglichst schnell geradebiegen. Immer diese blöden und unverschuldeten Fettnäpfchen, die sich vor mir auftaten.

»Was für ein Vertrag?« Stefanie wurde aufmerksam. Sie nahm mir die Gutscheine ab und warf einen Blick darauf. »Das ist ja lauter ungesundes Zeug. Und alles mit Ketchup und Mayo. Wer isst denn so etwas?« Sie schaute mir auf den Bauch. »Außer dir natürlich.«

Ich wollte gerade ansetzen und mich mit einem Witz außer Gefahr bringen, doch ich hatte keine Chance.

»Melanie, du hast von einem Vertrag gesprochen. Um was geht es da genau?«

»Das ist polizeiintern«, mischte ich mich ein, um Melanie vor einer Notlüge zu bewahren. »Wir lassen uns zurzeit testweise auf der Dienststelle vom Caravella beliefern. Das könnte billiger sein, als eine Kantine einzurichten.«

Stefanie roch den Braten. »Und du hast das wohl initiiert und bekommst als Schmiergeld die Gutscheine. Mensch, Reiner, wenn das jemand mitkriegt, was du damit zu schaffen hast.«

Hoffentlich bekam Stefanie niemals mit, was ich da wirklich geschafft hatte.

»Selbstverständlich nutze ich die Gutscheine nicht für mich privat. Davon werden alle Kollegen profitieren.«

Meine Frau referierte noch eine Weile über gesundes Essen und dass auch Polizeibeamte mal einen Salat essen könnten, aber ich hörte nur mit einem Viertelohr zu. Grundsätzlich hatte sie teilweise bestimmt recht, doch mein Problem war existenziell wichtiger. Ich musste diesen blöden Werbevertrag kündigen und zwar am besten rückwirkend. Es war sowieso bereits ein kleines Wunder, dass ihr noch niemand von den Plakaten oder den Videos berichtet hatte.

Das Thema erledigte sich zunächst von allein. Lisa brach ihren Nachtschlaf Teil 1 ab.

Auf die Schnelle schmierte mir Stefanie ein paar Brote, während ich, hilfsbereit wie stets, Lisa wickelte, die fröhlich mit mir lachte. Meine Frau staunte über die Vater-Tochter-Juxerei sowie meine Fertigkeiten. »Gell, da guckst du«, meinte ich nach getaner Arbeit stolz. »Selbst KPD war beeindruckt.«

Stefanie zog sich mit unserer jüngsten Tochter zurück und der momentane Schrecken der Palzki-Familie betrat die Bühne.

Paul schlenderte suchend in die Küche und öffnete hier eine Schublade und dort eine Schranktür. Seine Begrüßung war homöopathisch angedeutet.

»Was suchst du?«, wunderte ich mich.

»Melanie, die doofe Kuh, hat die Schokolade versteckt.«

Magensäure ploppte mir im Reflex hoch. Ich musste Paul helfen.

»Wieso hat sie das getan?«

»Weiß ich doch nicht«, antwortete er und öffnete den Backofen.

Da ich immer noch nichts Näheres wusste, fragte ich weiter: »Wer hat die Schokolade gekauft, und wem gehört sie?«

»Melanie, der bl –«

Ich unterbrach ihn. »Aha, lass mich mal zusammenfassen. Melanie hat von ihrem Taschengeld Schokolade gekauft.«

Paul nickte. »Das ist aber noch lang kein Grund, sie zu verstecken.«

Ich überlegte. Die Motivation, die Schokolade zu finden, stand, nach Personen gerechnet, 2:1. Nach den Mehrheitsregeln müsste ich somit Paul helfen, damit wir die versteckte Süßigkeit fanden. Moralisch wäre das aber verwerflich. Da ich die Moral als eine der wichtigsten Errungenschaften des modernen Menschen ansehe, überredete ich Paul, seine Suchaktion einzustellen, indem ich ihm versprach, morgen mit ihm einkaufen zu gehen.

»Dann gehen wir aber zum Aldi«, meinte er. »Die haben größere Einkaufswagen als wie der Lidl.«

*

Eine kurze Nacht war besser als gar nicht schlafen. Todmüde und erschlagen standen wir Mittwochfrüh auf. Während die Zwillinge gemeinsam für einen neuen Weltrekord bezüglich menschlich erzeugter Lautstärke übten, weckte ich die beiden Großen. Hatte ich gestern Abend noch gehofft, dass die schwierigen Fragen Pauls versiegt seien, wurde ich eines Besseren belehrt.

»Papa«, fragte er unmittelbar nach meinem ›Guten Morgen‹, »muss man für den Besuch beim Hellseher einen Termin haben?«

Ich ignorierte seine Frage, doch die Taktik funktionierte nicht.

»Papa, wenn Sonnenblumenöl aus Sonnenblumen gemacht wird, woraus wird dann Babyöl gemacht?«

Vaterschaftstest oder Paul ins Internat geben, darum drehten sich meine Gedanken in den nächsten Minuten. Ich kam zu dem Resultat, dass beides sinnlos wäre. Paul war im Verhalten ein absoluter Klon seines Vaters. Nur, dass er auf die verrückten Ideen zwei bis drei Jahre früher kam als ich damals. Und Paul in ein Internat zu geben, dürfte vor dem Hintergrund des Weltfriedens ebenfalls nicht sinnvoll sein. Er würde in kürzester Zeit alles aufmischen und die Lehrer reihenweise wie Lemminge in den Freitod treiben. Auch wenn die Sache mit den Lemmingen nur erfunden war.

Nachdem die erste Hälfte unserer zahlreichen Kinderschar das Haus verlassen hatte, wechselte mir meine Frau den Verband, danach kümmerte ich mich ein wenig um die Zwillinge, damit Stefanie duschen und frühstücken konnte. Während Lars mich argwöhnisch musterte, vertiefte sich die Bindung zu Lisa. Wie unterschiedlich doch Zwillinge sein konnten.

Bei der Verabschiedung versprach ich meiner Frau, heute

wieder zeitig zu Hause sein zu wollen. Erst morgen Abend stand KPDs Auftritt im Congressforum an. Vielleicht konnte ich mich davor drücken.

*

Erfreut registrierte ich, dass Jürgen wieder im Dienst war. Als Koryphäe der Recherche hatte sich unser Jungkollege inzwischen als sehr hilfreich erwiesen.

»Hallo, Jürgen, gut, dass du wieder da bist. Ich hätte da ein paar Sachen für dich zum Überprüfen, die mir heute Nacht eingefallen sind.« Ich schrieb ihm ein paar Notizen auf. Gerhard und Jutta waren zunächst neugierig, nach dem Lesen der Notizen aber enttäuscht. Hatten sie gedacht, ich hätte das Rätsel gelöst? Mitnichten, es handelte sich nur um Routineüberprüfungen.

»Jürgen, ergänze die Notizen bitte um einen Ansgar Schmitt. Das ist der Geschäftsführer der Fensterbaufirma in Speyer. Klär mal bitte ab, ob er wirklich Golf spielt und ob es eine Verbindung zu Tomas Morda gibt. Ich meine, abseits der Arbeitgeber-Arbeitnehmer-Beziehung.«

Nun wollte Jutta alles über meinen kleinen Unfall wissen. Unter Auslassung unwichtiger Details berichtete ich ihr von den gestrigen Ermittlungen.

Als ich fertig war, zeigte sie auf einen Aktenstapel, der in den letzten Tagen beträchtlich an Höhe gewonnen hatte. »Es ist wie verhext, alle Ansätze verlaufen im Sand. Wir sind weder in der Sache Tuflinsky weitergekommen, noch bezüglich des Anschlags im Capitol, von der Ermordung Mordas ganz zu schweigen.« Sie seufzte. »Die Frankenthaler haben auch dieses Mal sehr schnell gearbeitet und uns die Akte bereits gestern Abend übergeben. Bei den Mannheimern dauert es noch, das hatte ich erwähnt. Übrigens, aus dem Pfalzbau gibt es nichts Neues zu berichten. Es gab weder einen Anschlag auf Pako, noch ist die unbekannte Rothaarige aufgetaucht.«

»Das gibts nicht«, schimpfte ich laut zu mir selbst. »Die Frau kann doch nicht einfach spurlos verschwinden.« Ich schnappte mir die Akte und blätterte lustlos darin herum. »Hast du dich um die Gemeinderatssache in Seckenheim kümmern können, Jutta?«

»Ich habe die meisten Mitglieder telefonisch abgeklappert. Ohne Ausnahme bezeichneten sie Tuflinskys Tunnelidee als größten Blödsinn der Ortsgeschichte. Selbst die Parteigenossen nahmen ihn nicht ernst.«

»Seltsam«, kommentierte ich ihre Aussage, während ich umständlich die Keksdose öffnete, »als Erpresser und Vielchatter scheint er sich ja einen Namen gemacht zu haben. Das passt irgendwie nicht zusammen. Wurden die Chatdaten ausgewertet?«

»Du weißt doch, was KPD gesagt hat. Er hält das für überflüssig und gibt dafür keine Ressourcen frei. Um auf das Thema Neckartunnel zurückzukommen: Ein Gemeinderatsmitglied meinte, dass er diesen Spleen erst seit einem Jahr hatte. Und zwar wenige Tage, nachdem sich seine Frau bei ihm gemeldet hatte.«

»Waff?« Ich sammelte die herausgefallenen Keksbrocken ein und schluckte den Rest hinunter. »Was? Das darf ja nicht wahr sein. Guru hat erzählt, dass seine Mutter seit Jahren verschwunden sei.«

»Vielleicht wusste er von dem Treffen nichts«, bemerkte Gerhard. »Hast du über Tuflinskys Frau weitere Infos?«

Jutta nickte. »Der Parteikollege, von dem ich das erfahren habe, ist so etwas Ähnliches wie ein Freund von Tuflinsky gewesen, so hat er mir jedenfalls das Verhältnis beschrieben. Demnach hat sich seine Frau eines Tages bei ihm telefonisch gemeldet und für ein Treffen verabredet. Irgendwo in der Vorderpfalz, meinte er. Es sollte eine Aussprache werden. Doch nach diesem Tag hat Tuflinsky seine Frau kein einziges Mal mehr erwähnt. Fragen ging er aus dem Weg. Und jetzt kommt der Knaller: Tuflinskys Frau ist die Schwester der Seckenheimer Bürgermeisterin und unter deren Haus sollte der Tunnel beginnen. Na, was sagt ihr dazu?«

»Wir müssen zu Guru.« Mehr fiel mir dazu im Moment nicht ein.

»Aber zuerst seid ihr bei Pako angesagt«, sagte Jutta.

»Das ist eine der verrücktesten Ermittlungen, die ich je erlebt habe.« Um diese These zu festigen, stopfte ich mir mehrere Kekse in den Mund.

Jutta raufte sich die Haare. »Ich habe auch nicht die blasseste Ahnung, wie die Anschläge auf Tuflinsky, Morda und den Künstler zusammenhängen. Wenn wir diese Beziehung aufdecken, sind wir einen Riesenschritt weiter.«

»Und der Anschlag auf mich?«

»Berufsrisiko«, neckte sie mich. »Scheint ja nur eine Platzwunde zu sein, so wie du Kekse futtern kannst.«

»Ich esse mit dem Magen«, erwiderte ich erbost. »Außerdem muss ich den hohen Blutverlust ausgleichen. Nach dem Blutspenden gibts auch immer Kekse.«

Alle lachten und mir fiel noch etwas ein. »Jürgen, habe ich dir den Namen Daniela Westermann auf den Zettel geschrieben? Die arbeitet im Congressforum. Check sie mal durch.«

»Steht drauf, Reiner«, sagte Jürgen.

Die Lösung lag ja des Öfteren im Unerwarteten. Und diese Frau Westermann tauchte genau wie ihr Kollege Stefanus mit einer zielstrebigen Regelmäßigkeit an allen Tatorten auf. Ihre Motivation, immer zufällig vor Ort zu sein, war mir unbekannt. Dass sie ein so großer Fan von Pako war, dass sie – ein Gedankenblitz unterbrach meine Überlegungen – war sie vielleicht die Stalkerin, die dem Künstler auflauerte? Zu Tuflinsky und Morda hatte sie berufsbedingt ständigen Kontakt. Wurde auch sie von dem Techniker erpresst und Morda hatte beobachtet, wie sie Tuflinsky die Falle stellte? Ich musste unbedingt Dietmar Becker fragen, wer der Täter oder die Täterin in seinem neuen Krimi sein würde. Vielleicht war ich auf der richtigen Spur. Ich traute Becker aber durchaus zu, dass darin eine auffällig rothaarige Frau vorkam, die sich am Ende als red herring herausstellt.

Wie auch immer, ich wurde jäh in meinen Gedankengängen unterbrochen. Dieses Mal allerdings nicht dadurch, dass KPD unerwartet in der Tür stand, nein, er kündigte sich durch lautstarken Gesang an:

Muss i denn, muss i denn zum Städtele hinaus
und du mein Schatz bleibst hier.
Wenn i komm, wenn i komm, wenn i wieder wieder komm
kehr i ein, mein Schatz, bei dir.

Bei der letzten Zeile hatte er Juttas Büro erreicht. Hinter ihm lief Becker, der ein Gesicht machte, als hätte er gerade eine Abmahnung von Gevatter Tod erhalten.

»Guten Morgen wünsche ich Ihnen!« Diefenbach machte eine überschwängliche Verbeugung vor uns, die mehr als lächerlich aussah. Polternd setzte er sich an den Besprechungstisch. Becker wusste nicht so recht, was er machen sollte, da kein Stuhl mehr frei war.

»Nehmen Sie sich meinen Bürostuhl hinter dem Schreibtisch«, sagte Jutta. Der Student nickte dankbar.

KPD wedelte mit einem Stück Papier. »Das ist die DNA-Analyse aus meinem Fall. Die Ergebnisse sind eindeutig, die Frau ist seit etwa einem Jahr tot. Ermordet, das steht für mich fest. Da gibt es keinen Zweifel.«

Jutta äußerte sich: »Leider gibt es dazu keinen passenden Vermisstenfall in Rheinland-Pfalz.«

»Rheinland-Pfalz! Ich bitte Sie, Frau Wagner! Ich ermittle in einer Sache von internationaler Bedeutung. Sie werden sehen, sobald ich den Fall aufgeklärt habe, werden prominente Köpfe rollen.«

KPD klopfte mit seinen Fingern auf der Tischplatte einen mir unbekannten Rhythmus. »Die Analyse habe ich zwecks Abgleich an die wichtigsten Datenbanken weitergeleitet. Ich rechne stündlich mit einem Ergebnis. Der Zeitplan ist perfekt: Heute die Aufklärung des Verbrechens, morgen mein wichtiger Vortrag in Frankenthal und ab Freitag kann ich mich voll und ganz auf McStirnhör konzentrieren. Ich sags ja immer: Organisatorisch bin ich ein unschlagbares Ass.«

Er schielte zu mir. »Was man von Ihnen nicht behaupten kann, Herr Palzki. Wie weit sind Sie mit Ihren Ermittlungen? Haben Sie den Täter endlich gefasst? Sind es immer noch zwei Morde, oder muss ich meine Statistik updaten? Was haben Sie da überhaupt für ein Pflaster an der Stirn?«

Schnell stopfte ich mir ein paar Kekse in den Mund, um ein paar Sekunden Zeit zum Nachdenken zu gewinnen.

»Ihre Datenbank ist noch aktuell. Im Prinzip könnten wir die Ermittlungen heute abschließen, Herr Diefenbach. Aber wir wollen Ihnen nicht in den Rücken fallen.« Auf das Pflaster ging ich nicht ein. Ein Vorgesetzter muss nicht alles wissen.

»Wie ist das zu verstehen?«

»Wir nehmen selbstverständlich Rücksicht auf Sie. Wie würde das aussehen, wenn wir unseren Mordfall vor Ihnen aufklären. Ihre ganze Reputation stünde auf dem Spiel. Außerdem besteht die Chance, dass es noch zu einem weiteren Mordfall kommt. Dann könnten Sie in Ihrer Computer-Tabelle den Abstand zu den Karlsruhern vergrößern und absichern.«

KPD dachte nach. »Da ist was dran. Aber lassen Sie sich nicht zu lang Zeit. Bis zum nächsten Termin mit der Unternehmensberatung muss das abgeschlossen sein, haben Sie verstanden? Wie laufen eigentlich die Gespräche mit McStirnhör? Nichts wäre störender, als wenn die Berater mit eigenen Ideen aufwarten würden. Und wie steht es mit der Sicherheit morgen Abend im Congressforum? Wenn auch nur eine Kleinigkeit passiert, Palzki, dann versetze ich Sie als Parkwächter in die Jugendverkehrsschule.«

SZENE 18 KÜNSTLERFREIHEIT

KPD stand auf und begann mit seinem Rückzug. Im Türrahmen drehte er sich nochmals um: »Ja, was ist, Herr Becker? Kommen Sie, heute fällt die Entscheidung. Morgen soll die ganze Welt wissen, wie ich den Fall gelöst habe. Haben Sie bei Ihren Zeitungen Bescheid gegeben, dass die Titelseiten bis kurz vor dem Andruck für mich frei gehalten werden?«

Sekunden später war der Spuk vorbei. Eigentlich wollte ich KPD noch danken, dass er Becker mitgenommen hatte, doch das hätte wohl nur für unnötige Verwirrung gesorgt.

»Jutta, würdest du bitte nachher bei dieser komischen Unternehmensberatung anrufen und fragen, was die planen? Du kannst Ihnen sagen, dass ich zurzeit dick im Stress stehe und mich leider nicht selbst melden kann.«

Meine Kollegin nickte. »Und was ist mit Frankenthal?«

»Was soll damit sein? Es kommt, wie es kommt. Da werden wir einfach etwas improvisieren. Vielleicht lade ich die Stirnhörs ein. Ja, das ist eigentlich die Idee. Jutta, würdest du das bitte für mich erledigen? Sag denen, es gibt morgen eine Podiumsdiskussion mit Herrn Diefenbach. Thema: … Ach, lass dir irgendetwas Dappisches einfallen, es passt schon.«

»Dappisch? Seit wann sprichst du Hochpfälzisch?«, fragte Jürgen.

»Weil es dafür kein geeignetes hochdeutsches Wort gibt«, erklärte ich dem Jungkollegen.

»Soll ich das wirklich?«, fragte Jutta unsicher.

»Absolut. Ich werde mir überlegen, wen ich noch einlade. Irgendwie wird es mir hoffentlich gelingen, ein richtiges Chaos anzuzetteln.«

»Und die Jugendverkehrsschule?«

»Warts ab. Dieses Mal werde ich der Gewinner sein.«

Gerhard stand auf. »Dann mal los, du Gewinnertyp. Fahren wir nach Neustadt zu Pako.«

Wir verabschiedeten uns von Jutta und Jürgen und ich mich zusätzlich mit vollen Händen von der Keksdose.

»Oh, verdammt«, fluchte mein Kollege, als wir in seinem Wagen saßen. »Ich habe vergessen, zu tanken.«

»Dann tanken wir halt jetzt, wo liegt das Problem?«

Gerhard machte an der Tankstelle in der Salierstraße einen Zwischenstopp. Ich nutzte die Gelegenheit, um mich mit einem abwechslungsreichen Zwischenimbiss to go zu versorgen.

»Die Benzinpreise sind der Wahnsinn«, motzte Gerhard, als wir wieder im Auto saßen. »Da brauchst du als Statussymbol keine Rolex mehr, es reicht, wenn du dir die Tankquittungen ums Handgelenk legst.«

Mein Kollege hatte natürlich sein Navi programmiert. Ich wunderte mich, dass er stets das Gegenteil davon machte, was die weibliche Computerstimme vorgab. »Wieso bist du rechts gefahren? Das Navi sagte doch links.«

Gerhard grinste schelmisch. »Das ist noch im Frauenmodus eingestellt, ich hatte Jasmin den Wagen zum Einkaufen ausgeliehen.«

»Frauenmodus?«, fragte ich verwirrt.

Er nickte. »Rechts, links, du weißt schon, was ich meine.«

Der Kurpfälzer Comedian wohnte in einem Reihenendhaus mit Hanglage und Blick über die Rheinebene. Parkplätze waren zur Genüge vorhanden, sein Vorgarten war für mich ein Albtraum. Kein halbwegs pflegeleichter Rasen, sondern nur ein schmaler Pflasterweg, der von der Gartentür zum Haus führte. Der Rest des Vorgartens war ein einziger Gemüsedschungel. Zwei oder drei Dutzend verschiedene Pflanzen wuchsen in jeweils eigenen Beeten. Stefanie würde bei dem Anblick glasige Augen bekommen. Ich hatte sie bereits, aber eher aus Verzweiflung. Wie konnte man nur zu solch einem abstrusen Hobby kommen? Und das Zeug wahrscheinlich sogar noch essen? Mir lief es kalt den Rücken hinunter. Warum machten sich diese Menschen das Leben nur so unnötig schwer? Lebensmittel, und dazu noch viel schmackhaftere, gab es in jedem Supermarkt und in jedem Imbiss. Die musste man doch nicht selbst anpflanzen. Vorsorgen für schlechte Zeiten, das war heutzutage nun wirklich nicht mehr nötig.

Während ich geschockt dastand und die Horrorszenerie auf mich wirken ließ, kam Pako aus dem Haus. In der Hand hielt er ein langes Messer. Im Reflex ging ich in Verteidigungsstellung.

»Ah, hallo, Herr Palzki und Herr Steinbeißer. Stehen Sie schon länger im Garten? Sie hätten ruhig klingeln dürfen. Geht es Ihnen wieder besser?«

»So was will Jasmin bei mir zu Hause auch machen«, sagte Gerhard und fügte hinzu: »Das ist meine Freundin.«

»Ich kann Ihnen gern ein paar Tipps geben, Herr Steinbeißer. Bei mir ist alles Bio, hinter dem Haus habe ich sogar vier Hühner. Ich geh gleich mit Ihnen rein, ich will nur schnell einen Blumenkohl köpfen.«

»Hat gestern alles geklappt?«, fragte ich Pako, während er einen großen Gegenstand, der außen grün und im Kern weiß war, abschnitt.

»Eijo«, antwortete dieser. »Mit der Rieslingschorle im Dubbeglas laafts äfach locker. Geschtern gings um Woi, Weib und Gsang. Dodrinn sinn mer Kurpälzer Weltmeschter.«

»Ich kenne auch so ein Gesangstalent«, entgegnete ich mit Gedanken an KPD.

»Boah, is des ähn Prachtwäscher«, sagte Pako mit Blick auf seinen frisch geernteten Dingsbums. »Kommen Sie, gehen wir rein.«

Seine Wohnung sah ganz normal aus. Weder spießig, wie die von Tuflinsky, noch ein kreatives Chaos, wie ich vermutet hatte.

Henrike Reichlinger kam aus der Küche, begrüßte uns und nahm ihrem Freund das eben von ihm Geerntete ab.

»Das wird eine Gemüsepizza nach eigenem Rezept. Haben Sie Lust, wollen Sie mitessen?«

Damit Gerhard nicht mit einer falschen Antwort vorpreschte, stieß ich ihm mit dem Ellbogen in die Rippen.

»Vielen Dank«, antwortete ich im Namen von uns beiden. »Wir haben unterwegs ausgiebig gefrühstückt. Auch Polizisten müssen hin und wieder auf ihre Linie achten.«

Pako betrachtete länger meinen Bauch, als es eigentlich sein müsste. »Das kann ich verstehen, Herr Palzki. Die Gemüsepizza hat allerdings nur knapp 50 Kilokalorien je 100 Gramm.«

Ich stutzte. 50 Kalorien? Ich wusste gar nicht, dass es solch kleinteilige Kalorienmengen gab. Wie sollte man da satt werden, ohne Tonnen essen zu müssen? Das musste völlig ungesund sein, seinen Organismus mit kalorienlosen Füllstoffen zu belasten. Magen und Darm müssten sich dabei veräppelt vorkommen.

»Wir hatten eine effizientere Nahrungsaufnahme«, erklärte ich und begann ein neues Thema. »Sind Sie heute allein? Ohne Kreuzbergers, meine ich.«

Pako lachte. »Doch, doch, die müssten auch gleich kommen. Karin hat darauf bestanden, dass wir alles, was in den letzten Tagen passierte, genau durchsprechen. Wahrscheinlich will sie Detektiv spielen.« Er setzte sich auf eine Couch und lud uns mit einer Geste ein, es ihm nachzumachen. »Ich weiß allerdings nicht, was das bringen soll. Weder weiß ich, wer diese ominöse Stalkerin ist noch diese rothaarige Unbekannte. Und wer die Attentate auf mich verübt hat, ist mir auch unbekannt.« Er zuckte mit den Schultern. »Obwohl, einmal hatte ich einen kurzen Gedankenblitz, aber das wäre mehr als absurd.«

Wieder mal zeigte sich, dass hartnäckiges Nachfragen lohnt. »Sie ahnen nicht, wie absurd manche Morde sind. Erzählen Sie uns von Ihrer Eingebung.«

»Na ja«, begann er, »das ist schon lang her. Früher hat sich mein Halbbruder Matthias manchmal zu Fasnacht als Frau verkleidet. Dazu trug er eine Perücke mit langen roten Haaren.«

»Dr. Metzger?«, rutschte mir heraus. Ich überlegte. Wieso war er bisher eigentlich nicht in den Fokus der Ermittlungen geraten?

»Welches Motiv könnte Ihr Bruder haben?«

»Es ist mein Halbbruder. Wieso Motiv? Das ist doch Quatsch, Herr Palzki. Wieso sollte Matthias mich umbringen wollen? Da gibt's kein Motiv. Im Gegenteil, Matthias dürfte eher um mein Wohl bemüht sein. Im Capitol hat er von mir verlangt, ihm eine OP-Show auf offener Bühne zu vermitteln.«

»Und, machen Sie's?«

»Sind Sie verrückt? Dafür gebe ich meinen Namen bestimmt nicht her.«

Ich dachte nach. Sicher, Dr. Metzger hatte auf der Prioritätenliste der Verdächtigen nichts auf einem Spitzenplatz zu suchen. Dennoch brachte mich die Erzählung auf einen neuen Gedanken. Musste die rothaarige Dame zwangsläufig weiblich sein? War es nur eine geschickte Verkleidung?

Es klingelte und Karin Kreuzberger kam mit ihrem Schritt-und-Tritt-Gefolge in Form ihres Ehemanns herein.

»Hallo«, begrüßte ich die beiden, »was für ein Zufall.«

»Kein Zufall«, entgegnete Frau Kreuzberger und es klang leicht gereizt. »Pako hat mir gesagt, dass Sie heute bei ihm sind.«

Toll, dachte ich und sagte laut: »Hat Ihnen gestern Abend die Vorstellung Ihres Schützlings gefallen?«

Sie fuhr mich nach wie vor aggressiv an. »Denken Sie, dass ich dafür Zeit hatte? Nach dem Anschlag auf Sie war ich noch nervöser. Hinzu kommt, dass ich keinen einzigen Polizisten zu Gesicht bekam. Auch die Besucher wurden nicht durchsucht.«

»Da sehen Sie mal«, antwortete ich und nahm damit etwas die Luft aus der Sache, »wie gut die Beamten sind. Selbstverständlich waren alle in Zivil. Ein großer Teil des Publikums bestand aus Beamten.«

Lehrer, Kommunalbedienstete und solche Berufe waren schließlich auch Beamte. »Und der Erfolg hat uns recht gegeben. Pako konnte seinen Auftritt ohne Probleme bestreiten.«

Frau Kreuzberger gab sich damit nicht zufrieden. »Haben Sie wenigstens einen Anhaltspunkt, wer der Täter sein könnte? Und was spielt die Rothaarige für eine Rolle?«

»Ich bitte Sie, wir sind extrem gut geschulte Kriminalbeamte mit jahrelanger Praxiserfahrung. Selbstverständlich haben wir bereits die relevanten Verdächtigen identifiziert. Es ist nur noch eine Frage von wenigen Stunden, bis der Fall geklärt ist.«

Dass sie und ihr Mann auf meiner Liste standen, verriet ich nicht.

»Ich denke nach wie vor, dass es diese Stalkerin ist«, bekräftigte Pakos Managerin. »Das sollten wir nicht aus dem Fokus verlieren.«

Theobald Kreuzberger wagte nun ebenfalls, den Mund aufzumachen. »Wir sollten Vertrauen zu Herrn Palzki haben. Der Mörder fühlt sich bestimmt bereits in die Enge getrieben.«

»Ha!«, lachte seine Frau kurz auf. »Vertrauen? Gerade

du nimmst dieses Wort in den Mund? Du, der mir überall nachspioniert?«

»Aber, aber«, stotterte dieser. »Ich will dich doch nur unterstützen.«

Ich schaute Gerhard an und rollte mit den Augen. Mich würde interessieren, seit wann dieses Paar bereits zwischenmenschliche Kommunikationsprobleme hatte. Lang würde dies nicht mehr gut gehen.

Ich stand auf. »Das war's von unserer Seite auch schon für heute, daher wollen wir nicht weiter stören. Wann haben Sie Ihren nächsten Auftritt, Pako?«

»Erst am Samstag, ich habe jetzt zwei Tage frei.«

»Ein schönes Leben haben Sie da.«

»Wieso, haben Sie kein Wochenende in Ihrem Beruf?«

»Dieses Wort sagt mir nichts. Im Sprachgebrauch eines Polizeibeamten ist so etwas nicht üblich.«

Pako grinste, er hatte die Anspielung verstanden.

»Warum hattest du es so eilig?«, fragte mich Gerhard, als wir im Wagen saßen.

»Weil nichts Neues zu erfahren war, Kollege. Die Lösung des Falles liegt woanders, das sagt mir mein Bauch.«

»Dein Bauch? Du hast vorhin die halbe Tankstelle leergefuttert. Wenn dir dein Bauch was sagt, dann ist es eher ein Hilferuf in eigener Sache. Ich selbst hätte gern die vegetarische Pizza gekostet.«

»Wer redet da dauernd vom Essen? Du oder ich? Gemüsezeugs essen, ohne satt zu werden, das ist nichts für einen richtigen Mann.«

Gerhard schielte eine Weile unverschämt auf meinen kaum wahrnehmbaren Bauchansatz, sagte aber nichts. Ich spürte die latente Provokation trotzdem.

Ich hatte andere Sorgen. Ein diffuser Gedanke quälte mich bereits die ganze Zeit. Noch war er nicht richtig greifbar. Irgendetwas hatte ich in den letzten Tagen übersehen und mein Unterbewusstsein schickte sich an, die Fäden zu verknüpfen. Es ging um das letzte fehlende Puzzleteilchen oder waren es deren zwei? Hatte ich das Teil bereits in der Hand und musste es nur noch richtig drehen, damit es in das Gesamtbild passte? Dummerweise konnte ich meine Gedanken nicht weiter ordnen. Während wir das Bundesland wechselten und nach Mannheim-Seckenheim fuhren, setzte mein Kollege Störfeuer in meine Richtung ab. Er stellte tatsächlich Überlegungen an, wie er seinen Rasen in einen Gemüsegarten umgestalten könnte. Meinen Hinweis, dass eine Kuh und zwei oder drei Schweine viel pflegeleichter wären als ein wuchernder Garten, ignorierte er. Gerhard musste einen Narren an seiner Jasmin gefressen haben. Hier half nur noch Notwehr. Gleich am Wochenende würde ich ihn mit seiner Freundin zu uns nach Hause locken. Ich war mir sicher, wenn Jasmin erst mal unsere süßen Zwillinge auf dem Arm hätte, würde es am gleichen Abend zum Eklat mit ihrem Gerhard kommen.

SZENE 19 DER FALL TUFLINSKY

Guru war zu Hause. Die Tür stand sperrangelweit offen, sodass wir ihn von der Kellertreppe aus sehen konnten. Er saß nicht wie das letzte Mal auf dem Klo, sondern auf seiner verdreckten Couch und glotzte eine Talkshow im TV, während aus seiner Musikanlage Bob Marley grölte. Den Tabakqualm, der die Luft seines Wohnzimmers schwängerte, konnte ich weder Zigaretten, Zigarillos noch Zigarren zuordnen. Als er uns erkannte, hob er kurz die Hand und winkte uns nach drinnen.

»Schon lang nicht mehr gesehen, Herr, äh – Verzeihung, aber ich kann mich an Ihre beiden Namen nicht mehr erinnern. Ich dachte schon, meine Kumpels kommen. Wir wollen heute ein Brainstorming machen, damit wir für unser Mitgliedertreffen am Wochenende gerüstet sind.«

Er ging zur Anlage und drehte Bob den Saft ab. Den Fernseher ließ er weiterlaufen. Ich hatte mal gelesen, dass rund ein Viertel aller TV-Besitzer nicht wusste, dass ihr Gerät einen Ausschalter besaß.

»Es gibt soviel Elend auf unserer Erde, das kann so nicht weitergehen.«

Beinahe hätte ich ihn gefragt, warum er nicht bei sich selbst anfing.

Um ihn etwas williger für unsere Fragen zu machen, knallte ich ihm nach der Begrüßung und der Nennung unserer Namen eine erste verbale Motivationshilfe vor den Bug. »Ich darf es Ihnen eigentlich nicht verraten, aber in einer Stunde kommt der Hund.«

Guru blickte verwirrt und schnappte sich das zerfledderte Fernsehmagazin, das auf dem Tisch zwischen einem Potpourri aus Lebensmittelresten der letzten Monate lag. »Lassie?«, fragte er. »So was guck ich eigentlich nicht, das ist unter meinem Intekel, äh, Intellekt.«

Mit einem »Keine Ahnung, wie der Drogenhund heißt«, brachte ich ihn in Bedrängnis.

»Scheiße«, rief Guru, als er es kapiert hatte, »was mache ich da mit meinen Kumpels? Der Hazi kommt direkt aus Amsterdam. Die anderen werden sauer sein.«

Während Gerhard schmunzelte und in einem Regal abgegriffene Schallplatten begutachtete, schnappte ich mir ein paar Werbeprospekte, die Guru auf dem Tisch gestapelt hatte, und legte sie großzügig als Sitzunterlage auf die versiffte Couch. Längeres Stehen war ich nicht mehr gewohnt, außerdem musste ich mich zurzeit mit multiplen schweren Verletzungen herumplagen.

»Vielleicht können wir Ihnen helfen, Herr Tuflinsky.« Um das Ziel zu erreichen, hatte ich keine Hemmungen den Kerl mit ›Herr‹ anzusprechen. »Wenn wir uns schnell einig werden, haben wir anschließend Zeit, die Hausdurchsuchung bei Ihnen abzuwenden.«

»Hausdurchsuchung? Schon wieder?«

Guru gelang es immer wieder, für spontane Überraschungen zu sorgen. »Wann hatten Sie die letzte?«

Er kratzte sich am Kopf, was mich veranlasste, den Sicherheitsabstand zu vergrößern. »Das ist schon eine Weile her, so vier oder fünf Wochen werden es bestimmt sein.«

»Hat man was gefunden?«

»Eijo, wie immer«, antwortete Guru ohne nachzudenken. »Mein Alter hat das wie jedes Mal geregelt. Der kannte da jemanden im Präsidium.«

»Dieses Mal wird Ihr Vater Ihnen nicht helfen können.«

»Ich weiß, er ist ja tot.«

»Dann lassen Sie sich von uns helfen.«

»Eijo, wenn das geht.«

Ich hoffte, dass nun eine vernünftige Gesprächsbasis erreicht war.

»Warum haben Sie uns verschwiegen, dass die Bürgermeisterin von Seckenheim Ihre Tante ist?«

Guru nahm einen Schluck aus einer Dose mit einem fremdländischen Etikett. »Ist das wichtig? Danach haben Sie mich nicht gefragt.«

Stimmt, da musste ich ihm recht geben. Die politischen Verwicklungen mit dem Neckartunnel hatten wir erst im Anschluss bei der Wohnungsdurchsuchung seines Vaters entdeckt.

»Wie stand Ihr Vater zu seiner Schwägerin?«

»Wie Hund und Katz. Tante Else hat meine Mutter ständig gegen meinen Vater aufgehetzt. Meine Tante ist eine alte Kratzbürste. Dreimal geschieden, stellen Sie sich das mal vor! Kein Mann hielt es länger als ein paar Monate mit ihr aus.«

Ich blickte kurz zu Gerhard, der in eine alte Fleetwood Mac-LP vertieft war.

»Wann haben Sie Ihre Mutter das letzte Mal gesehen?«

Guru wurde leicht nervös. »Das ist schon Jahre her, das haben Sie mich das letzte Mal bereits gefragt.«

»Komisch, aus sicherer Quelle wissen wir, dass sich Ihr Vater vor ungefähr einem Jahr mit seiner Frau getroffen hat.«

»Das stimmt ja auch«, bestätigte Guru. »In einem Restaurant in Limburgerhof. Aber ich war nicht dabei.«

»Ihre Mutter kam anschließend nicht zurück zu ihrem Mann?«

»Ne, mein Alter hat mir nur kurz gesagt, dass die Else im Vorfeld rumgestänkert hatte. Seitdem hatte mein Vater noch einen viel größeren Hass auf seine Schwägerin.«

»Haben Sie nichts mehr von Ihrer Mutter gehört?«

»Nein.«

Eine verneinte Frage wurde von den meisten Bürgern falsch beantwortet. Wahrscheinlich meinte er ›ja‹.

»Was jetzt? Ja oder nein?«

Guru schaute mich an, als hätte ich ihm sämtliche Joints konfisziert. »Nein, ich habe seit Jahren keinen Kontakt zu meiner Mutter. Auch mein Vater hat sie nach dem Treffen nicht mehr erwähnt.«

Ich kombinierte: Die Knochenfunde zwischen Dannstadt und Schifferstadt würden zu Gurus Mutter passen. Sie waren etwa ein Jahr alt, und es gab keine passende Vermisstenanzeige. Um Gewissheit zu erlangen, bräuchten wir ein bisschen biologisches Material für eine DNA-Analyse. Dieses war in der Wohnung reichlich vorhanden. Selbst ein paar Haare würde Guru opfern können. Als weiteren Schritt notierte ich mir im Geist einen Besuch bei der Bürgermeisterin. Doch das hatte im Moment Zeit. Mit den Anschlägen auf Pako schien es nichts zu tun zu haben. Ich hakte diesen Nebenschauplatz ab.

Wir mussten uns beeilen. Es gab noch ein paar Dinge zu klären, bevor Gurus Kumpels anrückten.

»Sie waren am Samstag bei Ihrem Vater im Congressforum?«

Er blickte mich unsicher an. »Hat dieser Stefanus gepetzt?«

»Waren Sie dort oder nicht?«

»Klar war ich bei meinem Vater. Ich brauchte doch Geld für das Konzert.« Er zog seine Nase äußerst unappetitlich hoch. »Mit einem Hunni hat er mich abgespeist. Mehr hätte er nicht dabei, meinte er.«

»War es das letzte Mal, dass Sie Ihren Vater gesehen haben?«

Er nickte. »Als ich vom Konzert zurückkam, kamen Sie ja gleich.«

Langsam hatten wir uns zu den wichtigen Fragen vorgetastet.

»Sie wussten, dass Ihr Vater seinen Kollegen Tomas Morda erpresst hatte?«

Spontan wich der kümmerliche Rest seiner bereits fahlen Gesichtsfarbe. »Erpressung?« Er zitterte wie auf Entzug.

»Kommen Sie, spielen Sie nicht den Helden. Wir wollen Ihnen helfen, denken Sie an Lassie.«

Guru trank die Dose leer, schaute zu Boden und murmelte: »Ich habs zufällig mitgekriegt. Sie müssen mir glauben, deswegen habe ich ihn nicht angerufen. Ich wollte nur Näheres über den Tod meines Vaters erfahren.«

Dieser Schwindler, dachte ich. Wer seine Trauerarbeit mit Rolling Stones und Bob Marley bewältigt, interessiert sich einen feuchten Kehricht um die Todesumstände seines Vaters.

»Konnte Ihnen Tomas Morda weiterhelfen?«

Guru brauchte deutlich zu lang für eine plausible Antwort. »Ja, ja, das hat er.«

Ich sah ihm das erste Mal frontal ins Gesicht. »Sie lügen, Herr Tuflinsky. Ich gebe Ihnen noch eine zweite Chance, die letzte.«

Hoffentlich verstand er diese mehr als deutlichen Worte.

Guru druckste eine Weile unverständlich herum.

»Na, was ist? Warum haben Sie den Kollegen Ihres Vaters angerufen? Wollte er zahlen?«

»Nein, so war es nicht.« Guru redete sich um Kopf und Kragen. »Ich habe für Dienstag ein Treffen mit ihm vereinbart.«

»Das wissen wir bereits. Sie waren am Dienstag im Congressforum.«

Schweißperlen tropften über seine fettige Stirn. »Aber da war er doch bereits tot.«

Schon wieder gab es eine Überraschung. »Tot? Wie sind Sie überhaupt reingekommen?«

»Die kennen mich doch alle. Der Hausmeister hat mir aufgemacht und mir sein Beileid ausgesprochen. Er hat mir in seinem Lager ein paar Dinge gegeben, die meinem Vater gehörten. Als ich wissen wollte, wo Tom ist, sagte er, dass ich ihn unten im Stuhllager finde.«

Das war endlich mal eine Aussage, die leicht überprüfbar war. »Und dann?«

»Dann fand ich ihn ermordet auf dem Stuhl sitzen.«

»Sie hatten nicht zufällig auch Streit mit ihm?«

»Niemals!«, schrie Guru. »Ich habe ihn nur kurz gesehen. Dann habe ich Stefanus schreien hören. Er muss im Flur vor dem Stuhllager gewesen sein. Da bin ich sofort durch die andere Tür stiften gegangen.«

Unglaublich, allem Anschein nach hatte Guru nur eine Minute vor uns Morda gefunden. Mal schauen, ob die Spusi diese Angaben verifizieren konnte. Dummerweise konnte Tomas Morda die Behauptung Gurus nicht mehr bestätigen.

»Dann erzählen sie uns mal ausführlich über das Telefonat mit Morda.«

»Das glauben Sie mir ja doch nicht«, erwiderte Guru mit inzwischen noch zittrigerer Stimme.

»Das kommt auf einen Versuch an«, meinte ich und lächelte ihn provozierend an.

»Tom wusste, wer meinen Vater umgebracht hat. Er hat den Täter beobachtet.«

»Hat er einen Namen genannt?«, unterbrach ich ihn.

Guru schüttelte den Kopf. »Das wollte er mir am Dienstag in Frankenthal sagen. Er sagte, dass mein Vater nur ein Kollateralschaden war, der Mörder wollte eigentlich den Pako umbringen.«

Diese Aussage war eines der fehlenden Puzzleteile, wenn sie denn stimmte. Damit wäre klar, dass sämtliche Anschläge ausschließlich dem Comedian galten. Und Tomas Morda musste sterben, weil er den Täter beim Anschlag auf Tuflinsky beobachtet hatte.

»Was hat Morda außerdem gesagt?«

»Nichts. Nur, dass er mir den Namen sagen würde, wenn ich im Gegenzug die Sache mit meinem Vater, äh, was wollte ich eben sagen?«

Dumm gelaufen, er hatte sich verraten. Tomas Morda war bereit, gegen die Einstellung der Erpressungsgeschichte den Namen des Mörders zu nennen. Doch dazu kam es nicht mehr.

Von oben vernahmen wir mehrere Stimmen, die näher kamen. Einen Moment später standen drei halbwüchsige Etwas in Gurus Wohnzimmer, gegen die der Hausherr wie ein Waisenkind wirkte.

Gerhard und ich hatten genug in Erfahrung gebracht. Bis die Neuankömmlinge uns registriert hatten, waren wir bereits auf der Treppe nach oben. Eine Verabschiedung ersparten wir uns. Nur Guru rief uns von unten nach: »Was ist jetzt mit Lassie?«

Gemeinerweise ließ ich diese Frage unbeantwortet. Ein bisschen Aufregung würde der Männerrunde gut tun.

Als wir ins Auto einstiegen, erschallte aus dem Keller schon wieder laute Reggae-Musik. Deshalb fragte ich Gerhard: »Weißt du, was ein Reggae-Fan sagt, wenn man ihm den Joint wegnimmt?«

Gerhard: »Nein, was denn?«

»Boah, mach mal die scheiß Musik aus!«

SZENE 20 ALLES IST SO EINFACH

Während Gerhard zurück nach Schifferstadt fuhr, ließ ich meinen Gedanken freien Lauf. Die Vernehmung Gurus hatte uns ein großes Stück weiter gebracht. Wir wussten, wie und warum es zu den beiden Morden gekommen war, wenn Gurus Aussagen stimmten. Davon war ich inzwischen überzeugt, denn es passte alles ins Gesamtbild. Irgendjemand hatte es auf den Kurpfälzer Comedian abgesehen. Dass Tuflinsky starb, war nicht vorgesehen, genauso wenig wie die Sache mit Tomas Morda. Jetzt kam es nur noch darauf an, jemanden zu identifizieren, der einen unbändigen Hass auf den Künstler hatte. In dem Moment dieser Erkenntnis schlug mein unfehlbares Unterbewusstsein zu. Reiner, der Hass kann auch indirekt motiviert sein, meldete es sich. Denk nach, der Täter hat sich längst verraten. Ich schloss die Augen, mir doch egal, was Gerhard dachte, und schob den ganzen Ballast mit Tuflinsky und Morda beiseite und konzentrierte mich auf die Begegnungen der letzten Tage mit Pako. Meine diffuse Ahnung klärte langsam auf. Es gab zwei oder drei kurze Erlebnisse, die nicht zusammenpassten. Und immer war dieselbe Person betroffen. Warum? Plötzlich rieselte es mir wie Gurus Schuppen von den Augen, ich hatte die Lösung gefunden. Ja, ich wusste sogar, wer die rothaarige Frau sein musste. Jedenfalls hoffte ich dies.

»Gerhard, wir müssen ins Büro.«

Ein irritierter Blick traf mich. »Was denkst du, wo ich gerade hinfahre? Hast du dir bei Guru einen Virus eingefangen? Dr. Metzger hat mir eine Prämie versprochen, wenn ich ihm neue Kunden vermittle.«

Ich ließ diese Gemeinheit ohne Widerrede über mich ergehen. Ich fläzte mich bequem in den Sitz und lächelte, was Gerhard zu einem weiteren Kommentar veranlasste: »Du siehst so zufrieden aus. So kennt man dich überhaupt nicht.«

Ohne KPD vor die Füße zu laufen, erreichten wir Juttas Büro. Jungkollege Jürgen war, wie meistens in den letzten Monaten, bei ihr.

»Ihr seid heute schnell gewesen«, stellte Jutta fest. »Hat alles geklappt?«

Gemeinsam berichteten wir den beiden von unseren neuen Erkenntnissen.

Zum Schluss gab ich einen Auftrag an meine Kollegin weiter: »Bitte veranlasse von Guru eine DNA-Probe. Höchstwahrscheinlich ist damit KPDs Knochen-Fall aufgeklärt. Mit der Bürgermeisterin sollten wir uns auch unterhalten, aber erst, wenn die DNA passt.«

Jutta machte sich die ganze Zeit Notizen. Dann blätterte sie in den Akten. »Prima, dann können wir uns tiefer gehende Ermittlungen zu Tuflinsky und Morda sparen.«

»Nein«, konterte ich. »Das ist vielleicht nicht mehr so dringend. Trotzdem hatten beide Dreck am Stecken. Da gibt es noch viel zu klären. Wer weiß, wen Tuflinsky neben Morda sonst noch erpresst hat. Und Morda war auch kein unbeschriebenes Blatt.«

Ich wandte mich an Jürgen. »Hast du die Recherchen erledigt, um die ich dich gebeten habe?«

»Klaro«, antwortete Jürgen. »Ich habs an Juttas Computer gemacht.« Ein seliges Lächeln überflutete sein Gesicht. Jutta nahm es mit Humor. »Demnächst beantragen wir bei KPD ein Großraumbüro.«

»Ist das wahr, Jutta?« Als Jürgen unser Lachen sah, bemerkte auch er, dass sie einen Witz gemacht hatte.

»Was willst du mit dem Zeug eigentlich bezwecken, Reiner?«

Ich schnappte mir den Packen Zettel und las die Informationen ungewohnt intensiv.

Jutta wurde ungeduldig. »Du hast alle Personen, die mit den Ermittlungen zu tun haben, nach irgendwelchen Details checken lassen. Warum willst du beispielsweise wissen, ob die Freundin Pakos Rechts- oder Linkshänderin ist?«

»Das weiß ich inzwischen auch so«, antwortete ich und war zufrieden. Jetzt noch ein Telefonat, dann hatte ich den Täter. »Einen kleinen Moment bitte.«

Ich stand auf und ging zum Telefonieren an Juttas Schreibtisch. Das Telefonat war nicht ganz einfach, musste ich doch meinen Gesprächspartner überzeugen, dass er mit einem Kriminalbeamten sprach und er wegen Gefahr im Verzug sofort die von mir gewünschte Information rauszurücken hatte.

Meine Kollegen hörten mir angespannt zu. »Was war das?«, meinte Gerhard, nachdem ich aufgelegt hatte. »Müssen wir das kapieren?«

Ich legte Jürgens Rechercheergebnisse auf den Schreibtisch und machte an manchen Stellen ein großes Kreuz. »Das sind die Punkte, die dem Mörder zum Verhängnis geworden sind.«

Einige Erklärungen später hatten es meine Kollegen verstanden.

»Das ist aber alles recht dünn, Reiner. Ein richtiger Beweis ist nicht dabei, nur lauter Indizien.«

»In der Menge? Das liegt doch auf der Hand, dass nur diese Person infrage kommt. Auch das Motiv ist fast eindeutig.«

»Ich gebe dir ja recht«, sagte Gerhard. »Willst du unseren Mörder jetzt anrufen und fragen, ob deine Thesen stimmen?«

»Ich habe eine bessere Idee. Wir schlagen drei Fliegen mit einer Klappe. Jutta, hast du den Motorradclub für morgen Abend eingeladen?«

»Wenn du die McStirnhör meinst, dann ja. Du sollst sie vorher unbedingt anrufen, um sie zu briefen, haben sie gesagt.«

»Das ist unwichtig«, entgegnete ich. »Hauptsache, die tanzen an. Jetzt noch ein kleiner Anruf und dann …«

Ich zog einen Zettel aus meiner Tasche und wählte die Nummer von Pako. Es ging ihm gut, die Gemüsepizza schien ihm nicht geschadet zu haben. Auch ihn lud ich für morgen ins Congressforum ein, blieb aber mit der Begründung unbestimmt. Lediglich eine Überraschung kündigte ich an und dass er, wenn er wollte, gern mit Mikrowellenherd anreisen könnte. Im Hintergrund hörte ich die Stimme seiner Managerin, die wohl Näheres wissen wollte und Pako ständig Zwischenfragen stellte, während er mit mir telefonierte. Am Ende des Telefonats war klar, dass sie ihren Schützling niemals allein nach Frankenthal fahren lassen würde. Der Comedian sagte schließlich zu und kündigte sein Kommen gemeinsam mit Kreuzbergers und Henrike an.

»Verrätst du uns bitte, was du vorhast?« Jutta klang etwas ungehalten.

»Einen Showdown im Congressforum«, erklärte ich ihr. »Auf diese Idee wäre nicht einmal unser Schriftsteller-Student gekommen. In Frankenthal gabs die erste Leiche, und morgen fassen wir dort den Täter. Außerdem sprengen wir KPDs Veranstaltung. Und die Beratungsheinis gleich noch dazu. Besser kanns nicht laufen.«

»Das ist Selbstmord«, sagte Gerhard. »Nie im Leben wird das funktionieren.«

»Kann sein«, antwortete ich in Gedanken an ›Sofies Welt‹ und philosophierte weiter: »Vielleicht aber doch. Wer weiß das schon.«

Alles lag klar vor mir. Ein detaillierter Plan war überflüssig, irgendwie würde es klappen. Ich müsste nur noch eine einzige Person informieren und auf deren Unterstützung hoffen.

Doch zunächst erfolgte die obligatorische Belästigung durch KPD. Ohne ein Lied auf den Lippen, trat unser Chef ein. Hinter ihm schlurfte Becker.

»Diese Banditen«, begann er zu schimpfen. »Ich soll mich mit meinen alten Knochen gedulden, haben die vom BKA zu mir gesagt. Zuerst kämen die dringenden Fälle dran. Ungeheuerlich! Die haben dort keine Ahnung von Prioritätensetzung. Es wird Zeit, dass das Polizeiwesen unter meiner Anleitung endlich neu aufgesetzt wird. Flankiert durch die Unternehmensberatung und meine Vorträge bin ich dafür bestens gerüstet.«

KPD schnatterte weiter, aber niemand hörte mehr zu.

Ungeachtet der Anwesenheit unseres Chefs, wandte ich mich an den Studenten: »Und, Herr Becker, haben Sie Ihren neuen Krimi schon fertig? Wer ist der Mörder?«

Becker war zutiefst deprimiert. »Ich habe im Moment keine Zeit zum Schreiben. Herr Diefenbach nimmt mich voll in Anspruch.«

»Das ist doch schön. Lesen wir morgen von Ihnen und KPD in der Zeitung?«

KPD antwortete an seiner Stelle. »In Absprache mit mir wird Herr Becker erst morgen den Fall redaktionell aufbereiten. Ich habe beschlossen, als Einführung in meine berühmt werdende Frankenthaler Rede die Ermittlungen abzuschließen und das Ergebnis zu präsentieren. Dann wird den Anwesenden sofort klar, welche Kapazität sie vor sich haben.«

Er räusperte sich, und ich befürchtete, er würde zu singen beginnen. Glücklicherweise täuschte ich mich.

»Ist für morgen alles geregelt, Herr Palzki? Sie wissen ja, dass der Minister Vegetarier ist. Haben Sie das vegetarische Buffet gebucht? Nicht jeder Caterer ist auf die Feinheiten spezialisiert, auf die ich allergrößten Wert lege. Eine Liste mit den Details habe ich Ihnen in Ihr Büro legen lassen.«

Buffet? Mein Büro? Das war das erste Mal, dass ich von dem Buffet hörte. Vielleicht sollte ich regelmäßiger in mein Büro schauen? Egal, auf das fehlende Buffet würde es morgen nicht ankommen.

»Selbstverständlich, Herr Diefenbach. Das Gesamtarrangement steht. Auch für die Sicherheit ist gesorgt. Noch heute werden die Nacktscanner vom Frankfurter Flughafen nach Frankenthal gebracht.«

KPD nickte zufrieden. »Wenn alles geklärt ist, können Sie sich morgen freinehmen, Herr Palzki. Ich möchte Ihnen nicht zumuten, einen Abendtermin wahrnehmen zu müssen, während zu Hause Ihre Frau mit den Kindern wartet.«

Dieser Gauner ließ nichts unversucht, mich von seiner Veranstaltung, die nicht seine sein würde, abzuhalten.

»Das geht leider nicht, Herr Diefenbach. Wir haben alles ganz eng verzahnt. Ich selbst werde eine tragende Rolle hinter den Kulissen haben. Sie müssen aber keine Angst haben, ich bin mir sicher, die Gäste werden ihren Spaß haben. – Und einiges lernen«, schob ich schnell hinterher.

»Meinetwegen.« KPD gab sich geschlagen. »Jetzt muss ich mich aber zurückziehen, um meinen Vortrag vorzubereiten und die letzten stilistischen Feinheiten zu überprüfen. Meine Herren, Frau Wagner, bis morgen will ich nicht mehr gestört werden, selbst wenn draußen die Welt untergeht.« KPD marschierte in Richtung Tür.

Becker rief ihm verzweifelt nach. »Herr Diefenbach, was ist mit mir?«

»Ach so, ja natürlich.« KPD blieb stehen und überlegte. »Bleiben Sie bei Herrn Palzki und beobachten Sie alles haargenau. Zwei Augen mehr können nicht schaden.«

Klasse, jetzt hatten wir den Studenten schon wieder an der Backe. Ausgerechnet jetzt, wo –, obwohl, vielleicht könnte er dieses Mal sogar hilfreich sein. Zumindest als Handlanger.

Gerhard verschränkte seine beiden Hände und ließ die Fingergelenke knacken. »Das ist mal eine gute Nachricht. Am besten, wir schließen KPDs Büro von außen ab und werfen den Schlüssel weg.«

»Mein Plan ist viel besser«, sagte ich.

»Was für ein Plan?«, fragte der neugierige Becker.

»Ach, nichts Besonderes. Wir sorgen nur für ein kleines buntes Rahmenprogramm zum Auftritt von Herrn Diefenbach. Damit es seinen Gästen nicht zu langweilig wird.«

Jutta hatte sich bis jetzt von meiner Euphorie nicht anstecken lassen. »Reiner, vorhin sagtest du, dass du eine weitere Person einladen willst. Ist das die Person, an die ich gerade denke?«

Ich nickte. »Auch mit meinen nur befriedigenden hellseherischen Fähigkeiten kann ich deine Frage bejahen. Wir brauchen ihn für das Rahmenprogramm.«

Sie gab sich nicht zufrieden. »Du musst doch irgendeinen Plan haben, wie du morgen vorgehen willst? Oder willst du auf die Bühne gehen, KPD zur Seite stoßen und dem Publikum sagen ›Tuflinsky und Morda wurden von XY umgebracht‹?«

»Grundsätzlich ist das keine schlechte Idee, Jutta. Ein bisschen eleganter stelle ich es mir aber schon vor.«

»Und wenn unser Mörder den Braten riecht?«

»Mit meiner Überrumpelungstaktik will ich das vermeiden. Ein kleines Restrisiko bleibt immer, schließlich sind wir Polizeibeamte.«

Ich griff kräftig in die Keksdose und stand auf. »Alles Weitere, wenn ich zurück bin. Kommen Sie mit, Herr Becker?«

Nicht nur der Student war überrascht, dass ich gerade ihn mitnahm.

Als ich am Ende der Salierstraße rechts in die Speyerer

Straße einbog, wusste er Bescheid. »Sie fahren zu Jacques Bosco, stimmt's?«

Jacques war nicht nur ein Erfinder, der dem Film ›Zurück in die Zukunft‹ entsprungen sein könnte, sondern auch einer der letzten Universalgelehrten der Menschheit. Bereits als Kind hatte ich in seiner Werkstatt und dem Labor gespielt. Zahlreiche Tricks und Kniffe hatte ich im Lauf der Jahre von meinem großen Vorbild gelernt und vieles zugleich praktisch erprobt. Ich kann mich noch gut erinnern: Als meine Schule damals auf Funkuhren in den Klassenräumen umstellte, baute ich mit Jacques einen Zeitanpassungssender, der die Schulstunden auf unglaubliche 30 Minuten verkürzte und die Pausen verdoppelte. Die Verwirrung in der Lehrerschaft war groß, der Glaube an die korrekte Technik glücklicherweise noch viel größer. So kam es, dass wir eine knappe Woche lang spätestens um elf Uhr mit der sechsten Schulstunde fertig waren.

Ich parkte direkt vor dem alten Siedlungshäuschen, dass Jacques seit dem Tod seiner Frau allein bewohnte. Zwischen Haus und Garage gab es einen kleinen Durchgang. Direkt hinter der Garage befand sich sein Labor. Im letzten Oktober war es durch eine Explosion zerstört worden. Nun stand es frisch aufgebaut wieder für neue Erfindungen bereit. Jacques' Erfindungsreichtum war grenzenlos. Für vieles, was er entdeckte oder entwickelte, war die Menschheit noch nicht reif. Deshalb verstaubten die tollsten Entwicklungen in seinem Keller und warteten auf bessere Zeiten. Bei einigen meiner schwierigeren Ermittlungen konnte er mich tatkräftig mit seinem Know-how unterstützen.

Der schmächtige Jacques mit seiner wirren Einsteinfrisur trug wie stets einen weißen Laborkittel, der vermutlich vor Jahren das letzte Mal gebügelt wurde.

»Hallo, Reiner«, begrüßte er mich erfreut, als wir in sein

Labor eintraten. »Oh, du hast jemanden mitgebracht. Hallo, Herr Becker, wir haben uns lang nicht mehr gesehen.« Wir schüttelten uns gegenseitig die Hände.

»Reiner, gestern habe ich den Bericht über dich in der Zeitung gelesen. Ich finde es toll, dass du in deinem Alter noch so flexibel bist.«

Ich liebte Überraschungen. »Was heißt da in meinem Alter? Im Kino werde ich immer noch nach dem Ausweis gefragt. Und was meinst du mit der Zeitung?« Ich drehte mich zu Becker. »Sind Sie dafür verantwortlich?«

Becker hob abwehrend seine Hände hoch. »Das hat mit mir nichts zu tun. Ich habs aber auch gelesen.«

»Dann klärt mich mal bitte auf!«

»Kennst du den Artikel wirklich nicht?«, fragte Jacques. »Es ist eine Artikelreihe, die von Personen mit normalen Berufen handelt, die sich außergewöhnliche Hobbys oder Nebentätigkeiten zugelegt haben.«

»Und was hat das mit mir zu tun?« Ich ahnte Schreckliches.

Becker erklärte mir die Sache. »Es ist sehr ungewöhnlich, dass ein normaler Polizist im reiferen Alter in die Werbebranche einsteigt und Fotos und lustige Videos macht, die eher jüngere Zielgruppen ansprechen. Ich vermute, dass die Redaktion auf Sie aufmerksam wurde, nachdem die Caravella-Anzeige zu Deutschlands bester Anzeige des Jahres gekürt wurde.«

Mir blieb die Luft weg. Der Zeitungsbericht würde mich mein Leben kosten. Jacques ergänzte Beckers Erklärung: »Die Sache mit dem FCK ist auch Klasse. Ich wusste gar nicht, dass du so fußballverrückt bist, Reiner. Das doppelseitige Poster von deiner Tochter und dir hab ich mir ins Wohnzimmer gehängt.«

»Welches Poster?«, stöhnte ich, einer Ohnmacht nahe.

»Aber das war doch als Beilage in der Rheinpfalz«, meinte der Student. »Haben Sie das nicht gesehen?«

Im Geist erweiterte ich mein Programm für morgen: Mörder fassen, dann Suizid. Doch jetzt musste ich mich erst mal ablenken.

Ich schaute mich in dem neuen Labor um, mit Ausnahme des fehlenden Staubes sah es aus wie scin altes. Neugierig blickte ich auf einen Teil der Tischplatte. Auf dieser war eine Internetseite aufgemalt.

»Ist das ein neues Design für Tischplatten?«, fragte ich Jacques.

Er schüttelte den Kopf. »Du lebst wohl immer noch der Technik ein paar Jahre hinterher, Reiner.«

Jacques tippte mit seinem Zeigefinger auf das Bild und verschob es mühelos auf dem Tisch. Selbst Becker staunte. Nun nahm der Erfinder zusätzlich den Daumen und tat so, als würde er das Bild vom Tisch aufnehmen wollen. Tatsächlich löste es sich. Jacques drehte sich zur Seite und drückte mit den beiden Fingern auf die Tür eines Blechschranks. Sofort war das Bild an dieser Stelle wieder da.

»Das ist ja unglaublich«, rief Becker. »Wie funktioniert das?«

Jacques winkte ab. »Das ist ganz einfach. Ich nenne es Boscoweb.« Er zeigte auf seine Uhr am linken Handgelenk. »Da ist mein Internetzugang integriert. Fürs Internet sind die kleinen Bildschirme der Handys und Smartphones denkbar ungeeignet. Und wenn der Bildschirm mal ein bisschen größer ist, dann wirkt es, als würde man mit einem Backstein telefonieren.«

Er lachte. »Mir ist es gelungen, den Internetzugang und das Anzeigemedium komplett zu trennen und flexibel zu gestalten. Mit maximal zwei Fingern kann ich auf jeder beliebigen Fläche Internetseiten darstellen. Das funktioniert sogar auf Wasser, dort wirkt es nur etwas unscharf.«

Während Becker sich die Funktionsweise erklären ließ und dazu Jacques' Internetuhr anlegte, sinnierte ich darüber, ob es eine Alternative zum Suizid gab. Wie könnte ich nur aus dieser Affäre entkommen? »Was ist, Reiner? Was brauchst du dieses Mal? Musst du wieder die Welt retten? Ich hätte da was für dich …«

»Nein«, wehrte ich ab, »nicht die Welt, nur mich selbst. Vorher wäre da aber noch eine andere Kleinigkeit.«

»Wie immer«, antwortete mein Freund lakonisch.

»Kennst du das Congressforum in Frankenthal?« Eigentlich war die Frage nur rhetorisch, woher sollte Jacques es kennen? Seit Jahren verließ er nur äußerst selten sein Haus oder das Labor.

»Aber selbstverständlich. Erst vor drei Monaten habe ich im Spiegelsaal meine neue Laser- und Spiegelshow präsentiert. Den Saal musst du dir unbedingt mal anschauen, Reiner.«

Die Anzahl der Überraschungen, die in den letzten Tagen auf mich einprasselten, war mittlerweile unzählbar geworden. »Was hast du da von einer Show geredet?«

Statt einer Antwort zauberte er einen Bildschirm auf den Labortisch und drückte ein paar imaginäre Tasten. »Schau dir mal den Film an.«

Er trat zur Seite, sodass auch Becker zuschauen konnte.

Das Video zeigte unzweifelhaft den Spiegelsaal. Viele weitere Spiegel in den unterschiedlichsten Größen standen auf dem Boden oder hingen an den Wänden beziehungsweise an der Decke. Jacques stand auf der Bühne und hielt eine Fernbedienung in der Hand. Was jetzt passierte, war Magie pur. Becker und ich staunten über die optischen Darbietungen. Dazu ertönten sphärische Klänge, die mir eine Gänsehaut verursachten. Das Video schwenkte zum faszinierten Publikum, das Jacques räumlich in seine Show integriert hatte.

»Genau das brauchen wir«, stellte ich begeistert fest, als der Film fertig war.

»Weißt du, was das für ein Aufwand ist? Ich habe drei Tage getüftelt, bis alles perfekt gepasst hat.«

»Egal, bis morgen Nachmittag muss das stehen. Herr Becker hilft dir beim Aufbau.« Ich schaute meinen Freund mit treudoofem Blick an. »Oder kriegst du das nicht hin?«

Mit dieser rhetorischen Spitze hatte ich so gut wie gewonnen. »Nichts ist unmöglich. Das gilt für Toyota wie auch für mich. Nur eine Bedingung habe ich.«

»Akzeptiert. Du bist dabei und steuerst das Zeug. Ohne dich würde das sowieso nicht funktionieren.«

Jacques blühte von einer Sekunde zur nächsten förmlich auf. Er hatte wieder mal die Möglichkeit, sein Können der Öffentlichkeit zu präsentieren. Wie ein kleines Kind zappelte er ungeduldig herum. »Wird es wieder gefährlich?«

»Da muss ich dich leider enttäuschen. Wir werden nur schnell einen Mörder überführen, dann ein paar Menschen zur Verzweiflung bringen und nebenbei das Publikum unterhalten. Du siehst: alles nur Routinekram.«

SZENE 21 EIN NETTER ABEND

Die nächsten Stunden hatten das Zeug, mein Leben nachhaltig zu verändern. Am Vortag bei Jacques und der anschließenden Besprechungsrunde in der Dienststelle war ich noch äußerst euphorisch. Es gelang mir sogar, meinen Kollegen die Sache einigermaßen schmackhaft zu machen. »Endlich ist mal wieder was los bei uns«, meinte Gerhard und rieb sich vergnügt die Hände. Die vorsichtige Jutta baute ein paar Sicherheitsaspekte ein, die sie mit Jacques direkt besprach und die mich nicht weiter interessierten.

Vielleicht waren meine vielen Verletzungen schuld, die sich in der Nacht der Reihe nach bemerkbar machten, vielleicht war es auch nur mein allgemeiner Zustand der Übermüdung. Lisa und Lars waren in meinen Albträumen längst erwachsen und hatten ihre pflegebedürftigen Eltern in einen Kellerraum abgeschoben, während sie selbst in der restlichen Wohnung Drogen auf vegetarischer Basis herstellten und vermarkteten. Das Schlimmste war, dass die Kinder uns einmal im Monat zu einem Altennachmittag brachten, an dem der kurioserweise junggebliebene KPD Volksweisen und Militärmärsche vorsang. Und Dr. Metzger führte allerlei suspekte ärztliche Rituale an den nahezu bewegungsunfähigen Senioren aus.

Zum Glück bekam Stefanie meine unruhig Nacht nicht mit, da sie mit den zukünftigen Drogengeschwistern viel zu beschäftigt war. In weiser Voraussicht hatte ich ihr mitgeteilt, dass ich am Donnerstagvormittag frei hätte als Ausgleich für den Abendtermin. Meine Frau wollte das natürlich gleich ausnutzen: »Prima, dann können wir gemeinsam einkaufen fahren. Ich bin die ganze Woche nicht aus dem Haus gekommen.« Und so sollte es bleiben, zumindest bis zum Wochenende, dachte ich. Dann wäre die Caravella-Geschichte bereinigt, oder –, nein, daran wollte ich jetzt nicht denken. Die Zwillinge besorgten mir die beste Ausrede, indem sie sich in ihren Stimmübungen abwechselten. »Wenn wir Lisa und Lars mitnehmen, bekommen wir im Supermarkt Hausverbot.«

Stefanie sah das ein, und ich fuhr allein. Die Großen waren zum Glück in der Schule. Ich nutzte die Gelegenheit, um etwas Proviant für den kommenden Abend zu horten. Wie ich gehört hatte, sollte es ja kein Buffet geben. Selbstverständlich vergaß ich Pauls Schokolade nicht.

Gegen Mittag verabschiedete ich mich von Stefanie und fuhr zunächst zur Dienststelle. Wie erwartet, waren die Kollegen längst in Frankenthal. Nach einem flüchtigen Blick in mein Büro folgte ich ihnen.

*

Ich erkannte den Spiegelsaal fast nicht wieder. Jacques hatte mit Dietmar Becker und weiteren Helfern den Saal in ein Spiegelkabinett verwandelt. Rund 200 Stühle befanden sich im Saal und auf dem Podium etwa ein Dutzend Barhocker an zwei Stehtischen. Im Hintergrund strahlte mich in Vorhanggröße ein Bild von der in Polizeiabsperrband eingewickelten Lisa an. Allein ihre Nase maß bestimmt zwei Meter.

»Keine Angst, da kommt nachher ein anderes Bild hin«, rief Jacques, den ich zunächst nicht entdecken konnte. Von einem Moment auf den anderen sah ich ihn und Becker plötzlich dutzendfach. Da die Raumbeleuchtung gedrosselt war, konnte ich nicht erkennen, was Original beziehungsweise optische Kopie war. Erst als mir der Erfinder auf den Rücken tippte, konnte ich ihn identifizieren.

»Wahnsinn, wie habt ihr das gemacht?«

»Deine Tochter? Da vorn steht der Beamer.«

»Ach was, ich meine die Spiegel.«

»Einfallswinkel gleich Ausfallswinkel. Das solltest du in der Schule gelernt haben, Reiner. Wenn du nicht krank warst.«

Becker ergänzte: »Es gibt im Saal sogar ein paar Stellen, an denen man unsichtbar ist, wenn man dort steht.«

»Aber nur, wenn man von der Bühne aus schaut«, schränkte Jacques ein.

»Reiner, kommst du mal bitte?«

Jutta hatte mich entdeckt. Ich ließ Jacques und Becker weiterarbeiten und lief zum Saaleingang.

»Hallo, Jutta, bist du schon lang hier?«

»Seit über 40 Jahren«, antwortete sie.

»Ich meine doch…«

Jutta unterbrach mich. »Du bist doch für das fehlende Buffet verantwortlich, oder?«

Ich nickte. »Klar, das gehört zur Show.«

»Dann ist dieser Teil schon mal schiefgegangen. Komm mit.«

Ich folgte meiner Kollegin in das Culinarium. Dieses Restaurant lag direkt neben dem Spiegelsaal. Ich begrüßte im Vorübergehen Claudius Stefanus sowie Daniela Westermann und sah schließlich, dass Pako in der Küche des Restaurants stand.

Dieser hob die Hand zur Begrüßung. »Hallo, Herr Palzki. Ihre Kollegin Frau Wagner hat mir bereits mitgeteilt, dass die Buchung mit dem Buffet wohl versehentlich untergegangen ist. Leider ist heute im Culinarium nur eine Notbesetzung anwesend. Aber keine Angst, wir schaffen das. Ich wollte schon immer mal ein großes vegetarisches Buffet organisieren. Glücklicherweise ist das Lager mit lauter guten und schmackhaften Sachen gefüllt. Wollen Sie mithelfen? Es müssen noch drei Zentner Grumbeeren geschält werden.«

»Tut mir leid, ich stecke gerade in schwierigen Vorbereitungen. Warum ist Ihre Managerin nicht bei Ihnen?«

Pako lachte, obwohl er gerade Zwiebeln schnitt. »Die finden Sie in einem der Künstlerzimmer. Die beiden Kreuzbergers fetzen sich mal wieder.«

Nun kam auch Pakos Freundin Henrike in die Küche. Sie trug lange grüne Stangen, die vermutlich auch irgendetwas mit Gemüse zu tun hatten.

»Dann will ich Sie mal nicht länger stören. Zur Veranstaltung kommen Sie aber in den Saal?«

»Ja, man hat mir gesagt, ich dürfte sogar auf der Bühne stehen, zusammen mit ganz wichtigen Personen. Da bin ich sehr darauf gespannt.«

Ich konnte nur enttäuscht den Kopf schütteln, als ich das Culinarium verließ. Konnte nicht auch einmal etwas schiefgehen? Egal was ich anstellte, irgendjemand bog es wieder gerade. Ha, da sah ich meine nächsten Opfer. Vier geschniegelte McStirnhörs kamen ins Foyer. Sogar beim Gehen konnte man sie nicht unterscheiden. Ich erkannte den Kulihalter aus KPDs Büro.

»Hallo, Kumpels«, begrüßte ich das Quartett salopp. »Sie können sich auf der Bühne am linken Stehtisch einrichten. Das Klo ist im Keller, falls Sie sich vorher frisch machen wollen.«

»Sie haben vergessen, uns zu briefen, Herr Palzki.«

»Vergessen? Haben Sie meine E-Mail nicht erhalten? Das tut mir aber leid, macht aber nichts. Das wird eine völlig entspannte Veranstaltung. Sie werden sich bestimmt wohlfühlen. Wollen Sie vorher einen Jägermeister oder zwei?«

Ich ließ die steifen Männer mit ihrem Leben allein und traf auf Gerhard.

»Du sollst auf die Bühne kommen, damit du verkabelt wirst.« Er zeigte mir sein eigenes Headset.

»Stört das irgendwie?«, wollte ich von ihm wissen.

»Nur beim popeln bleibt man manchmal am Mikro hängen, sonst gehts.«

Ein Techniker verkabelte mich und hängte mir den Sender an die Gürtelschlaufe. »Sagen Sie mal was«, forderte er mich auf.

»Diefenbach, ich scheiß dir was«, sagte ich und alle im Spiegelsaal und im Foyer hörten es.

Der Tontechniker empfahl mir, entweder den Sender bis zum Beginn der Veranstaltung auszuschalten oder vor dem Reden zu denken.

Langsam füllte sich der Saal. Der Minister kam und wurde von allerlei regionaler B- und C-Prominenz betütert. Schließlich kam KPD. Ich wunderte mich, weil er nicht mit seinem Dienstwagen bis ins Foyer vorfuhr. Breitbeinig mit ausgestreckter Brust schritt er das Foyer ab und nickte jedem zu. Um seine Nervosität halbwegs zu verbergen, schnappte er sich von einem Tisch einen Sektkelch. Jetzt hatte er nur noch eine freie Hand, deren Finger nervös zuckten.

KPD entdeckte mich. »Herr Palzki, wo ist Ihre Krawatte? Sie können doch hier nicht ohne Krawatte auftauchen!«

Puh, solche Probleme hätte ich gern. »Ich sitze nicht im Publikum«, beruhigte ich ihn mit der Wahrheit.

»Steht das Buffet bereit?« KPD nervte.

»So früh? Es soll doch alles frisch sein, Herr Diefenbach. Jede Menge Köche arbeiten im Moment daran. Wir haben sogar an Nichtvegetarier gedacht. Da machen wir dann eine Pizzasammelbestellung beim hiesigen Italiener.«

KPD hatte den Schluss nicht mehr verstanden, da er im Saal den Minister entdeckte. Dies war günstig, da er damit bis zum Beginn der Veranstaltung beschäftigt sein würde. Ich sah, wie ein Techniker dem Schifferstadter Dienststellenleiter ein Headset verpasste.

Nachdem ich mit meinen Kollegen sowie Jacques und

Dietmar Becker eine letzte kurze Besprechung abgehalten hatte, ging ich nach vorn zur Bühne. Pako und die Unternehmensberater standen bereits an einem der Stehtische. Auf dem Tisch standen Pakos Dubbeglas sowie ein paar keine Flaschen Jägermeister, der Service schien zu funktionieren. Das Licht wurde langsam gedimmt, die allgemeine Geräuschkulisse verebbte. Auch KPD hatte dies bemerkt und sich von dem Minister verabschiedet. Auf dem Weg zum Podium kreuzten sich unsere Wege. »Was machen der Typ da oben und die Seniormanager von McStirnhör, Herr Palzki? Sie haben ja immer noch keine Krawatte an!«

»Ich habe keine Ahnung«, sagte ich und stieg gemeinsam mit meinem Chef die Stufen zur Bühne hoch, was diesen zusätzlich verwirrte.

Im Hintergrund lief, man konnte es kaum vernehmen: ›Conquest of Paradise‹.

Diefenbach lächelte, während er an seinem Gürtel herumfummelte, um den Sender einzuschalten. Dies war nicht ganz einfach, da sein Redemanuskript, das er in der Hand hielt und das aus losen Blättern bestand, vom Umfang her gesehen bestimmt Karl Mays Gesamtwerk übertraf.

KPD stellte sich breitbeinig an die Vorderkante der Bühne, holte tief Luft und sprach seine Begrüßungsworte: »Alle meine Entchen –«

KPD stockte und blickte in Richtung Lautsprecher, die links und rechts der Bühne standen. Hatte er richtig verstanden, oder hatte ihm seine Aufgeregtheit einen Streich gespielt? Die Zuschauer zeigten keine Reaktion, sie verhielten sich abwartend. KPD nahm einen erneuten Anlauf: »Fuchs, du hast die Gans –«

Erstes zaghaftes Lachen in den hinteren Reihen. Dies war das Zeichen für meinen Auftritt. Ich schaltete meinen Sender ein und ging zu meinem Chef.

»Herr Diefenbach, die Technik hat mir gerade über Ohrhörer mitgeteilt, dass Ihr Sender falsch moduliert. Es wird ein paar Minuten dauern, bis das wieder in Ordnung ist.«

Ich zeigte dem verdatterten KPD den rechten Stehtisch, an dem noch niemand stand. »Nehmen Sie doch bitte solang dort Platz. Der Champagner wird gleich serviert.«

Mir war klar, dass ich keinen zeitlichen Leerlauf zulassen durfte, um KPD Zeit zum Nachdenken zu geben. Ich wandte mich ans Publikum.

»Meine sehr verehrten Damen, meine sehr geehrten Herren, wir bitten, die kurze Störung zu entschuldigen. Wir nutzen die Gelegenheit, Ihnen vorab Einblicke in die hocheffiziente Ermittlungsarbeit der Schifferstadter Kriminalpolizei zu geben. Wie Sie ja wissen, ist Herr Diefenbach«, ich deutete auf KPD, »seit knapp einem Jahr unser Dienststellenleiter. Seitdem hat sich einiges getan.«

Ich schielte zu KPD, der sich abwartend verhielt. Wahrscheinlich gewann gerade seine Neugier die Oberhand.

»Wie heißt es so schön: das Beste am Anfang. Daher darf ich Ihnen jetzt eine Weltpremiere ankündigen. Live auf dieser Bühne hier im Frankenthaler Congressforum werden wir einen komplizierten Mordfall lösen und den mehrfachen Mörder entlarven. Freuen Sie sich auf die nächsten Minuten.«

Für einen kurzen Moment füllte ›Conquest of Paradise‹ akustisch den Saal. Dann wurde es wieder still. Ein gelber Lichtkegel wirbelte im Saal herum und traf mich schließlich frontal. Jacques schien in seinem Element zu sein.

»Sie haben ihn bestimmt bereits erkannt.« Ich zeigte auf den Künstler. »Pako, der bekannte Kurpfälzer Comedian.« Pako machte eine kleine Verbeugung, sagte aber nichts. Das Publikum klatschte.

»Auf diesen sympathischen Menschen, auch wenn er aus Überzeugung Vegetarier ist, wurden in den letzten Tagen mehrere Anschläge verübt. Im gleichen Zusammenhang gab es leider zwei Kapitalverbrechen. In beiden Fällen wurden im Congressforum Techniker ermordet. Eiskalt, muss man sagen. Aber keine Angst, Sie sind heute sicher. Oder haben wir einen Techniker im Publikum?«

Ein paar Gäste lachten, das Eis war gebrochen. Auch KPD schien mich als Moderator wenigstens im Moment zu akzeptieren, obwohl ich keine Krawatte trug.

»Wir werden Ihnen nun unsere Verdächtigen präsentieren und zu Herrn Diefenbach auf die Bühne bitten. Dann werden wir gemeinsam überlegen, wer als Täter infrage kommt.«

Niemand klatschte, daher spielte Jacques einen leicht übertrieben wirkenden Szenenapplaus aus der Konserve ein.

»Als Erstes wäre Frau Karin Kreuzberger zu nennen, die Managerin von Pako.«

Der Scheinwerferkegel wanderte durchs Publikum und blieb wie zufällig bei Pakos Managerin hängen. Ihr Gesicht war krebsrot, und sie schien nicht wenig wütend zu sein.

»Kommen Sie, meine Gute«, forderte ich sie auf. »Bringen Sie auch gleich Ihren Mann mit, er wird Ihnen bestimmt helfen wollen.«

Das eingespielte Konservenklatschen diente als zusätzliche Motivation. Umständlich standen die beiden auf und kamen nach vorn. Man merkte ihnen deutlich an, dass sie es nicht gern machten, doch darauf konnte ich keine Rücksicht nehmen. Ich stellte sie KPD vor, der mit den Kreuzbergers nichts anzufangen wusste und inzwischen fast seine komplette Selbstsicherheit eingebüßt hatte. Kreuzbergers bekamen je ein Handmikrofon.

Das Publikum wurde unruhig. Verabredungsgemäß startete mein Freund hinter den Kulissen eine kleine Zwischensequenz. Die Gäste staunten über die Laserlichteffekte und wussten nicht, wo sie zuerst hinschauen sollten.

»Mehr gibts später«, sagte ich, als die Laser erloschen. »Damit es spannender wird, benötigen wir weitere Verdächtige. Haben wir Freiwillige im Saal?«

Wider Erwarten ging eine Hand nach oben. Ausgerechnet der Minister. Dies war von mir nicht vorgesehen, doch ändern konnte ich daran nichts. Der Minister kam aufs Podium und ein Techniker drückte ihm ein Funkmikrofon in die Hand.

»Herr Diefenbach, ich muss mich bei Ihnen entschuldigen. Bis vorhin habe ich gedacht, den langweiligsten Abend seit meinem Amtsantritt zu erleben. Doch was ich hier erleben darf, ist einfach köstlich. Wie kann man nur auf die glorreiche Idee kommen, eine Schauspieltruppe anzumieten und ein Kriminaltheater vorzustellen. Da melde ich mich gern als Mitspieler. Bereits in meiner Schulzeit habe ich regelmäßig Theater gespielt. Dann bin ich aber doch Politiker geworden.«

Die zunächst etwas perplexen Personenschützer des Ministers hatten sich zwischenzeitlich unauffällig im Seitenbereich der Bühne aufgestellt.

KPD wusste nicht, wie er reagieren sollte und ich auch nicht. Dies war eine sehr skurrile Situation. Na ja, der Minister würde schon merken, dass die Sache kein Theater war, sondern eine todernste Angelegenheit.

Ein kurzer Blick zu Diefenbach zeigte mir, dass er neben dem Minister stand. Alles andere schien für ihn unwichtig geworden zu sein. Jetzt musste ich höllisch aufpassen, dass am Ende nicht doch mein Chef als Sieger vom Platz ging. Ich wandte mich erneut dem Publikum zu.

»Einen Minister, der des Mordes verdächtigt wird, gibt es selten. Um es nicht zu einfach zu machen, benötigen wir weitere potenzielle Täter.«

Längst zuckte der Lichtkegel wieder im Saal herum. Plötzlich teilte er sich und verharrte auf Claudius Stefanus und Daniela Westermann.

»Na, das passt prima, würden Sie zu uns hochkommen?«

Die beiden, die nebeneinander saßen, schauten sich verwirrt an. Schließlich kamen sie zu dem Schluss, dass es am besten wäre, der Aufforderung zu folgen. Als die beiden bei mir standen, stellte ich sie namentlich dem Publikum sowie KPD und dem Minister vor. Auch sie bekamen Mikrofone.

Nach einer kleinen Lasereinlage, man sollte sein Publikum immer im Griff haben, wandte ich mich an den linken Stehtisch. Die McStirnhörs standen nach wie vor kerzengerade da wie nicht abgeholt, was mich aber wenig störte. Die Jägermeisterfläschchen waren unberührt und standen ebenfalls noch kerzengerade.

»Pako, Sie sehen da drüben am anderen Tisch eine Auswahl an Verdächtigen. Wem würden Sie die Attentatsversuche auf Sie zutrauen?«

Der Künstler antwortete sofort: »Niemandem, das ist doch absurd.«

»Hm, vielleicht fehlt noch jemand.«

Der Scheinwerfer ging wieder auf die Reise und blieb schließlich bei Pakos Freundin Henrike Reichlinger hängen.

»Kommen Sie bitte auch zu uns?«, fragte ich freundlich. »Sie dürfen gern zu Ihrem Freund.«

Pako winkte ihr zu und fragte mich: »Muss das sein?«

»Nur der Vollständigkeit halber«, entgegnete ich.

»Liebes Publikum, eine der Personen, die auf der Bühne stehen, ist ein mehrfacher Mörder. Helfen Sie mir bei der Identifizierung.«

Statt den Publikumsjoker zu ziehen, ging ich zu Frau Kreuzberger. »Was meinen Sie, haben wir alle Verdächtigen beisammen?«

Pakos Managerin wirkte wie die anderen äußerst angespannt. »Das weiß ich doch nicht. Die Stalkerin fehlt und die rothaarige Frau.«

Ich deutete eine Verbeugung an. »Sie sagen es. Wir haben bisher keine Spur der Stalkerin und die rothaarige Dame haben wir auch nicht erwischt.« Ich erklärte die Sache dem Publikum. »Bei allen Attentaten tauchte eine Frau mit langen roten Haaren auf. Jedes Mal gelang es ihr, unerkannt zu fliehen.« Um die Spannung zu erhöhen, ließ ich ein paar Sekunden verstreichen. »Frau Kreuzberger, wissen Sie was? Ich glaube, die unbekannte Rothaarige hat nie existiert.«

Blitzschnell drehte ich mich auf die andere Seite. »Was halten Sie von meiner These, Frau Reichlinger?«

Diese blickte zunächst zu ihrem Freund, bevor sie antwortete: »Ich habe diese Frau nie gesehen.«

»Das glaube ich Ihnen gerne. Und wie siehts bei Ihnen aus, Herr Stefanus und Frau Westermann?«

»Was wollen Sie überhaupt?«, schrie Claudius Stefanus. »Warum stellen Sie uns öffentlich an den Pranger? Ich weiß nichts von dieser Frau und will es auch nicht wissen.«

»Genau!«, ergänzte Daniela Westermann. »Ihre Show, die Sie hier abziehen, ist absurd!«

Ich ersparte mir, auf die Anmerkungen der beiden einzugehen. »Natürlich müssen wir auch unseren freiwillig Verdächtigen fragen. Herr Minister, kennen Sie die rothaarige Dame?«

Er nickte. »Ich bin mit ihr seit 20 Jahren verheiratet.«

Jetzt war ich es, der mit einer Maulsperre dastand. Der Minister sprach weiter: »Dort in der zweiten Reihe sitzt sie. Wollen wir sie fragen, ob sie bei dem Spielchen mitmachen will?«

Seine Frau hatte nicht die geringste Ähnlichkeit mit der gesuchten Person. Ich kratzte mich vor Wut am Kopf. Dieser Politiker dachte immer noch, dass wir einen Sketch aufführten. Mir blieb nichts anderes übrig, als die Verhandlung abzukürzen. Gern hätte ich alles ausgereizt, aber das Spiel mit dem Feuer wurde zu gefährlich.

»Meine Damen und Herren, wir kommen zum vorläufigen Höhepunkt des Abends.«

Ein kurzer Lasertusch sauste durch den Saal. Prima, Jacques war auf Zack.

»Die Dame mit den langen roten Haaren war nur ein Ablenkungsmanöver. Nicht wahr, Herr Kreuzberger?«

Ein mörderisch roter Lichtkegel fokussierte den Ehemann von Pakos Managerin. Dieser zeigte nicht die kleinste Regung.

»Als früherer Maskenbildner sind Sie ein Experte für Verkleidungen, stimmts? Sie haben letzten Samstag Pako die Falle gestellt, die leider zu früh zuschnappte und Tuflinsky in den Tod riss. Dummerweise hatte Tuflinskys Kollege Tomas Morda etwas gesehen. Wir werden wohl nie erfahren, was es war. Vielleicht hatte er Sie entdeckt, als Sie sich umgezogen haben. Wer weiß. Jedenfalls hat Morda Sie erpresst, was nun ihn das Leben kosten sollte. Bin ich gut, Herr Kreuzberger?«

»Was erzählen Sie da für einen Quatsch?« Dies waren seine ersten Worte. Auch seine Frau reagierte. »Mein Mann ein Mörder? Das ist das Verrückteste, was ich je gehört habe.«

Im Saal war es mucksmäuschenstill, alle hörten gespannt zu. Selbst KPD schien gefesselt zu sein.

»Frau Kreuzberger, überlegen Sie mal. Bei jedem Attentat war Ihr Mann für eine Weile verschwunden. Nehmen wir zum Beispiel Ihre Geheimsitzung im Congressforum. Zum Zeitpunkt von Mordas Tod hat Ihr Mann Ihnen etwas aus dem Wagen geholt. Oder im Capitol: Da bin ich ihm im Treppenhaus begegnet, als ich der Frau nachjagte.«

Nachdem ich mich geräuspert hatte, ging ich ins Detail.

»Das war übrigens einer Ihrer Fehler, Herr Kreuzberger. Wenn auch nicht Ihr erster. Als ich der flüchtenden Frau nachrannte, kamen Sie mir im Treppenhaus entgegen und behaupteten, die Dame nicht gesehen zu haben. Als Alternative gab es nur den Keller, der eine Sackgasse ist. Wie sich herausstellte, hatte sich dort niemand versteckt. Konnte sich die Frau in Luft auflösen? Nein, sie hatte sich mittlerweile nur umgezogen.«

Kreuzberger hustete nervös. »Das klingt wohl eher nach Kaffeesatzlesen. Ich werde Sie anzeigen wegen Rufschädigung. Ich gehe jetzt.«

»Bleiben Sie noch ein bisschen«, bat ich ihn. Allerdings wusste ich, dass eine Flucht für ihn unmöglich war.

»Ich würde gern weiter mit Ihnen plaudern. Ach, habe ich schon erwähnt, dass ich gestern mit Ihrem Arzt telefoniert habe? Ihre angebliche Knöchelbandage benötigen Sie seit Wochen nicht mehr.«

»Na und?«, fiel er mir ins Wort, und es klang aggressiv. »Ich bin ein vorsichtiger Mensch und möchte keinen Folgeschaden riskieren.«

»Das bleibt Ihnen natürlich unbenommen. Dummerweise haben Sie einen viel größeren Fehler begangen. Sie haben mir ein Fax geschickt, um mich im Kammersaal des Pfalzbaus zu treffen. Sie kamen als rothaarige Frau verkleidet und lockten mich auf den Speicher des Konzertsaals. Das Erschrecken haben Sie nur gespielt, um den Verdacht von sich abzulenken.«

»Ich habe Ihnen dieses blöde Fax nicht geschickt.« Kreuzberger schrie. Er war kurz davor, überzureagieren.

»Jeder macht irgendwann einen entscheidenden Fehler«, hielt ich entgegen und holte zum Vernichtungsschlag aus. »Alle anderen Taten haben Sie vorher genau geplant. Mit dem Fax verhielt es sich anders. Es war eine spontane Idee.

Und wie es bei spontanen Dingen manchmal ist, macht man dabei Fehler. Wir haben es inzwischen überprüft. Zur fraglichen Zeit hatten Sie Zugang zum Fax und Sie waren auch der Einzige von den Verdächtigen, der sich zu der fraglichen Zeit in der Verwaltung aufgehalten hat. Haben Sie Ihrer Frau vielleicht mal wieder etwas holen müssen? Das spielt aber keine Rolle, auf sämtlichen Zifferntasten, die man zum Faxverschicken an die Kripo Schifferstadt benötigt, haben wir Ihre Fingerabdrücke gefunden.«

Kreuzberger zitterte, er war enttarnt. Ich gab ihm den Rest. »Auch über das Motiv bin ich mir längst im Klaren. Es ist übrigens in der weltweiten Mordstatistik das dritthäufigste Motiv: Eifersucht. Sie vermuten, dass Ihre Frau ein Verhältnis mit Pako hat. Deshalb verfolgen Sie sie auf Schritt und Tritt. Sie haben Angst, dass Ihre Frau Sie verlässt. Dann hätten Sie nämlich nichts. Ihre Frau war so schlau, bei der Eheschließung Gütertrennung zu vereinbaren. Ihr gehört das Haus, Ihr gehört die Künstlervermittlung. Ohne Ihre Frau sind Sie arm wie eine Kirchenmaus.«

Karin Kreuzberger schaute ihren Mann entgeistert an. »Stimmt das?«

Statt einer Antwort zog er blitzschnell ein Messer aus seiner Jacke und setzte es KPD an den Hals. »Palzki, Sie Narr«, schrie er. »Ich habe Sie leider unterschätzt. Dafür werden Sie büßen. Machen Sie Platz, sonst ist Ihr Chef mein drittes Opfer. Töten kann Spaß machen, wenn man mal auf den Geschmack gekommen ist.«

Ein dröhnendes Lachen folgte. Kreuzberger wollte KPD von der Bühne stoßen, um mit ihm fliehen zu können. Doch egal wo er hinschaute, überall starrte er mich an. Jacques hatte mich virtuell hundertfach geklont. Vielleicht hätte er bei den Kopien den Taillenumfang nicht so sehr betonen müssen, aber im Großen und Ganzen waren sie recht gelungen.

Kreuzberger reagierte wie erhofft. Er ließ KPD los und stach wie ein Berserker auf mich ein, ohne mir überhaupt nahe zu kommen. Inzwischen hatte die Lasershow eingesetzt, die die Lage für Kreuzberger noch verwirrender machte. Jetzt setzte Jacques auf den Höhepunkt. Von hinten und von beiden Seiten näherten sich drei Spiegel-Palzkis unbeirrt dem Mörder. Für das Publikum bot sich ein grandioses Schauspiel. In der Mitte Kreuzberger, der nicht wusste, wie ihm geschah und herumzappelte wie Michael Jackson auf dem Höhepunkt seiner Karriere. Um ihn herum dreimal ich, der ihn immer mehr einkesselte. Schließlich klappten die drei übergroßen Spiegel zu einem Dreieck zusammen. Kreuzberger war in der Unendlichkeit von Einfallswinkel gleich Ausfallswinkel gefangen. Während das Spiegelensemble langsam zur Bühnenseite glitt, verstärkte sich die Lasershow ins Fantastische. Das Ziel war, das Publikum vor einer Panik zu bewahren und der Festnahme des Mörders eine theatralische Note zu verleihen.

Erschöpft aber zufrieden stand ich auf der Bühne, während die Show mit einem furiosen Finale und einem kleinen Feuerwerk zu Ende ging. Der Mörder war festgenommen, die Kür geschafft. Nun würde die Pflicht folgen, die Demontage KPDs. Gleich würde ich dermaßen über unseren Vorgesetzten ablästern, dass er für immer und überall untragbar sein würde. Jetzt war die Zeit der Abrechnung gekommen.

Ich ging vor zum Bühnenrand und wollte gerade beginnen, als ich ein Knacken in den Lautsprechern vernahm. Ich drehte mich zur Seite und sah, wie der Minister zu einer Rede ansetzte.

»Lieber Herr Diefenbach, ich bin schwer beeindruckt. Diese Show war gigantisch. So etwas Grandioses habe ich noch nie zuvor gesehen. Ich möchte Ihnen für diese tolle Performance danken. Die Schauspieler, die Sie ausgewählt haben, verstehen ihren Job. Insbesondere der lustige untersetzte Polizeibeamte«, er zeigte auf mich, »hat es mir angetan. Aber auch an kleine Details haben Sie gedacht, wie die drolligen Statisten von der Unternehmensberatung. Einfach herrlich! Herr Diefenbach, Sie haben es verstanden, ein staubtrockenes Thema optisch und akustisch hervorragend umzusetzen. Ich bin endgültig felsenfest davon überzeugt, dass wir mit Ihnen die richtige Person für den Job als Dienststellenleiter der Schifferstadter Kriminalinspektion besetzt haben. Machen Sie so weiter, Sie sind auf dem richtigen Weg.«

Das Publikum applaudierte, aber der Minister war noch nicht fertig. Er zeigte der Reihe nach auf Pako, die McStirnhörs, die ehemals Verdächtigen und mich. »Dem Publikum und mir ist natürlich klar, dass das gebotene Theaterstück alles andere als realistisch ist und auf keinen Fall die polizeiliche Ermittlungsarbeit korrekt darstellt. Aber der Unterhaltungsfaktor war sehr groß. Insbesondere freue ich mich, dass Pako bei dem Spaß mitgespielt hat. So, und jetzt will ich zum Buffet.«

Der Applaus war heftig und lang, sämtliche Gäste standen von ihren Plätzen auf.

Tränen kullerten mir über die Wangen, ich setzte mich auf den Bühnenboden, während sich der Saal langsam leerte.

Irgendwann stand Dietmar Becker neben mir. »Dumm gelaufen«, meinte er. »Aber wie sind Sie eigentlich auf Theobald Kreuzberger gekommen? Der soll doch in meinem Krimi am Schluss der Täter sein. Ich war mir sicher, dass außer mir niemand auf diese Idee kommen würde.«

Ohne eine Antwort zu geben, stand ich auf. Die Unternehmensberater waren längst verschwunden, die Jägermeisterflaschen allesamt leer.

Von hinten kamen Jacques, Gerhard und Jutta.

»Die blöde Sache mit dem Minister konnte niemand vorhersehen«, sagte Jutta. »Ansonsten hat alles geklappt.«

Jacques schlug mir auf die Schultern. »Ich habe alles gegeben, mein Sohn.«

»Ich weiß, Jacques, es war nicht deine Schuld. Trotzdem ging der Schuss nach hinten los.«

»Gehen wir was trinken«, tröstete mich Gerhard.

Gemeinsam gingen wir ins Culinarium, in dem das Buffet längst eröffnet war. Um zum Getränkeausschank zu kommen, mussten wir am Buffet vorbei. Und genau dort stand Pako, der mit dem Minister und KPD in ein Gespräch vertieft war. Als Pako mich sah, unterbrach er seine Rede. »Herr Palzki, das war eine erstklassige Show. Vielleicht sollten wir mal als Duo auftreten.«

Während KPD schwieg, setzte der Minister noch eins drauf. »Das Buffet ist hervorragend und das Beste, was ich seit Langem geboten bekommen habe. Aber sagen Sie mal, Herr Palzki: Sie kommen mir irgendwie bekannt vor. Kann es sein, dass Sie im richtigen Leben Werbung machen für vegetarische Kartoffel-Produkte?«

ENDE

EPILOG

Es war nicht einfach, diese Niederlage zu verdauen. Zum Glück reagierte KPD vernünftig: Alles war seine Idee gewesen. So erklärte er es am nächsten Tag Dietmar Becker und uns. Zum Abschluss der Besprechung fragte er mich tatsächlich, wie weit ich mit meinem Fall wäre und wann ich endlich den Täter festnehmen würde. Auch KPD hatte den Abend im Congressforum als Theaterstück aufgefasst. Hoffentlich wurde ich nie Chef oder gar Politiker. Dietmar Becker schrieb über die Sache natürlich wieder einen dieser schauderhaften Krimis. Sogar die Idee mit dem Showdown klaute er mir, und sein Mörder war am Schluss selbstredend Theobald Kreuzberger. Sie wissen ja jetzt Bescheid, daher brauchen Sie Beckers Krimi nicht mehr zu kaufen.

KPD hatte an dem Abend in Frankenthal mit Pako Freundschaft geschlossen. Beide waren sie übereingekommen, in der Dienststelle einen verpflichtenden Kochkurs für alle Beamten abzuhalten. Pako sollte uns in die Geheimnisse der vegetarischen und schmackhaften Küche einweihen. Ich hatte keine Ahnung, wie er diesen Widerspruch lösen würde. Als besondere Gemeinheit trug sich KPD mit dem Gedanken, im Sozialraum eine Mitarbeiterkantine einzurichten. Im täglichen Wechsel sollten durch den Kochkurs befähigte Beamte für den Rest der Mannschaft einen vegetarischen Mittagstisch zubereiten. Mich hatte KPD für montags, mittwochs und freitags eingeteilt.

Die in der Nähe des Gräberfeldes gefundenen Knochen passten nicht zu Gurus Mutter. Die DNA-Ergebnisse bewiesen das einwandfrei, auch wenn ich kurz daran gezweifelt hatte, dass Guru so etwas wie eine DNA überhaupt besaß. KPD verlor das Interesse an seinem Fall und buchte ihn in seiner Statistik unter ›ungelöste Bagatellfälle‹. Seine Aufklärungsquote ließ er sich durch ein paar Knochen nicht kaputt machen.

Dr. Metzger hat durch Beziehungen seines Halbbruders eine Buchung für das Dschungelcamp erhalten. Pako freute sich, seinen Halbbruder am anderen Ende der Welt zu wissen. Dr. Metzger würde mit Sicherheit neue Standards der Grausamkeiten im Dschungelcamp setzen. Ich sah sie schon vor mir, die neue Aufschrift auf seinem Horrormobil: ›Dr. Metzger, der Arzt, der aus dem Dschungel kam‹.

Pako hat ein neues und sehr erfolgreiches Programm: ›Vegetarisch fer Kurpälzer‹. Die Rechte für das Bühnenbild im Hintergrund hatte er vom Imbiss Caravella erworben.

Karin Kreuzberger blieb Pakos Managerin. Ihren Mann hat sie nach seiner Festnahme nicht mehr gesehen und wollte ihn auch nicht mehr sehen. Sämtliche Erinnerungen an ihn hat sie entfernt. Was Claudius Stefanus und Daniela Westermann machten, weiß ich nicht. Sie waren schließlich unschuldig, was ich schon fast zu Beginn der Ermittlungen wusste.

Habe ich alles erwähnt? Ach ja, meine Frau fehlt noch. Ein paar Tage noch konnte ich die Wahrheit mit dem Werbevertrag verheimlichen. Zum Einkaufen fuhren wir nach Mutterstadt, weil es auf dem Weg dorthin keine Plakatwände gab. Pauls Fragezwang nahm nach wie vor kein Ende, und Melanie machte ständig peinliche Andeutungen zu irgendwelchen Fotos im Internet.

Um Stefanie mal etwas Abwechslung von den Zwillingen

zu gönnen, als Mann muss man an alles denken, hatte ich eines Abends heimlich meine Schwiegermutter eingeladen, damit sie auf Lisa und Lars aufpasste. Mit den von Pako erhaltenen Freikarten schauten wir uns im Mutterstadter Palatinum sein neues Programm an. Stefanie gefiels, jedenfalls bis der Vorhang aufging und sie das Bühnenbild entdeckte.

DANKSAGUNG

Die Recherchen zu Künstlerpech waren dieses Mal sehr zeitaufwendig und teilweise äußerst anstrengend. Sie haben mein Leben mal wieder vielfältig bereichert.

Die Tour durch die verwinkelten Räume des beinahe unendlich hohen Capitols in Mannheim habe ich fast genauso erlebt wie Palzki im vorliegenden Band. Zum Glück ist man ja jung und sportlich. Ich danke dem Geschäftsführer, Herrn Thorsten Riehle, für die interessante Führung hinter die Kulissen und durch gefühlte 1000 Treppenhäuser. Es war eine fantastische Erfahrung, auf dem Kuppeldach des Capitols herumzulaufen. Seien Sie gewiss, Herr Riehle: Beim nächsten Besuch drücke ich auf den Feuermelder!

Herrn Jan Schäfer und Frau Beate Scholl vom Congressforum Frankenthal verdanke ich eine faszinierende Führung durch die weitläufigen Räume und Keller des Veranstaltungshauses. Es war beeindruckend, den immensen technischen und personellen Aufwand zu erleben und zu verstehen, der hinter und unter den Kulissen benötigt wird, um eine Veranstaltung zum Erfolg werden zu lassen. In Zukunft sehe ich als Besucher die Veranstaltungen aus einem ganz anderen Blickwinkel. Ich denke, Palzki war nicht das letzte Mal bei Ihnen in Frankenthal. Ich habe mich bei Ihnen sehr wohl gefühlt.

Auch der stellvertretende Geschäftsführer der Lukom, Herr Hartwig Stark, sowie der technische Leiter des Ludwigshafener Pfalzbaus, Herr Helmut Weilacher, kannten keine Gnade und jagten mich kreuz und quer durch den Pfalzbau. In kürzester Zeit hatte ich die Orientierung verloren. Der Dachboden des Konzertsaals ist genauso wie beschrieben: Er kann nicht von dieser Welt sein. Noch nie zuvor habe ich so viele Rohre, Leitungen und 1000 andere technischen Dinge gleichzeitig in solch einem großen Raum gesehen. Der Freiblick vom Dach des Pfalzbau ist grandios. Vielen Dank auch an Herrn Weilachers Kollegen Michael Schermer, Peter Früauf und Heiko Raubach, dass ich sie als Realpersonen in ›Künstlerpech‹ integrieren durfte. Leider konnte ich nicht alles, was ich zu sehen bekam, in diesem Buch verarbeiten. Insbesondere der Theatersaal wäre einen eigenen Krimi wert. Was es dort hinter, über und unter der Bühne zu sehen gibt, hätte ich mir in den kühnsten Träumen nicht vorstellen können. Die Klettertouren über die wackligen Gitterroststege haben sich auf jeden Fall gelohnt. Auch die Fahrt mit dem wahrscheinlich weltweit schnellsten Aufzug, dem ›Bühnenflitzer‹ habe ich trotz kurzfristiger Schwerelosigkeit genossen. Warum ins All fliegen, wenn man Schwerelosigkeit auch im Pfalzbau erleben kann?

Als kleines Schmankerl darf ich Ihnen noch verraten, dass ich mir kurze Zeit vor den anstrengenden Klettertouren im Capitol und Pfalzbau einen mehrfachen Bänderriss zugezogen hatte, weil ich unbedingt die Straßenbahn (Linie 6) noch kriegen wollte. Mit einer Knöchelmanschette macht Treppensteigen noch viel mehr Spaß …

Den Bänderriss holte ich mir übrigens am Tag der Premierenlesung von ›Blutbahn‹.

Ganz besonders danken möchte ich natürlich Christian Chako Habekost, der den Humor hat, als Parodie unter dem Künstlernamen Pako in diesem Krimi aufzutreten. Gehen Sie davon aus, dass die Geschichte mit dem Mikrowellenherd wahrscheinlich übertrieben ist und so nicht stimmt. Dass das

Original, also Chako, Vegetarier is(s)t, ist unbestritten. Diese Thematik war natürlich für unseren allseits beliebten Kommissar ein gefundenes Fressen, das ausführlich in den Krimi einfloss. Danke, Chako, für deine Erlaubnis!

Frau Doris Steinbeißer gibt es wirklich. Als Moderatorin beim SWR 4 Kurpfalzradio hat sie nur zufällig den gleichen Nachnamen wie Palzkis Kollege Gerhard. Vielen Dank, Frau Steinbeißer, dass ich mit Ihnen eine weitere Realperson in dem Krimi einbauen durfte.

Ansgar Schmitt kenne ich seit meiner frühesten Jugend, in der wir gemeinsam Dinge erlebten, die man besser nicht schriftlich festhalten sollte und meine Kinder hoffentlich niemals erfahren werden. Bei einem Besuch in Ansgars Firma Klaer Fensterbau erlebte ich das Stabbearbeitungscentrum SBA 7 live. Es klingt wie in diesem Buch beschrieben. Danke, Ansgar, für die Einblicke in deine Firma.

Regelmäßige Leserinnen und Leser kennen inzwischen Kai ›Palzkai‹ Giertzsch, der als Kriminalhauptkommissar und stellvertretender Dienststellenleiter der Polizei Schifferstadt quasi das lebende Äquivalent zu Palzki ist. Danke, Kai, dass du mich wieder auf ein paar böse Fallen hingewiesen hast sowie für deine Ideen wie das Krankheitsbild der ›Schizophrenia diefenbachensis‹. Im gleichen Zusammenhang gilt selbstverständlich auch dem Dienststellenleiter Herrn Uwe Stein mein Dank.

Nein, Claudia, ich habe dich nicht vergessen. Claudia Senghaas, Cheflektorin und Programmleiterin des Gmeiner Verlags, hat wie jedes Mal durch ihre kritischen Anmerkungen und ein gnadenloses Lektorat dem Roman seine Würze gegeben. Aber auch Claudias Verlags-Kollegen sind stets erreichbar und äußerst hilfsbereit. Es macht Spaß, mit euch zusammenzuarbeiten. Ihr seid schon ein toller Haufen in Meßkirch, wirklich!

Genug der Lobes- und Dankeshymnen. Ich hoffe, dass Ihnen Künstlerpech gefallen hat. Wenn nicht, behalten Sie es nicht für sich, sondern schreiben oder mailen Sie mir, warum Ihnen das Buch nicht gefallen hat und was ich besser machen könnte. Ich kann Ihnen zwar nicht versprechen, auf alle Vorschläge einzugehen, aber ich werde mich bemühen, Ihre Kritik ernst zu nehmen. Mir macht das Schreiben der Palzki-Romane sehr viel Spaß und mir liegt viel daran, dass Ihnen das Lesen mindestens genauso viel Spaß bereitet.

Übrigens, haben Sie schon ›Sofies Welt‹ von Jostein Gaarder gelesen? Auch wenn es ein Jugendbuch ist, es gehört zu meinen Lieblingsbüchern und regt sehr zum Nachdenken an.

PERSONENGLOSSAR

Reiner Palzki – Kriminalhauptkommissar

Unser allseits beliebter 45-jähriger Protagonist arbeitet bei der Kriminalinspektion in Schifferstadt. Der frischgebackene Vater steigt nebenberuflich in die Werbebranche ein und muss seinen Vorgesetzten KPD bei einem wichtigen Meeting in Frankenthal vertreten. Nach einem Mord ermittelt Palzki im Künstlermilieu und erfährt, wie viele Räume, Türen und Treppen so manches Veranstaltungsgebäude besitzt.

Gerhard Steinbeißer – Lieblingskollege von Reiner Palzki

34 Jahre alt, seit Jahren unter den ersten 100 beim Mannheimer Marathon. Trotz seines zurückweichenden Haaransatzes lebt er als bekennender Single mit häufig wechselnden Partnerinnen. Seine aktuelle Partnerin Jasmin möchte aus Gerhard einen Vegetarier machen, was bei Palzki höchsten Alarm auslöst.

Jutta Wagner – Kollegin von Reiner Palzki

Die 40-Jährige mit den rot gefärbten Haaren organisiert interne Angelegenheiten, führt Protokoll und leitet Sitzungen autoritär, sachlich und wiederholungsfrei. Dafür ist sie bei ihren Kollegen sehr beliebt.

Stefanie Palzki – Ehefrau von Reiner Palzki

Kurz nach der Niederkunft ist sie mit dem Nachwuchs rund um die Uhr beschäftigt und ist deshalb zunächst ahnungslos vom Werbevertrag ihres Mannes.

Melanie (12) und Paul (9) Palzki – Kinder von Reiner und Stefanie Palzki

Melanie geht in die fünfte Klasse der Realschule, ihr Bruder Paul in die dritte Klasse der Grundschule. Beide lieben sie die variantenreiche Gourmetküche ihres Vaters, die sich hauptsächlich aus Imbissbudenbesuchen sowie gelieferter Pizza und Pommes mit viel Mayo zusammensetzt. Paul leidet zurzeit unter einem Fragezwang, was seinen Vater täglich zur Verzweiflung bringt. Melanie recherchiert seltsame Fotos im Internet, die ihren Vater mehrfach in die Bredouille bringen.

Dietmar Becker – Student der Archäologie

Der 25-Jährige wohnt in einer WG in Mutterstadt. Becker ist wieder einmal dabei, einen Regionalkrimi zu schreiben und kommt Palzki dadurch ständig unverhofft in die Quere. Inzwischen hat Becker die Beziehungen zu KPD intensiviert und erfährt dadurch Wichtiges und noch viel mehr Unwichtiges aus erster Hand.

Dr. Matthias Metzger – freier medizinischer Berater

Der stämmige und groß gewachsene Humanmediziner hat bereits vor Jahren seine Kassenzulassung zurückgegeben. Markant sind seine langen feuerroten Haare und sein nervöser Tick. Hin und wieder fährt er aus Langeweile Notarzteinsätze. Metzger bietet seine ärztlichen Dienstleistungen auch privat an. Kleinere Dinge wie Blinddarmentfernung oder Bypasslegung führt er auf Wunsch gern beim Kunden ambulant durch. Der Autor garantiert an dieser Stelle, dass er keine Provisionen für etwaige Vermittlungen erhält.

Klaus P. Diefenbach – Dienststellenleiter der Kriminalinspektion

Der von allen nur ›KPD‹ genannte neue Chef wurde wegen eigener Verfehlungen vom Präsidium in Ludwigshafen nach Schifferstadt ›aufs Land‹ strafversetzt. Im Dienstgrad eines Kriminaloberrats ist er als Dienststellenleiter somit Reiner Palzkis direkter Vorgesetzter. Dieses Mal engagiert er die international bekannte Unternehmensberatung McStirnhör, um sich seine Ideen von den Beratern bestätigen zu lassen. Um seine Fähigkeiten unter Beweis zu stellen, will KPD seinen eigenen Fall lösen.

Jacques Bosco – Erfinder

Genialer Tüftler, der sich aus dem öffentlichen Leben zurückgezogen hat. Mit seinen 1,60 Metern und einem Alter von über 70 Jahren wirkt er wie Albert Einstein. Palzki kennt Jacques schon von Kindesbeinen an.

Pako – Kurpfälzer Comedian

In diesem Roman erfahren Sie Geheimnisse Pakos, die bisher noch nie in der Weltpresse veröffentlicht wurden. Kleines Beispiel gefällig? Pako ist bekennender Vegetarier. So weit, so schlimm, denkt Palzki. Wussten Sie, dass er zu den Auftritten seinen eigenen Mikrowellenherd mitnimmt und mit Vorliebe in den Künstlergarderoben Grumbeeresupp mit Zucchini kocht? Ob der Autor mit dieser Behauptung etwas flunkert, kann nicht mit Sicherheit gesagt werden. Doch eines steht fest: Die Attentate auf Pako sind eindeutig real. In diesem Roman.

Henrike Reichlinger – Pakos Lebensgefährtin

Henrike begleitet ihren Freund zu den Auftritten und bereitet mit ihm vorher schmackhafte vegetarische Gerichte zu.

Karin Kreuzberger – Pakos Managerin

Palzki hält sie für ein wenig paranoid, da sie nach den ersten Anschlägen auf Pako auf höchsten Sicherheitsvorkehrungen besteht. Ansonsten hält sie ihrem Schützling den Rücken frei, damit er sich auf seine Auftritte konzentrieren kann.

Theobald Kreuzberger – Ehemann von Karin Kreuzberger

Typ: Arme Sau. Er will es seiner Frau stets recht machen, ist immer hilfsbereit, macht alles für sie und erhält dafür nicht den kleinsten Funken Anerkennung. Quasi der Prototyp eines Ehemannes.

Claudius Stefanus – Leiter Veranstaltungsmanagement im Congressforum Frankenthal

Stefanus hat sich in Worms heimlich ein Büro angemietet. Er plant, sich demnächst selbstständig zu machen.

Daniela Westermann – Mitarbeiterin Congressforum Frankenthal

Sie gibt vor, ein großer Fan von Pako zu sein und taucht dadurch zufällig stets am Tatort auf.

Bernhard Tuflinsky – Techniker im Congressforum Frankenthal

Der Techniker fällt kurz vor Pakos Auftritt einem Attentat zum Opfer. Palzki rätselt lang, ob der Anschlag dem Künstler oder Tuflinsky gegolten hat, denn Tuflinskys Vergangenheit birgt so manchen Sprengstoff. Auch politisch sorgte das Opfer mit außergewöhnlichen Ideen für Furore, die nicht jeden begeisterten.

Guru – Sohn von Bernhard Tuflinsky

Gustav-Rudi ist das Versuchsmodell eines Sohns, den man ausschließlich seinen schlimmsten Feinden wünscht. 130 Jahre nach Darwin liegt mit Guru der eindeutige Beweis vor, dass auch die Evolution manchmal einen Bock schießt.

Tomas Morda – Aushilfstechniker im Congressforum Frankenthal

Morda steht mit seinem Vorgesetzten Tuflinsky seit Wochen auf Kriegsfuß. Der Aushilfstechniker, der neben seinem Job in Frankenthal stundenweise bei der Speyerer Fensterbaufirma Klaer arbeitet, gehört in der Kurpfalz zum führenden Kader der Zigarettenschmuggelmafia.

McStirnhör – Weltweit tätige Unternehmensberatung

KPD beauftragt diese international bekannte Unternehmensberatung, um seine Kriminalinspektion auf Vordermann zu bringen. Als Speerspitze der Verbrechensbekämpfung präsentiert KPD den Beratern von McStirnhör seine selbst entwickelte Strategie. Strikt achtet er darauf, dass die Berater keine eigenen Ideen einbringen, denn schließlich sind sie ja nicht vom Fach.

Harald Schneider – Autor

Einer muss diese Geschichte ja schließlich geschrieben haben. Es handelt sich hier aber weder um eine gespaltene Persönlichkeit von Reiner Palzki noch um das Alter Ego von Dietmar Becker. Wenn Sie sich vergewissern wollen, hier finden Sie alles Weitere über den Autor:

www.palzki.de

EXTRA BONUS 1: REINER PALZKI UND DER GOLDENE HUT

Es hätte so ein schöner Tag werden können.

Schifferstadt hatte seine Einmaligkeit im Rhein-Pfalz-Kreis verloren. Denn vor vier Tagen wurde auf der Gemarkung Fußgönheim ein weiterer Goldener Hut gefunden, der in Größe und Vollkommenheit dem Schifferstadter weit überlegen war. Bevor dieses Prachtstück zu einer Untersuchung an eine renommierte Universität geschickt werden sollte, bekam die Bevölkerung heute die Gelegenheit, ihn im Heimatmuseum Fußgönheim im Hallberg Schloss besichtigen zu können. Hätte sie zumindest, wäre nicht der Leiter des Heimatmuseums kaltblütig ermordet worden. Dem nicht genug, waren auch der wertvolle Hut und weitere Ausstellungsstücke verschwunden. Eine halbe Stunde, nachdem der tote Eberhard Deumann gefunden wurde, war ich als ermittelnder Kommissar vor Ort und konnte mir ein erstes Bild von diesem grausamen Geschehen machen.

Das halbe Museum war verwüstet, es sah nach einem größeren Kampf aus. »Deumann wurde mit einem Hammer oder einem ähnlichen Gegenstand erschlagen«, berichtete mir einer der Spurensicherer. Daraufhin verzichtete ich, die Leiche anzuschauen. »Wurde nur dieser Goldene Hut gestohlen?«, fragte ich eine in Tränen aufgelöste Museumsmitarbeiterin. »Nein, es fehlen weitere kostbare landwirtschaftliche Exponate, um die uns die Kollegen der benachbarten Museen schon lange beneiden.«

Diesen Hinweis konnte man nicht unbedingt als eine heiße Spur bezeichnen, doch zumindest als Ermittlungsansatz war er zu gebrauchen. Deshalb traf ich mich eine Stunde später mit Herrn Roy Illert, dem Chef des Mutterstadter Museums für Ortsgeschichte im alten Rathaus. »Wie Sie noch nicht wissen können, wurde heute Morgen Ihr Kollege Deumann ermordet und von dem neu gefundenen Goldenen Hut fehlt jede Spur.« Illert rang um Fassung. »Das darf doch nicht wahr sein! Eberhard war mein Freund und ein herzensguter Mensch. Und nur wegen dem blöden Ding wurde er jetzt erschlagen. Das gibt es doch nicht. Hoffentlich finden Sie bald den Mörder, und er bekommt seine gerechte Strafe.« Er schüttelte den Kopf und fing an zu weinen. Ich stellte ihm noch ein paar Fragen, er konnte mir aber in der Ermittlungssache nicht weiterhelfen. So fuhr ich etwas ratlos ins Schifferstadter Heimatmuseum. Stolz zeigte mir der Leiter Fritz Benn die Kopie des Schifferstadter Goldenen Hutes. »Ich kannte Herrn Deumann kaum«, antwortete er betroffen auf die Todesnachricht seines Kollegen. »Damit so etwas Schreckliches bei uns nicht passieren kann, werden wir in unserem Museum gleich nächste Woche eine Sicherheitsprüfung veranlassen.«

»Man sagt, dass es in Fußgönheim ein paar Ausstellungsstücke gibt, um die das Museum beneidet wurde.«

»Das stimmt, Herr Palzki. Das trifft aber auf jedes Museum im Landkreis zu. Wir haben auch seltene regionale Exponate, die andere Museen liebend gern haben würden.«

»Wann waren Sie das letzte Mal in Fußgönheim?«

Benn überlegte. »Das muss bestimmt ein Jahr her sein. Wir Museumsleiter tauschen uns zwar in unserem Netzwerk regelmäßig aus, aber meistens treffen wir uns in einem Restaurant in Maxdorf. Die letzte Zusammenkunft fand vor zwei Monaten statt.« Ich bedankte mich für die Auskünfte, jedoch kam ich auch in Schifferstadt nicht weiter.

Meine nächste Etappe war die historische Schuhmacherwerkstatt in Dannstadt, auch wenn ich mir nicht richtig vorstellen konnte, wozu man dort einen Goldenen Hut brauchte. Ich kam eine Winzigkeit zu spät. Der ehrenamtliche Museumsvorsitzende Ricco Kassandro, den ich von unterwegs telefonisch in die Werkstatt beordert hatte, verstarb in meinen Armen. Ich konnte nichts mehr für ihn tun, sein Blutverlust war bereits zu groß gewesen. Mit letzter Kraft hauchte er mir ein paar Worte entgegen: »Ich wollte nicht, dass Deumann stirbt. Das war nicht meine Schuld. Es war –« Kassandro schluckte Blut. »Ihn hat die Gier zerfressen. Der Hut steht in –« Das waren seine letzten Worte. Vor mir lag also der tote Mittäter. Inzwischen wusste ich aber, wer als Haupttäter infrage kam.

Frage: Wer war der Mörder von Eberhard Deumann?

Lösung: siehe unter www.palzki.de

EXTRA BONUS 2: STURZTRUNK

Es hätte so ein schöner Tag werden können.

Jedenfalls bis zu dem mysteriösen Anruf, den ich heute Morgen erhielt.

»Hallo, Reiner«, begann das Telefonat relativ harmlos. Ich erkannte meinen Freund Jacques Bosco sofort an seiner Stimme, doch sie ließ mich nicht zu Wort kommen. »Hier ist der automatische Anrufapparat von Jacques. Wenn ich nicht alle 24 Stunden einen Knopf neben meinem Telefon drücke, wirst du angerufen. Reiner, bitte gehe zu mir nach Hause. Du weißt, wo du suchen musst. Bitte beeile dich, mir muss etwas passiert sein.«

Geschockt hielt ich zu dieser frühen Morgenstunde den Hörer in der Hand. Es war noch nicht lang her, da hatte sich mein Freund, der Erfinder, mit dem saudiarabischen Geheimdienst angelegt. Nur mit viel Glück war es ihm gelungen, dieses Abenteuer unbeschadet zu überstehen. Ich mochte mir nicht ausdenken, was Jacques dieses Mal ausgeheckt hatte. War die Angelegenheit mit dem Geheimdienst doch noch nicht ausgestanden? Ich sprang in meine Schuhe, schnappte mir meinen Einsatzkoffer und verließ das Haus. Normalerweise wäre ich in ein paar Minuten zum Dienstbeginn in die Kriminalinspektion Schifferstadt gefahren.

Stattdessen war nun der Kestenbergerweg mein Ziel, wo Jacques seit vielen Jahren wohnte. Unterwegs rief ich verbotenerweise mit meinem Handy auf der Dienststelle an und meldete, dass ich mich ein wenig verspäten würde. Jacques war einer der letzten Universalgelehrten dieser Welt. Bereits als Kind hatte ich in seinem Labor Verstecken gespielt. Und in meiner Schulzeit war er mir stets ein guter Berater gewesen. Wenn während der Mathearbeit auf dem Parkplatz sämtliche Lehrerautos gleichzeitig zu hupen begannen, oder die Uhr, die die Pausenglocke steuerte, auf einmal den Turbogang einlegte, um uns zu verkürzten Schulstunden zu verhelfen, dann war allen klar, dass ich dahintersteckte. Jacques hatte immer ein paar Tricks auf Lager, die er mir bereitwillig verriet. Aber so gut wie nie erfand er Dinge, um sie wirtschaftlich zu vermarkten. Er erfand sie nur, um sich selbst zu beweisen, dass seine Ideen realisierbar waren. Viele Sachen werden wohl erst in ein paar Jahren von jemand anderem zufällig wiedererfunden werden.

Zu Jacques' altem Siedlungshäuschen hatte ich zwar keinen Schlüssel, aber als Kriminalhauptkommissar und stellvertretender Dienststellenleiter gab es für mich Möglichkeiten des Zugangs, die die Bevölkerung besser nie erfahren sollte. Jede größere Dienststelle besaß das Zweitschlüsselsystem Open-all, mit dem sich 99 Prozent aller Türen öffnen ließ. Meist lag das Open-all in meinem Einsatzkoffer.

Die Wohnung des Erfinders war extrem widersprüchlich eingerichtet. Tapeten mit großen Blumenmustern, wuchtige Eichenfurnierschränke und ein Telefon mit Wählscheibe zeugten von längst vergangenen Jahrzehnten, als Jacques' Frau noch lebte. Zwischen diesen Museumsstücken standen und lagen seine hochmodernen Versuchsaufbauten herum. Er schien zurzeit mit chemischen Stoffen zu experimentieren. Reagenzgläser, Glaskolben und anderes Zeug waren mit Kunststoffschläuchen verbunden, durch die seltsame Flüssigkeiten tropften. Ich hatte nicht die leiseste Ahnung, um was es sich im Einzelnen handelte. Neben dem Wählscheibentelefon befand sich ein chromglänzender Kasten, der mit dem Hörer verdrahtet war. Typisch Jacques, dachte ich. Ich durchsuchte zunächst sämtliche Räume, um sicherzustellen, dass mein Freund nicht im Haus war. Vielleicht hatte er ja einen Schlaganfall erlitten? Zum Glück bewahrheitete sich dieser Verdacht nicht.

Anschließend ging ich zum Telefonschränkchen und holte aus der obersten Schublade ein Adressregister heraus. Und tatsächlich, unter meinem Namen – Reiner Palzki – lag ein kleiner zusammengefalteter Zettel. Spannender hätte er es nicht machen können.

›Lieber Reiner, entschuldige bitte die Art und Weise meiner Kontaktaufnahme. Dieses Mal brauche ich dich wirklich! Ich bin einer sagenhaften Erfindung auf der Spur, die die Welt verändern wird. Was heißt die Welt, es wird die Menschen verändern! Dummerweise hat das jemand von der Brauerei Globa mitbekommen. Meine Erfindung darf nicht boykottiert werden, sie ist ein Segen für die Menschheit. Dein Jacques.‹

Nachdenklich las ich den Brief ein zweites Mal. Warum hatte mein Freund nicht Klartext geschrieben? Diese kryptischen Andeutungen halfen mir im Moment nicht weiter. Was sollte eine Brauerei mit seiner angeblich sagenhaften Erfindung zu tun haben? Um was für eine weltbewegende Neuschöpfung handelte es sich überhaupt?

Die Brauerei Globa war mir bekannt. Sie war erst vor wenigen Jahren gegründet worden und hatte sich seitdem zum Platzhirsch in der Vorderpfalz entwickelt. Das Unternehmen war auf der grünen Wiese aus dem Boden gestampft und mit einem gewaltigen Werbeetat eingeführt worden. Seitdem war das Globa-Bier in aller Munde. Als Spezialität der Brauerei galt ein Lagerbier, das in einem vierfachen Gärverfahren hergestellt und als vierlagiges Globa-Bier im Markt eingeführt wurde.

Was sollte ich tun? Offiziell ermitteln? Das war mir im Moment ohne Rücksprache mit meinem Vorgesetzten und den Kollegen zu heiß. Ich rief meinen Freund Ferdinand Jäger an, der in einer Mannheimer Brauerei der Leiter der Abteilung Betriebsbesichtigung war. Er versprach mir, sich sofort mit seinem Globa-Kollegen in Verbindung zu setzen und ihm eine mit mir abgesprochene Geschichte aufzutischen, damit ich mir mehr oder weniger inkognito die Globa-Brauerei ansehen konnte.

So kam es, dass ich bereits eine halbe Stunde später Richtung Süden fuhr. Die Globa-Brauerei befand sich auf dem Gelände des ehemaligen Speyerer Flugplatzes. Der große Mannheimer Flugplatzbruder hatte die beinahe zahlungsunfähige linksrheinische Flugplatzgesellschaft in Speyer übernommen und wenig später in Heuschreckenmanier plattgemacht. Die Verwertung des Geländes brachte der Mannheimer Gesellschaft mehr ein als der damalige Kaufpreis. Und einen Konkurrenten war man ebenfalls los. So funktionierte die Zusammenarbeit in der Metropolregion. Ein ehemaliger Vorstandschef eines Versicherungskonzerns hatte sofort zugeschlagen und seine gesammelten Jahresprovisionen in den Kauf des Grundstücks und den Bau der Brauerei investiert.

»Guten Tag, Herr Palzki«, begrüßte mich Herr Herr an der Pforte der Brauerei Globa. »Mein Nachname ist Herr. Bitte ersparen Sie mir, Ihnen meinen Vornamen zu nennen. Meine Eltern waren Witzbolde.«

Ich wusste längst von meinem Freund Ferdinand, dass Herr Herr mit Vornamen Hermann hieß. Herr Hermann Herr, das klang wirklich kurios. Aber es ging noch besser: Einmal hatten wir als Zeugin eine Rosa Schlüpfer zu befragen.

Mit seiner Elvistolle und den langen Koteletten grinste mich Herr an. »Sie sind also die Vorhut der Schifferstadter Kriminalinspektion?«

»Das ist noch nicht sicher«, erwiderte ich. »Ich muss nämlich erst meinen Chef überzeugen.«

Vor wenigen Monaten hatten wir einen neuen Dienststellenleiter bekommen. Klaus Pierre Diefenbach, der wegen seiner Initialen nur KPD genannt wurde, hatte man wegen mehrerer Verfehlungen vom Polizeipräsidium Ludwigshafen nach Schifferstadt aufs Land strafversetzt. Das allein wäre noch nicht so schlimm gewesen, doch stellte sich bald heraus, dass KPD Wert auf gepflegte Etikette legte und ein absoluter Gourmet war. Tanzten wir bei unseren früheren Betriebsfeiern nachts biertrinkend auf den Bierzelttischen zu ›Highway to hell‹, so waren es jetzt eher gediegene Veranstaltungen mit Krawatten- und Weinzwang. Beides ließ mich und viele Kollegen bisweilen an Fahnenflucht denken. Trotzdem würde ich demnächst einen Anlauf machen und versuchen, KPD zu einer Brauereibesichtigung zu überreden. Vielleicht konnte mich Herr Herr als kleinen Nebeneffekt meiner geheimen Ermittlungen mit guten Argumenten versorgen. Die vor ein paar Monaten unter KPDs Leitung stattgefundene Weinprobe hatte jedenfalls in einer Katastrophe geendet. Und das lag nicht nur an dem Kasten Bier, den die Kollegen in den Weinkeller eingeschmuggelt hatten.

»Dann kommen Sie mal mit«, begann Herr Herr mit der Führung. »Normalerweise führe ich nur größere Gruppen durch den Betrieb. Aber wenn wir wie in Ihrem Fall die Chance haben, eine ganze Polizeidienststelle zu Besuch zu bekommen, strenge ich mich natürlich besonders an. Fangen wir im Sudhaus an.«

Er führte mich in ein helles, mit riesengroßen Panoramascheiben ausgestattetes Gebäude, das hauptsächlich aus einem Saal bestand. In seinem Inneren befanden sich fünf oder sechs gewaltige Kessel, die teilweise im Boden eingelassen waren. Herr Herr warf mit Begriffen wie Mälzen, Maischen, Läuterbottich um sich, auf die ich mich heute nicht konzentrieren konnte. An einer Seitenwand befand sich eine mehrere Meter lange Schalttafel, an der ein schmächtiges Kerlchen stand.

Es legte einen Schalter um und kam anschließend zu uns. Es nickte meinem Führer zu und gab mir seine sehnige Hand.

»Mein Name ist Port, ich bin der Braumeister. Herr Herr hat Sie angekündigt.«

Ein Braumeister, der an Untergewicht zu leiden schien, hatte für mich etwas Groteskes. Es kam mir so vor, als bestünde Port nur aus Knochen mit Hautüberzug. Vielleicht war er krank, aber ich wollte ihn keinesfalls darauf ansprechen.

Wir smalltalkten eine Weile, und ich fragte ihn, was in dem Kessel passierte, neben dem wir die ganze Zeit standen. Er hob einen Deckel ab, der einen Durchmesser von bestimmt einem Meter hatte, und ließ mich hineinschauen. Der Kessel war fast leer, nur am Boden wurde eine trübe, dickflüssige Brühe mit einem schnell drehenden Gerät gerührt.

»Das ist der Läuterbottich«, klärte mich Braumeister Port auf. »Hier werden die Feststoffe aus dem Sud gefiltert. Damit die Würze ablaufen kann, muss das Hackwerk ständig den Treber umwälzen. Wenn Sie da reinfallen, kommt jede Hilfe zu spät. Außerdem erhält dann das Bier einen unerwünschten Beigeschmack.« Er lachte, und dabei rutschte sein offener Kittel etwas nach hinten.

Und genau in diesem Moment konnte ich es sehen: In seiner Brusttasche steckte ein Kugelschreiber. Einer, den ich kannte. Ihn gab es auf der ganzen Welt nur ein einziges Mal. Jacques' Erfindung war ein Meisterwerk. Er hatte mir vor langer Zeit einmal erklärt, welche Geheimnisse der Stift barg. Ich war von der Menge der Funktionen dermaßen erschlagen, dass ich mir nur die wenigsten davon merken konnte. Neben einem GPS-Empfänger und einem hochwirksamen Metalldetektor war ein Starkstromakku eingebaut, mit dem der Stift zu einem Elektromagneten umfunktioniert werden konnte. Für einen Außenstehenden wirkte bereits das Farbenspiel des

Kugelschreibers, als ob es nicht von dieser Welt wäre. Der Stift schimmerte in Regenbogenfarben, die sich ständig neu vermischten und die Augen der Betrachter magisch anzogen. Ich vermutete, dass Port den Kugelschreiber allein aufgrund der wechselnden Kolorierungen eingesteckt hatte, ohne die eigentlichen Funktionen des Gerätes zu kennen.

Jetzt wusste ich, dass mein Freund hier war. Was mir fehlte, war ein Plan.

Herr Herr ließ mir zunächst keine Zeit, darüber nachzudenken. »Kommen Sie, gehen wir rüber in die Abfüllung und ins Lager.«

Der Lärmpegel in der vollautomatischen Abfüllung war immens. Auf langen Laufbändern wurden die Flaschen gesäubert, befüllt und in den Kästen verstaut.

»Wenn Sie ein Argument für die Brauereiführung brauchen, empfehle ich Ihnen, über Wasser zu sprechen.«

»Wasser?« Ich starrte meinen Brauereiführer ungläubig an.

»Ja genau«, antwortete er und lächelte schelmisch. »Wasser ist die Hauptzutat bei Bier und Wein. Das Wasser für unser Bier wird aus Tiefbrunnen gefördert. Es ist mehrere 1000 Jahre alt und absolut sauber. Es hat Trinkwasserqualität.«

»Und wie ist das beim Wein?«, fragte ich neugierig.

»Na, Herr Palzki, das sollte Ihnen auch von allein klar sein. Beim Wein stammt das Wasser aus den Trauben. Und das wiederum kommt vom Regenwasser. Wenn Sie Ihrem Chef diesen Aha-Effekt entlockt haben, brauchen Sie nur noch Schlagworte wie saurer Regen und so weiter einfließen zu lassen, dann haben Sie so gut wie gewonnen. Mit diesen Argumenten wurde bisher jeder Weintrinker zum Biergenießer.«

Wo er recht hat, hat er recht, dachte ich mir, und auf Anhieb fiel mir nichts ein, was seiner Theorie entgegensprechen könnte.

»Jetzt weiß ich auch, warum ich nach dem Genuss von Wein immer Sodbrennen bekomme«, antwortete ich. »Das liegt am sauren Regen.«

Herr nickte. »Wissenschaftlich ist das vielleicht schwer zu belegen, aber das könnte durchaus sein. Wo wir gerade beim Thema Wasser sind, kann ich Sie einen Moment allein lassen? Ich muss auf die Toilette.«

So kam es, dass ich Sekunden später ohne Begleitung im Getränkelager stand. In jeder anderen Situation würde ich zu einer gediegenen Bierprobe übergehen, doch ich hatte einen Auftrag. Ich lief aus der Halle und in Richtung Sudhaus. Mir war aufgefallen, dass hinter einem der Kessel eine Treppe ins Untergeschoss führte. Da ich als Kind regelmäßig die *Fünf Freunde* von Enid Blyton gelesen hatte, wusste ich, dass es ›unten‹ immer irgendwelche Geheimnisse gab. Ich wartete, bis der Braumeister gelangweilt auf seine Schalttafel blickte, und schlich sodann die Treppe nach unten. Hier konnte man die unteren Teile der Kessel sehen. Am Rand des Kellers befanden sich mehrere Türen. Die erste stand offen, und ich konnte in einen Aufenthaltsraum blicken. Die dritte Tür erregte meine Aufmerksamkeit. Sie war abgeschlossen, und der Schlüssel steckte. Ich schloss auf, zog den Schlüssel ab und schob ihn in meine Hosentasche. Sekunden später stand ich in einem provisorisch wirkenden Labor Jacques gegenüber, der sich mir sofort an den Hals warf.

»Gott sei Dank, dass du da bist, Reiner. Warum hast du so lang gebraucht?«

Tolle Begrüßung, fand ich. Da er eventuell unter Schock stand, ging ich nicht darauf ein. »Was machst du wieder für Sachen, Jacques? Welche Erfindung soll dieses Mal die Welt revolutionieren?«

Der Erfinder zeigte auf eine Ansammlung von Tabletten, die auf einem Tisch lagen. »Allein in Deutschland gibt es im

Straßenverkehr jährlich 3.000 Tote bei Verkehrsunfällen, bei denen Alkohol die Ursache war. Von den Verletzten ganz zu schweigen. Dann gibt es mehrere 100.000 Alkoholabhängige, die Krankenkassen geben jährlich Milliarden Euros für alkoholbedingte Folgekrankheiten aus.«

Ich verstand nicht. »Willst du eine Antialkoholkampagne starten?«

»Ach wo. Ich will den Menschen ihren Rausch belassen, aber sie von den Auswirkungen verschonen.«

»Du sprichst in Rätseln. Kannst du dich genauer ausdrücken?«

»Schau dir die Tabletten an. Es sind Biertabletten. Die roten sind Pils, die blauen Lager und die grünen Export. Eine Tablette entspricht einer Flasche Bier. Du lässt eine Tablette auf der Zunge zergehen und erhältst dabei den Geschmack des gewünschten Bieres. In meinen Tabletten ist aber kein Alkohol enthalten, der ins Blut gehen könnte. Die Wirkstoffe gehen direkt ins Gehirn. Nach einer Minute hast du genau den gleichen Effekt, als wenn du eine Flasche Bier trinken würdest. Je mehr Tabletten, desto stärker der Rausch.«

Verwundert starrte ich auf die bunten Pillen. »Was ist daran anders? Die Leute haben einen Schwips und setzen sich hinters Steuer. Da ist es egal, ob Alkohol im Blut nachweisbar ist oder nicht.«

»Ich bin noch nicht fertig, mein Freund. Die Wirkung lässt nach exakt einer halben Stunde nach. Dann bist du schlagartig wieder nüchtern. Die Tabletten haben das Zeug zu einem Blockbuster.«

So langsam verstand ich. »Deswegen hat dich Port entführt. Er will nicht, dass du die Pillen auf den Markt bringst.«

Jacques ging zu einem Versuchsaufbau am Rande des Labors. »Nein, die Bierpillen sind ihm egal. Er will, dass ich neben den Bierpillen auch ungefährliche Drogen entwickle.

Im Prinzip eine gute Idee, da mein Wirkstoff nicht abhängig macht. Aber ich fürchte, Port will das Geschäft allein machen und mich nach getaner Arbeit beseitigen.«

»Das glaube ich auch«, bestätigte ich ihm. »Dann lass uns mal abhauen.«

Leider klappte der Rückzug nicht zu unserer Zufriedenheit. Port stand gerade vor dem offenen Läuterbottich, als wir die Treppe heraufschlichen. Sofort zog er eine Waffe.

»Kommen Sie doch näher, meine Herrschaften«, bedrohte er uns. »War die Polizei also gar nicht zufällig bei uns im Haus.«

Langsam, um ihn nicht zu einer Kurzschlussreaktion zu verleiten, gingen wir auf ihn zu.

»Woher wussten Sie, dass ich den Erfinder bei mir aufgenommen habe?«, fragte er drohend, während er auf meinen Kopf zielte. Auch wenn dies nicht das erste Mal in meinem Leben war, erzeugte solch eine Bedrohung bei mir wie immer ein ungutes Gefühl.

»Der Kugelschreiber war's«, antwortete ich, um Zeit zu gewinnen.

Port stutzte. »Ja, ein wirklich schönes Ding.« Er zog es aus seiner Brusttasche und klickte daran herum. »Er wird mich immer an Sie beide erinnern.«

»Haben Sie schon die goldene Mine entdeckt?«, mischte sich Jacques ein. »Dazu müssen Sie den kleinen goldenen Hebel nach unten drücken.«

Der Braumeister fiel auf dieses simple Ablenkungsmanöver herein. Während er weiter seine Waffe auf uns richtete, folgte er Jacques' Anweisung. Es gab einen lauten Schlag, begleitet von einem Blitz, und Port flog rückwärts direkt in den Kessel.

»20.000 Volt bei 30 Ampere«, meinte Jacques trocken. »Ein Meisterwerk.«

Wir gingen die fünf Schritte zum Kessel und schauten hinein. Die Szene, die sich uns bot, war hochgradig widerlich. Diese Charge Bier würde man aller Wahrscheinlichkeit nach entsorgen müssen.

Im gleichen Moment kamen mehrere Polizeibeamte ins Sudhaus gestürmt, darunter mein Lieblingskollege Gerhard Steinbeißer.

»Was tut ihr denn hier?«, fragte ich ihn erstaunt.

»Nachdem du nicht zum Dienst angetreten bist, haben wir nachgeforscht. Hätte ja sein können, dass dir etwas passiert ist.«

»Was sollte mir schon passieren?«, antwortete ich.

Gerhard ging zum Kessel und schaute hinein. »Was ist da drin?«

»Da ist der Ex-Port drin.«

»Der Export? Seit wann ist Export männlich?«

»Das war er ganz bestimmt. Bis eben halt.«

Nachdem wir den Kollegen alles erklärt hatten, ging ich mit Jacques nach unten ins Labor. Ich betrachtete die Tabletten und nahm drei rot schillernde Exemplare in die Hand. »Und die funktionieren wirklich einwandfrei?«

Jacques sammelte gerade seine Sachen ein und drehte mir den Rücken zu. »Genauso wie ich es dir beschrieben habe, Reiner.«

Ich warf mir die drei Pillen wie einen Sturztrunk in den Rachen. Auf den Geschmack würde ich im Moment verzichten können, allein die Wirkung war meine Belohnung für Jacques' Befreiung.

»Wenn nur diese blöden Nebenwirkungen nicht wären«, ergänzte nun mein Freund, während er sich zu mir umdrehte.

»Welche Nebenwirkungen?«, schrie ich in höchster Panik.

»Na ja, für die Wirkstoffe brauche ich einen Katalysator. Und der ist noch nicht so ganz ausgereift. Du bekommst zwar deinen Rausch, aber gleichzeitig auch einen sterilen Darm, wenn du weißt, was ich meine. Vor einer Darmspiegelung ist das sicherlich eine feine Sache, aber beim Biertrinken?«

Ich spürte, wie sich die Wirkstoffe langsam in meinem Gehirn ausbreiteten. Parallel dazu brodelte es in meinem Gedärm. Gleich würde es eine Explosion geben. Ich rannte um mein Leben.

Es hätte so ein schöner Tag werden können.

Harald Schneider
Palzki ermittelt
978-3-8392-1331-5

»Ermitteln Sie mit dem beliebten Kommissar Palzki und seiner Familie!«

Einfach, einfach und noch mal einfach. Oder doch nicht? Auf Kommissar Reiner Palzki warten 30 Fälle. Tatkräftig unterstützt wird er von seiner Familie. Für jeden Leser eine wahre Herausforderung. Nur genaues Lesen führt den Ermittler zum Ergebnis. Haben auch Sie das Zeug dazu?

GMEINER

Wir machen's spannend

Harald Schneider
Pilgerspuren
978-3-8392-1318-6

»Der chaotische, aber clevere Kommissar Palzki ermittelt trotz vieler Widrigkeiten des Alltags im Bistum Speyer rund um das Weltkulturerbe, den Kaiserdom.«

Osterzeit im Bistum Speyer. Haarscharf entkommen der Geschäftsführer und der Chefredakteur der Bistumszeitung »Der Pilger« im Speyerer Dom einem Attentat. Je tiefer Kommissar Palzki im Umfeld des Bischöflichen Ordinariats recherchiert, desto mehr erlangt er die Gewissheit, dass im Dom nicht nur Bischöfe, Könige und Kaiser ihre letzte Ruhestätte finden sollten ... Er kann weitere Anschläge nicht verhindern und gerät selbst in Lebensgefahr.

GMEINER

Wir machen's spannend

Harald Schneider
Blutbahn
978-3-8392-1240-0

»Eine packende Mörderjagd quer durch die Rhein-Neckar-Pfalz Region.«

Fastnachtszeit. Im Hbf Schifferstadt wird in einer S-Bahn ein Toter mit einem Dreizack in der Brust gefunden. Das Opfer Willibald Teufelsreute arbeitete in einer S-Bahn-Werkstatt in Ludwigshafen. Kommissar Reiner Palzki erfährt dort, dass mehrere Personen ein Tatmotiv gehabt hätten, da Teufelsreute äußerst streitsüchtig war. Doch dann wird in Mannheim eine weitere Leiche gefunden, ermordet auf die gleiche Weise, wieder in einer S-Bahn. Die tote Frau trägt den Mädchennamen Teufelsreute, jedoch scheint es zunächst keinerlei Verbindungen zu dem ersten Opfer zu geben …

GMEINER

Wir machen's spannend

Harald Schneider
Wassergeld
978-3-8392-1062-8

»Ein Wettlauf gegen die Zeit.«

Weihnachtszeit in der Vorderpfalz. Ausgerechnet während der Weihnachtsfeier der Kriminalinspektion Schifferstadt wird Katastrophenalarm ausgelöst: Bei Altrip wurde der schmale Deich durch eine Explosion beschädigt. Teile des riesigen, direkt am Rhein gelegenen Campingplatzes »Auf der Au« sind überflutet. Glücklicherweise gibt es nur wenige Verletzte, da sich kurz vor Weihnachten kaum noch Menschen auf dem Platz befinden.

Doch dann kündigt ein Erpresserbrief mit einer Forderung in Millionenhöhe weitere Attentate an. Und als Kommissar Reiner Palzki auch noch ein toter Schiffsführer auf dem Gelände der Schifffahrtsgesellschaft Rheingüter GmbH im Ludwigshafener Kaiserwörthhafen gemeldet wird, droht die Lage zu eskalieren …